浙江省高校重大人文社科项目攻关计划项目
（民族共同体文化视域下希拉里·曼特尔小说研究 编号：2013QN083）

Art and Community:
Hilary Mantel's Fictional World

希拉里·曼特尔小说研究

严春妹◎著

上海交通大学出版社
SHANGHAI JIAO TONG UNIVERSITY PRESS

内容提要

　　本书是 2013 年度浙江省高校重大人文社科项目攻关计划项目"民族共同体文化视域下希拉里·曼特尔小说研究"(2013QN083)的最终成果。本书尝试着对曼特尔主要小说的内容进行翻译和简介,为我国曼特尔的研究提供了丰富的资料;探索希拉里·曼特尔经典作品的民族文化特性,有助于加深国内文学界对英国布克文学奖作品的了解;探讨曼特尔经典作品中的叙事伦理问题,对文学作品的伦理思想内容进行深入探讨,有助于为叙事学研究和文学批评研究提供新维度,提高人们的文学鉴赏水平和深度;挖掘蕴藏在文学作品中的道德教诲价值,发掘文学作品在加深民族身份认同意义上的深层价值,关注文学作品的创作与解读对增强民族凝聚力、创新共同体文化意识方面的积极作用,有利于我国文化特色的探索和共同体文化的建构。

图书在版编目(CIP)数据

希拉里·曼特尔小说研究 / 严春妹著. —上海:上海
交通大学出版社,2016
ISBN 978-7-313-14675-5

Ⅰ.①希…　Ⅱ.①严…　Ⅲ.①曼特尔-小说研究
Ⅳ.①I712.074

中国版本图书馆 CIP 数据核字(2016)第 057499 号

希拉里·曼特尔小说研究

著　　者:严春妹
出版发行:上海交通大学出版社　　　　　　地　　址:上海市番禺路 951 号
邮政编码:200030　　　　　　　　　　　　电　　话:021-64071208
出 版 人:韩建民
印　　刷:上海宝山译文印刷厂　　　　　　经　　销:全国新华书店
开　　本:710mm×1000mm　1/16　　　　　印　　张:14.5
字　　数:218 千字
版　　次:2016 年 4 月第 1 版　　　　　　　印　　次:2016 年 4 月第 1 次印刷
书　　号:ISBN 978-7-313-14675-5/I
定　　价:48.00 元

前　言

进入 21 世纪后,在后现代、全球化、网络化、信息化、标准化、工具化的冲击和影响下,我国的外国文学研究在研究目的、研究方法、评价体系和标准方面都发生了巨大的变化。作为一个教育工作者和外国文学研究者,很有必要关注这些变化,并将其当成写作灵感的源头,而读书似乎是抓住这些灵感的重要途径,尤其是阅读那些经典名作。美国当代新实用主义哲学家理查德·罗蒂认为,文学经典具有启示价值。在他看来,启示价值一般不是由一种方法、一门科学、一个学科或者一个专业的运作产生出来的,而是由非专业的先知和造物主的个人笔触产生的。文学经典是伟大的,因为它们启发了许多读者。

希拉里·曼特尔是当代英国文坛实力派作家之一,其代表作《狼厅》和《提堂》虽不比莎士比亚笔下的众多经典巨作那般脍炙人口,却因其屡获英国布克文学大奖而广受关注。2009 年初次接触《狼厅》,我便不由自主喜欢上它,喜欢"历史小说"的风格,喜欢幽默风趣的语言,更喜欢充满人情味的主人翁托马斯·克伦威尔,于是写下一篇书评,发表在译林杂志上。此后,我便开始关注曼特尔,一方面委托友人从美国、英国及澳大利亚购买了她的全部长篇小说,另一方面密切关

注其创作动向。2012年,曼特尔的《提堂》再度获得布克奖,我便抢得先机,第一时间阅读,第一时间写下书评,发表在外国文学动态期刊上。在不断地阅读和写作中,我获得许多乐趣,也受到许多启发,并对这位年逾花甲的女性作家产生了由衷的敬佩和喜爱,情不自禁细读其全部长篇小说,梳理其成长历程和创作背景,其间形成了多篇相关的研究成果发表于当代外国文学期刊上。

研究过程中,我发现国内文学评论界对曼特尔小说的研究多局限于布克奖小说《狼厅》和《提堂》等单个文本,研究视角也以"新历史主义"为主,而对其他类作品的研究视角比较有限,研究成果屈指可数,针对其创作的整体研究更是寥寥无几。事实上,细读文本便不难发现,曼特尔在其作品中不同程度地表达了浓厚的现代性焦虑情绪:无论是都铎王朝忠君爱国的伦理叙事,还是沙特阿拉伯纵横交错的社会关系网,从分崩离析的母女关系到阴暗恐怖的超自然世界,无不影射出作者对当下人类的生活状态、精神状态、性格命运的诸多思考及对英国民族身份认同和当代共同体构建的关注和担忧。鉴于此,我便欲以"共同体"视角系统研究曼特尔的小说。

本论著的创新之处表现在从英国民族共同体视角研究希拉里·曼特尔及其文学作品,同时审视文学作品对当下民族共同体构建及公共文化建设的积极作用。其理论价值和实践意义不言而喻:关注英国民族共同体文化的塑造和发展对文学作品创作与传播的影响,有助于拓宽文学作品的研究思路;发掘文学作品在加深民族身份认同意义上的深层价值,有助于拓展外国文学研究的视野;关注文学作品的创作与解读对增强民族凝聚力、塑造共同体意识方面的积极作用,有助于推进文学批评的研究;关注以希拉里·曼特尔为代表的英国本土作家及其文学作品的研究,能够为我国核心价值观和公共文化建设提供参考。

本书通过全面介绍曼特尔的创作背景及其重要作品,有助于深化国人对当代英国小说的了解,为关注当代西方文学的读者提供了较为深入翔实的信息材料,为研究小说理论和小说创作的中国学者提供有一定价值的研究资料。因而,本书可用作英语专业学生的辅导读物,也可作为英语专业学生、英美文学研究者的参考书。

本书是本人第一部外国文学研究的专著,对曼特尔及其长篇小说进行了独特的思考和论析。由于绝大多数观点和论析具有原创性,加之笔者是青年学者,毕竟身单力薄,深感战战兢兢,因此,个中粗糙乃至疏失在所难免,行文的稚嫩也显而易见。希望我的研究能够抛砖引玉,以唤起更多学者对外国文学的关注。

　　鉴于作者水平和经验不足,错误和不足之处在所难免,欢迎专家、学者和文评界同仁和广大读者的不吝赐教。

2016 年 4 月初于衢州学院

目　录

绪　论

希拉里·曼特尔（Hilary Mantel）是当代英国畅销小说作家，至今已出版 11 部长篇小说、1 部自传、1 部短篇小说集，且在《纽约时报》（*The New York Times*）、《纽约书评》（*The New York Review of Books*）、《伦敦书评》（*London Review of Books*）等期刊杂志上发表了众多评论文章。随着《狼厅》（*Wolf Hall*）及其续曲《提堂》（*Bring Up the Bodies*）先后摘得布克奖，她一跃跻身于当下英语文学世界最炙手可热的作家行列，并被誉为"最伟大的现代英语作家"（the greatest English prose writer of modern times）（Chennai，2012）。曼特尔两度得到英国文学主流意识形态的垂青，与其作品中表征的共同体关怀有着莫大关系。而由此反观其先前著作，尽管从处女作《每天都是母亲节》（*Every Day Is Mother's Day*）至今，曼特尔创作取材各异，但共同体形塑是始终贯穿于其写作的重要主题。曼特尔多样化题材的尝试表明她对共同体反思并没有局限于某一类型或人群，其创作不仅反映基于共同历史、文化和政治利益基础上的传统英国民族共同体意识，同时也反映了当代英国民族共同体对新时代"英格兰特性"（Englishness）的独特理解，揭示了英国本土作家利用自身的创作深化民族身份认同、推进共同体建设的

民族情怀。一方面曼特尔小说中的共同体书写在某种程度上回应了当下英国多元文化社会的病症,直指英国民族核心价值英格兰特性面临的挑战,另一方面小说中围绕叙事与文化两个维度展开的共同体书写,又为英格兰特性建构提供一条可能的路径。

1. 共同体语境下曼特尔小说研究

20 世纪 80 年代以降,与诸如朱利安·巴恩斯(Julian Barnes)、A. S. 拜厄特(A. S. Byatt)及格雷厄姆·斯威夫特(Graham Swift)等英国当代作家一样,曼特尔在其作品中不同程度地表达了浓厚的现代性焦虑情绪:对当下人类的生活状态、精神状态、性格命运的诸多思考及对英国民族身份认同和当代共同体构建的关注和担忧。与上述作家不同,在审思英国民族身份认同与当代共同体形塑上,曼特尔借助小说创作的文学形式表达伦理关怀、民族文化关怀以及社会责任意识。

因而,"共同体、伦理、民族文化"等可视为研究曼特尔小说的关键词,其中"共同体"既是曼特尔创作的表征对象,又是其书写"伦理关怀与民族文化关怀"的具体语境。

"共同体"一词,是一个社会学概念。"community"在《牛津高阶英汉双解词典》和《朗文当代高级英语辞典》中注解为:①the people living in one place, district or country, considered as a whole;②group of people of the same religion, race, occupation, etc., or with shared interests。"community"译成中文对应有"社区/共同体",相应的解释为:①在一个地区内共同生活的有组织的人群;②有共同目标和共同利害关系的人组成的社会团体。在西方传统思想中,对"共同体"的研究可以追溯到亚里士多德(Aristotle),强调"在一个共同体中,对共同善的共同追求使人们获得相应的利益或善"。在众多共同体研究中,德国学者斐迪南·滕尼斯(Ferdinand Tonnies)的观点无疑最具代表性。他认为,"共同体意味着真正的持久的共同生活,而社会不过是一种暂时的表面的东西。因此,共同体本身必须被理解为一种生机勃勃的有机体,而社会则是一种机械的聚合和人工制品。共同目标和共同活动为共同体成员带来共同利益(Tonnies,2001:15)。"时至今日,这种"持久的共同体生活"又逐渐被细化,除"民族文化共同体"、"区域文化共同体"等传统"文化共同体"视角外,"共同体"已经越过血缘和地缘的局限,衍生出了科学共同体、学习共同体、经济共同体、职业共同体等,并由此引发出较多的研究成果。由此可见,作为一个"生机勃勃的有机体",共同体自其产生之日起就是一个流动性与矛盾性并存的场域。20世纪下半叶以降,随着"多元文化主义"(Multiculturalism)的滥觞,英国社会的多元文化格局逐渐形成,这给英国社会既有的共同体带来较大冲击,同时又为之注入一股新活力。曼特尔出生于20世纪50年代,无疑对这一历史宏观变化有所体悟,而她将此种体悟揉入创作中自然是情理之中的事情。三十多年的创作生涯中,曼特尔对历史边缘人物、弱势群体、异质文化等始终给予充分关照,从不同的角度阐释他(它)们在共同体语境下面临的焦虑与困惑及其对共同体形塑所发挥的作用。然而,在对国内外曼特尔小说研究的文献梳理中,笔者却发现以往研究较少涉及该方面的探索,更鲜有批评家从叙事伦理与文化批评两种视角解读其作品中的共同体建构。

国外学者对希拉里·曼特尔的研究始于20世纪80年代,对其处女作《每天都是母亲节》的研究,主要涉及政治、宗教及家庭,研究方向更多的是关注作家的黑色幽默技巧。大多数学者对曼特尔的布克奖获奖小说《狼厅》和《提堂》的研究关注较多,研究视角主要集中于小说的主题、结构、语言、叙述基调、想象力及主人翁托马斯·克伦威尔(Thomas Cromwell)的形象再塑等方面。"道德的模糊"(moral ambiguity)和"政治生活的不确定"(the real uncertainty of political life)是人们较多关注的主题,"历史现实与自由想象的交融"彰显了小说创作无尽的魅力(Bordo,2012)。在小说情节方面,曼特尔聚焦于都铎王朝紧张的君臣关系和一代权臣的荣辱兴衰(Kevin,2012)。对于曼特尔其他几部小说的评论多见于《纽约客》(The New Yorker)、《旁观者》(The Spectator)等专栏评论中,系统的学术论文则比较有限。

国内学者对希拉里·曼特尔小说研究起步较晚。在获布克奖之前,曼特尔在我国还鲜为人知,早期的研究也仅以零星介绍曼特尔生平和访谈为主。随着两度获布克奖后,曼特尔引起了国内学者的强烈关注。针对其获奖作品《狼厅》和《提堂》的研究也逐步呈现多元化趋势:有的学者从历史小说的特征入手对《狼厅》进行了细致的解读;有的学者探讨了作者高超的文学想象和精细的语言描写;也有学者着重讨论主人翁克伦威尔的形象塑造

问题。在许多人看来,曼特尔刻画的克伦威尔几乎是莎士比亚(Shakespeare)的角色:自我意识和自我怀疑并存,冷酷无情与多愁善感纠缠,对传统观念不屑一顾。也有评论者赞赏作者曼特尔以女性特有的笔触诠释克伦威尔人性与狼性并存的政治生命,探索重塑后的克伦威尔的魅力。

国内外学者从多个层面剖析了曼特尔小说的创作主题和创作技巧,尤其是针对历史人物的重新塑造进行了较多的探讨,这些成果将为本书的研究提供一定的参考。但是,对曼特尔文学创作过程及其作品的研究有待深入和拓宽思路,如对其小说中民族身份、民族文化根源以及当代英国民族精神等方面,尤其是涉及共同体价值核心观念的"英格兰特性"研究较少。"英格兰特性"体现着共同体中人们对社会生活的全面理解,文学作品则是表达并传递这种理解的重要媒介;英国民族共同体意识的塑造和发展直接影响着文学作品的创作与传播,文学作品则反过来对民族身份认同的加深产生重要影响。就文学研究而言,只有将这种互为表里的关系纳入视野,才能拥有对作品的透彻把握,进而将文学研究提升至民族文化研究的高度。英国文学作品研究是我国世界文学研究领域的重要组成部分,成果丰硕,然而,由于此前的工作不够重视英国民族身份认同观念的问题,导致对文学作品的研究常常局限于审美愉悦的层次,缺乏民族意识和社会价值观的深度探讨。希拉里·曼特尔作为唯一一位两度获布克文学奖的女作家,虽然著作颇丰,也有了一定的文学地位,但是对其作品的研究尚不够系统全面,也未能充分阐释其作品在深化民族身份认同、塑造共同价值方面所发挥的作用。如何将这两方面的研究融合为一个有机的整体,使文学作品的创作解读与共同体意识的构建真正地相互契合,以推进英国文学研究,并为当前国内的文化建设工作服务,是学术发展的追求,也是社会现实的需求。本书主要从叙事伦理与文化批评两种视角阐释曼特尔小说中共同体的价值形构,如从隐含作者、叙事视角、叙事时间等叙事元素中阐释"去理解,而不是去决断"的叙事伦理指涉,以及从英格兰特性、民族身份认同、伦理形态等文化关键词中解读民族共同体文化构建。因此,将曼特尔小说置于共同体语境之下,有助于挖掘作家创作背后的人道主义关怀,为了解英国当下复杂的多元文化社会提供切入口,也可为探索我国当前公共文化建设提供新思路。

2. 曼特尔创作的伦理情怀

现代生活中，人、自然、神性陷入分崩离析的沉沦境遇中(托多罗夫，2005：153)。人的生产和生活与时序无关甚至相互冲突，工业产品最终成为废弃物，无法归还与献祭。在当下这个追求真实和论争的年代，人们对叙述细节和生活中的逸闻琐事越来越不耐烦，因为这些没有使用价值和意义，除非它们是信息或说明了某种道理。现代社会把叙事遣送到新闻报道，把叙事虚构变成了一种大规模的文化工业。由此，小说叙事魅力日益凋零，小说的"严肃精英性质逐渐被通俗流行所替代，纯文学走向了边缘，小说家从此徘徊在文学与文本之间、严肃与娱乐之间、理性与非理性之间(杨金才，2009)。"无怪乎美国当代著名小说家唐纳德·巴塞尔姆(Donald Barthelme)就发出"小说已死"的悲怆感言。在这样的小说叙事逆境中，希拉里·曼特尔依然对小说创作倾注了极大的热情，这是其对小说叙事的维护，是对个性、主体性的坚守。随着两度荣膺布克奖，曼特尔的小说在商业上也取得巨大成功。《狼厅》在英国销量就赶超了美国当下著名畅销书作家丹·布朗(Dan Brown)的《失落的秘符》(*The Lost Symbol*)。曼特尔的成功表明，即使在工具理性几乎独霸天下的时代，文学虚构叙事仍然可以赋予个人生活以意义，赋予人类的生活经验以讲述的动力。

人类生活在这个世界上，就不可避免与其产生关系。人类要寻求生存的意义，其内心的欲望必然要求他把握这个世界及其本质。因而人与世界就展开了互相建构的活动。小说家与小说叙事的关系也正是如此。小说是"日常生活的文化(奥斯本，2004：277)。"小说主人公及其感受，其对事物的情感意志的总体取向并不是一开始就拥有纯粹审美形式，而是首先受到作者的认识和伦理的界定。作者在对小说做出形式上的直接审美反应之前，先要在认识伦理上做出反应，然后才能从纯粹审美方面来塑造经过认识伦理(指道德上、心理学上、社会学上、哲学上等)判定的主人公。主人公的认识伦理所加的限制，总带有无法摆脱的利害关系和个人隐秘的价值认知。进入21世纪以来，越来越多的文学评论家开始关注作家的创作自由与社会责任的辩证关系。聂珍钊强调："任何创作与批评都必须承担道德责任。作家有创作和虚构的自由，批评家有批评和解释的自由，但是不能违背社会公

认的道德准则,应该有益道德而不能有伤风化。无论作家创作作品还是批评家批评作品,都不能违背文学的伦理和损害道德(聂珍钊,2015)。"文学的基本功能是教诲,因此,作家在创作过程中就不能只兼顾市场效应,还须维护文学创作的伦理秩序和道德规范。

曼特尔创作的小说大致可归类为:历史小说、家庭小说、超自然小说、女性小说,其中塑造了形形色色的人物形象,如阴险毒辣与忠君爱国的权力人物克伦威尔、表面患有精神病症实则心理扭曲变形的小女孩穆里尔(Muriel)、对上帝失去信仰却用严格的教条伪装自己的神父安格温(Father Angwin)以及恶鬼缠身的专业灵媒艾莉森·哈特(Alison Hart)等。哲学家理查德·罗蒂(Richard Rorty)认为小说人物是具体的和社会的植入,因此小说人物鼓励我们对照他们的行为反思我们自己的选择和行动(伍茂国:2013:78)。小说家曼特尔塑造的小说人物形象足以表达出她的人道主义理念。"人道主义"是人区别于"兽道"和"神道"的、以人类生存需要为前提、以人类道德文化为内涵的基本原则(徐岱,1990:46)。曼特尔文学创作思想的生命本体从来就没有离开过人道主义的语境。威廉·福克纳(William Faulkner)接受诺贝尔文学颁奖时说道:"人是不朽的,并非在生物中唯独他留有绵延不绝的声音,而是人有灵魂,有能够怜悯、牺牲和耐劳的精神。诗人和作家的职责就在于写出这些东西。他的特殊的光荣就是振奋人心,提醒人们记住勇气、荣誉、希望、自豪、同情、怜悯之心和牺牲精神……"(福克纳,1980:255)。曼特尔借助于想象的翅膀塑造了一个个虚构故事中的人物,实现了对自由生命的体验,这永远是人类诗性文化创造的价值与意义所在。她的小说叙事虽然离不开叙述者的生活经历,但难能可贵的是,作者至少以此作为叙事的脚手架来为我们表现具有普泛的生命意识。曼特尔用她的小说叙事表达着人类的愤怒、哀伤抑或欢乐,她的小说也因其对人类命运的关怀而赢得尊重与好评。

曼特尔在虚构小说人物时深刻把握了人的基本特点:在人的身上善恶共存的特点。无论是社会中的人,还是文学作品中的人,都是作为一个斯芬克斯因子存在:人性因子与兽性因子。这两种因子有机组合起来,构成一个完整的人。曼特尔笔下的人物形象几乎都具有善恶共存的特点,是其作为小说创作者推动人们择善弃恶的道德实践。苏珊·桑塔格(Susan Sontag)

曾说过:"严肃的小说家是实实在在地思考道德问题。他们讲故事。他们叙述着所发生的事情。他们在我们可以认同的叙述作品中唤起我们共同的人性,尽管那些生命可能远离我们的生命。他们刺激我们的想象力。他们讲的故事扩大并复杂化——因此也改善——我们的同情。他们培养我们的道德判断力(桑格塔,2009:218 – 219)。"毫无疑问,曼特尔是有责任心的说故事高手,她的确试图通过讲述自己的故事而培养现代人的道德判断力,她的诸多小说感动当下读者绝离不开其中朴素的伦理追求。当代作家正是借助自己的作品来探索和表达自身对世界和人生的感受与认识。

　　除了对现实的道德关怀,曼特尔对民族特性也表现出了较强的热情和洞察力。事实上,现当代英国文学界表现出强烈民族情感的作家不乏其人:菲利普·拉金(Philip Larkin)的诗歌、A. S. 拜厄特所创作的"新维多利亚小说"、朱利安·巴恩斯的作品《英格兰,英格兰》(*England,England*)、鲁德亚德·吉卜林(Joseph Rudyard Kipling)帕克系列历史故事、扎迪·史密斯(Zadie Smith)的《白牙》(*White Teeth*)以及石黑一雄(Kazuo Ishiguro)的《长日留痕》(*The Remains of the Day*)等文学作品从帝国霸权、殖民主义、经验主义、多元文化等方面对"英格兰特性"进行深入的阐释和探索,从而审视了英格兰民族身份认同的内涵。这些研究印证了文学作品与英国民族共同体意识之间的密切关系。民族是不断变化的人类共同体,在记忆基础上的自我认同意识是其存在的基础。小说家们通过自身的文学创作从历史、风俗、文化、宗教等多重视角阐释英国民族特性,强化民族共同体意识。当代作家们对民族共同体的关注真实地反映了一个民族身份认同危机时代苛求民族身份属性和共同体精神的强烈愿望。

3. 本书研究意义、内容框架与创新之处

　　中国的英国文学研究为中国人了解西方、融入现代世界作出了巨大贡献。随着改革开放的加深、经济转型的加快,中国的传统价值观和民族凝聚力的内涵也在不断丰富。本书通过审视、解读当代英国本土女作家希拉里·曼特尔的创作背景及其经典小说,探究其伦理态度和伦理立场,审视其民族意识,提炼其作品中包含的加深民族身份认同的元素,解析其文学作品在构建民族共同体意识方面的创作路径。本研究针对当代伦理转向语境中的叙

事伦理及英国民族身份认同危机状况,创新、系统地研究英国共同体文化,旨在服务于我国公共文化建设。本书的研究至少体现了以下几点意义和价值:

(1)关注曼特尔经典作品中的叙事伦理问题,对文学作品的伦理思想内容进行深入探讨,有助于为叙事学研究和文学批评研究提供新维度,提高人们的文学鉴赏水平。

(2)关注英国民族共同体意识的塑造和发展对文学作品创作与传播的影响,有助于拓展国内文学界对英美文学研究的新思路。

(3)探索希拉里·曼特尔经典作品的民族文化特性,有助于加深国内文学界对英国布克文学奖作品的了解。

(4)挖掘蕴藏在文学作品中的道德教诲价值,发掘文学作品在加深民族身份认同意义上的深层价值,关注文学作品的创作与解读对增强民族凝聚力、创新共同体文化意识方面的积极作用,有利于探索我国文化特色和建构共同体文化。

美国当代著名的文学理论家和文学批评家 M.H.艾布拉姆斯(Meyer Howard Abrams)提出文学批评的四大要素:①作品(work)、②世界(universe)、③艺术家(artist)、④欣赏者(audience),并采用一个方便实用的三角关系图,将"作品"这个阐述对象摆在中间,世界、艺术家和欣赏者处在三个边上。在这个艺术系统中,作品是中心,经由它把其他三个要素勾连起来。世界与艺术家的联系被凝聚在作品的艺术形态中,而创作活动的成果就是作品;作品同时也是连接艺术家和欣赏者的桥梁,欣赏者通过作品去认识世界,理解生活。四要素理论的三角形式表明,评价、分析、解读一部艺术作品,既要立足于作品又不局限于作品;既要探究作品的内部构成,又需考察其与其他因素的关系;既要分析艺术家的创作意图、思想情感、个性才能如何显现于作品,又要考虑作品对读者的社会功用等。本书基本上是沿着艾布拉姆斯对四大要素的概括和三角形关系图的阐释来对曼特尔小说进行解读。大多数文学史学家和批评家都注重作者个人与他们所生活、创作的社会和文化环境之间的关系,也注重文学作品与其所反映或针对的社会层面之间的关系。社会学派的批评家认为,文学作品——题材的选择与形成,作品体现的思维方式,作品对其表现的生活方式的评价,甚至作品的形式特征——不可避免地受制于其特定时代的社会、政治与经济力量及结构。他们同时也认为,阅读大众所处的时代与地点所特有的环境决定了阅读大众对文学作品的阐释和评价。显然,文学社会学将文学作品完全视为文化产物,认为文学作品完全扎根于时代、地点的背景环境之中,这正是本书研究的一以贯之的原则。

　　本书研究的总体框架以文学叙事的伦理艺术本质及英国民族身份认同危机为切入点,以英格兰特性内涵的理解和阐释为重点,以希拉里·曼特尔的小说《狼厅》和《提堂》及其评论为主要研究对象,以历史、文化及政治认同为关键因素,探索其作品所透视的叙事伦理价值及民族特性,审视希拉里·曼特尔的人文情怀与民族意识,分析英国本土作家借助文学作品解构传统民族身份认同的行为,研究英国人推动公共文化建设、构建当代民族共同体的新思路,同时经由文学研究、心理学研究及社会学研究等多棱视角,着重审视作家的社会道德责任和英国民族独特的当代共同体意识,探索文学作品对当代社会发展的现实影响及意义。本书将在小说叙事伦理和民族共同体文化视域下展开研究,具体研究内容如下:

　　第一章为希拉里·曼特尔小说创作背景及创作思想研究。要解读一位作家的作品,真正了解作品所体现的丰富内涵,就有必要研究作家的创作背景。希拉里·曼特尔自 1985 年发表处女作《每天都是母亲节》以来,迄今已出版 11 部长篇小说、1 部短篇小说集和 1 部传记。曼特尔创作不仅涉足不同文类,而且作品的题材跨度较大。但她似乎比较青睐历史题材。1993 年的小说《一个更安全的地方》(*A Place of Great Safety*)通过追溯革命家乔治·雅克·丹东(George Jacques Danton)、罗伯斯庇尔(Robespierre)等人的一生,再现法国大革命时期的恢宏场面。1998 年,曼特尔以 18 世纪末的真实历史人物查尔斯·奥布莱恩(Charles O'Brien)为主人公创作完成了小说《巨人奥布莱恩》(*The Giant O'Brien*),探索了灵与肉、想象与理性的对立。而 2009 和 2012 年推出的《狼厅》和《提堂》则堪称作家对历史题材完美操纵的典范。曼特尔小说的创作背景可以从作者经历、所处时代、创作动机等方面进行透视分析。探讨曼特尔的创作背景和创作意图意在从不同视角和层面发掘作品的丰富意蕴,也是对作家民族心理和人文精神的一个梳理。

　　第二章为希拉里·曼特尔经典小说研究。曼特尔的经典小说——如历史小说《狼厅》和《提堂》,反映了英国 16 世纪都铎王朝一代权臣克伦威尔的

政治生活和丰功伟绩——取得了巨大成功,为其两度赢得布克奖,具有重要的研究价值;其历史小说《一个更安全的地方》描写的是法国大革命时期丹东、罗伯斯庇尔、卡米尔(Camille)三个革命者所表达的政治理想;《巨人奥布莱恩》是一个关于18世纪爱尔兰巨人查尔斯·奥布莱恩的神话故事,等等。本章从文化功能这一视角,研究曼特尔小说如何暗示英国民族文化走向,解析共同体文化价值观念的形成。文学经典是民族文化的承载者与推动者,也是民族文化主体性的捍卫者,具有文化史和思想史的坐标原点价值,反映着一个广阔的领域,包括一个民族的历史、文化、风俗、道德、思想、文字等多重文化观念,这一切都为我们考察文学经典作品在引领民族文化方面的作用,提供了学理依据。

第三章为希拉里·曼特尔经典小说的叙事伦理研究。曼特尔作为当代实力派作家,始终关注自我、身份、命运、生死、爱、灵魂、信仰等众多人类生活基本命题,不倦地探索人的生存方式,积极呈现生命的感觉。曼特尔众多经典作品充分演绎了作家的生命哲学和高超的叙事艺术。研究曼特尔小说的叙事伦理,意在阐述其以《狼厅》和《提堂》为代表的经典作品中叙事了何种伦理和伦理如何叙事,探讨叙事中呈现的伦理关系和叙事主体在叙述文本中构建出的伦理价值,探讨曼特尔的小说叙述形式产生的伦理效果。因而本章节主要从叙事伦理的角度切入,通过对《狼厅》、《提堂》的故事伦理研究和叙述伦理研究来阐释曼特尔的伦理价值和叙事技巧。首先,论述小说叙事伦理批评的常用策略,如叙事视角、叙事主体等,并概述曼特尔小说的叙事伦理精神;其次,论述《狼厅》与《提堂》的故事伦理,探索叙事中蕴含的伦理内涵;最后,曼特尔经典小说中的人物始终表达了对人性阴暗面的揭露与嘲讽和对善与温情的渴望与赞美,由此分析曼特尔的伦理乌托邦建构。叙事伦理研究是一种后经典叙事学的全新方向,在对于叙事性作品的既有研究中已经证实其具有极大的理论意义。选取曼特尔经典小说,尤其是以其布克奖获奖作品为研究文本,具有较强的典型性。从叙事伦理角度探讨曼特尔的小说艺术,打开了曼特尔文学作品研究的新维度,具有一定的研究价值。

第四章为希拉里·曼特尔经典小说中的民族共同体形塑研究。曼特尔在其小说中所体现的民族共同体文化,有反映社会较低阶层需求的大众文化,有体现英格兰贵族社会特色的主流文化,也有代表皇室传统的精英文化，这三个方面作为一个内在有机系统，既有其尖锐的意识形态冲撞，但更多的是具有共同的价值指向——英格兰民族的文化自觉、文化自豪。英国民族公共文化建设离不开大英帝国情怀的重新审视、文学经典的继承和发扬、黑色幽默手法的运用以及民族记忆信息和特征的传承及补充等方面。研究希拉里·曼特尔借用小说创作方式解读和阐释当代英格兰特性所体现的民族独特性、包容性和多样性，以进一步延伸对英国民族共同体文化与当代公共文化建设的研究，是本书的重要研究内容。

　　全书四个章节主要围绕以下问题展开论述：一是怎样真正体现文学作品与共同体形塑之间的双向解释。本书通过对英国本土作家希拉里·曼特尔的创作思路及其经典小说进行系统的研究，以全面、具体、细致的方式阐释文学作品对民族共同体形成、巩固和发展所发挥的作用，在小说作品的研究领域有一定的挑战性。二是如何从伦理价值取向及民族共同体文化等视角界定"英格兰特性"的概念及其内涵。界定国家的民族身份认同是相当复杂的课题，因为英国现在涌入大量外来移民，使英国成为世界上最多元化的国家之一。"英格兰特性"的表征因时期不同而不同，但其内涵却一直在延续、巩固和发展。如何界定"英格兰特性"这一概念，梳理反映其内涵的表征现象，也是本书研究的关键。第三，一直以来，"英格兰特性"、"道德判断"、"伦理视角"、"民族身份认同危机"以及"共同体文化构建"等热点话题在各个研究领域得到强烈关注。本书是在文学研究、心理学研究、文化学研究及社会学研究等领域对上述热点话题的有机延伸，既具有思想性、历史性、民族性及学术性，又是对当下种种研究热点的积极回应和参与。本书探讨了如何在这种参与和回应中探索我国伦理价值以及民族文化的共同体意识内涵，形成适用的研究范式，真正实现共同体文化领域的东西方对话。

　　从叙事伦理视角和民族共同体文化视角研究希拉里·曼特尔及其文学作品，同时审视文学作品对民族共同体形塑及公共文化建设的积极作用，是本书研究的创新之处。文艺研究领域中的"叙事伦理"是对伦理学视域中的"叙事伦理"的借鉴和拓展，包括"故事伦理"和"叙述伦理"两个部分，其中，叙述伦理指在叙事过程中叙事技巧、叙事形式如何展现伦理意蕴以及叙事中伦理意识与叙事呈现之间、作者与读者、作者与叙事人之间的伦理意识在叙事中的互动关系。置身于当代伦理转向语境中的叙事伦理既是一种对文

学艺术叙事以及超文艺叙事进行研究的新视角,同时也是一种批评方法;民族共同体是一定地域内形成的具有特殊历史文化联系、稳定经济活动特征和心理素质的民族综合体。研究民族共同体的成长,是研究公共文化建设绕不开的话题。英国民族共同体研究就是研究英国人如何建设共同体。"英格兰特性"体现着共同体中人们对社会生活的全面理解;而文学作品是表达并传递这种理解的重要媒介。共同体的塑造和发展直接影响着文学作品的创作与传播,而文学作品反过来对民族身份认同的加深产生重要影响。就这个角度而言,只有将希拉里·曼特尔的文学作品纳入民族共同体文化视域下进行研究和审视,才能拥有对作品的透彻把握,进而将文学作品的研究提升至民族文化的研究高度。

本书以马克思主义文艺观为指导思想,运用社会学、伦理学、历史学、阐释学和译介学等相关理论,通过文本细读和语境化处理相结合的研究方法,对当前英国社会伦理危机和身份认同危机背景下的以希拉里·曼特尔的创作为代表的英国文学作品从"英格兰特性"视角进行深入、辩证的思考和阐释。本书以审美体验、理性分析和价值判断的视角研究希拉里·曼特尔的小说与共同体形塑,以厘清"英格兰特性"的内涵,探索英国小说、诗歌等文学作品所体现的民族特性;借用(新)历史主义和多元文化视角来考察相关文化、社会互文的意识。在此基础上,对相关的英国文学作品作出具体的解读和阐释,无疑会用到新批评和阐释学的方法。假如只能用一句话来概括本书的研究策略,那就是英国民族身份认同和文学作品的双向阐释。将文学作品置于民族思想和文化观念场域中加以考察,以文学作品所凸显的民族特征为主轴,切入希拉里·曼特尔小说的理解、阐释与研究,形成双向互动。

本书在整理、补译、重译和阐释曼特尔经典文学作品的基础上,追溯文化观念的脉络,评价社会核心文化价值观在这些作品的形成和发展中产生的作用。同时经由文学研究和思想史研究的交互视角,着重审视英国民族和英国社会建设公共文化的独特经验,探索英国公共文化思想形成与发展的源泉、脉络、形态和现实影响,进而延伸至我国民族文化共同体的研究。基于以上的界定和思考,本书的研究路线如下:

希拉里·曼特尔小说研究

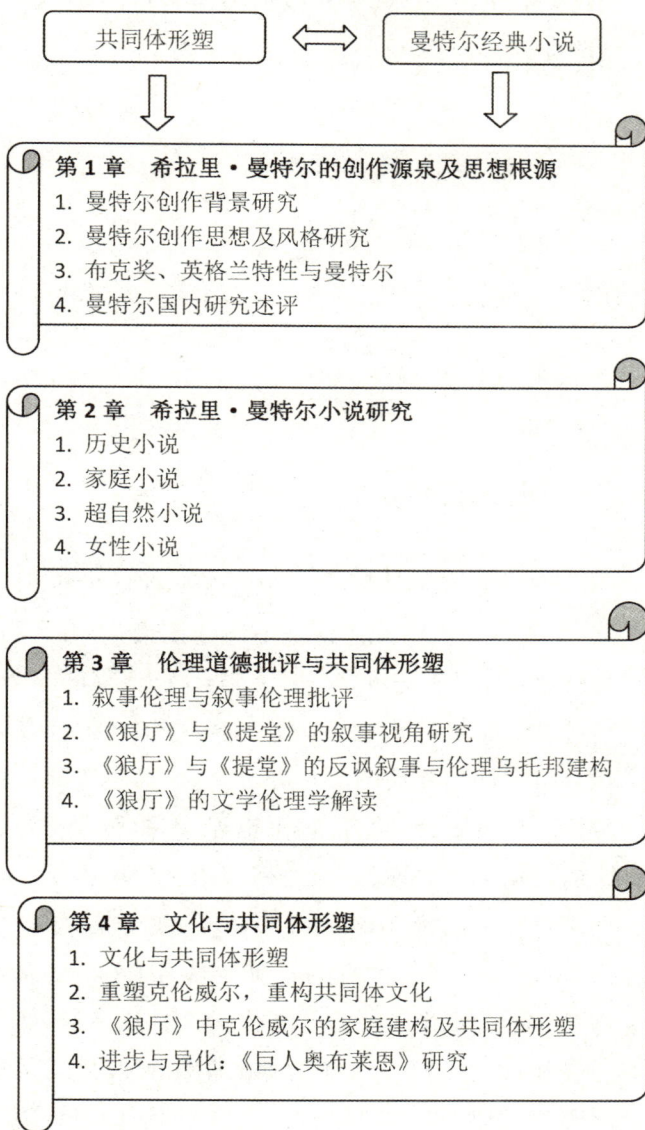

共同体形塑 ⟺ 曼特尔经典小说

第1章　希拉里·曼特尔的创作源泉及思想根源
1. 曼特尔创作背景研究
2. 曼特尔创作思想及风格研究
3. 布克奖、英格兰特性与曼特尔
4. 曼特尔国内研究述评

第2章　希拉里·曼特尔小说研究
1. 历史小说
2. 家庭小说
3. 超自然小说
4. 女性小说

第3章　伦理道德批评与共同体形塑
1. 叙事伦理与叙事伦理批评
2. 《狼厅》与《提堂》的叙事视角研究
3. 《狼厅》与《提堂》的反讽叙事与伦理乌托邦建构
4. 《狼厅》的文学伦理学解读

第4章　文化与共同体形塑
1. 文化与共同体形塑
2. 重塑克伦威尔，重构共同体文化
3. 《狼厅》中克伦威尔的家庭建构及共同体形塑
4. 进步与异化：《巨人奥布莱恩》研究

第1章　希拉里·曼特尔的创作源泉及思想根源

1.1　创作背景

　　作者主体性问题历来都是文学批评中极为重要的话题之一，文评家们对此进行过不懈的探索，展开过持久的辩论。总体而言，尽管思想各异，但整体上大致可分为三种观点。传统的文学批评观念认为，人作为文本创造活动的主体，通过具有明确指涉性的语言进行交流，文本表达了作者个体的身份地位、社会体验、情感愿望等，因而作者主体在文学批评中应占据最重要地位；与之相对的一种声音始于法国文学批评家罗兰·巴特（Roland Barthes）的"作者之死"宣言。他指出，由于文本语言本身的不确定性，因此无法保证其指涉客观事物的稳定性，因而，作者作为文本创造者，其主体性受到质疑和否定；如今，注重作者主体性的人文主义批评理论再次回归，强调作者主体性对于文学批评的重要意义。无论哪种观点，哪个阶段，作为文本创造者的人始终是历史和哲学思考的出发点和最终归宿。即使是刻意忽略作者存在的新批评理论，在对作者主体性的逐步消解过程中也难以否认人始终是社会及反映社会现实的文本的中心存在。对新批评文论家而言,对作者主体性的否定与其说是对作者主体的否定,不如说是为了突出文本的权宜之策。因此,作为文本解读的重要前提条件之一,作者的主体性在任何阶段的任何文学批评理论下都受到不同程度的关注。因而,不管依据何种理论解读曼特尔的作品,对文本创造者主体性的研究,即对曼特尔的社会体验和思想情感的探索研究应该都放在首位。

1.1.1　名声地位

英国当代女作家希拉里・曼特尔基本上和马丁・艾米斯(Martin Amis)、朱利安・巴恩斯、伊恩・麦克尤恩(Ian McEwan)及萨尔曼・拉什迪(Salman Rushdie)等人是同一时期的作家。尽管在《狼厅》发表之前,曼特尔已著有多部作品,也获得一些奖项,但无论从销量上或是声望上来说,都无法与同时代的麦克尤恩、艾米斯、拉什迪比肩。正如曼特尔所说:"在获布克奖之前,我即使站在自己的小说面前,也不会有书商认出我(Anonymous,2010)。"

曼特尔所写亨利八世王朝的历史小说《狼厅》荣获 2009 年布克奖后,在英国小说界的地位才初步奠定。《狼厅》的成功并没有令英国小说的追随者们感到很意外。她早期那些涉及不同主题的作品已经为她赢得一系列的小奖项,"她就从来没有写过一本不好的作品。"(Peter Aspden,2013:02)2012年,曼特尔凭借《狼厅》的续集《提堂》再次夺得该年度的布克文学奖,并由此成为继澳大利亚作家彼得・凯里(Peter Carey)和南非作家 J.M.库切(Coetzee)之后,第三位两度获奖的作家。更为难得的是,曼特尔是 44 年来,布克奖史上第一位获此殊荣的英国本土作家,也是唯一一位获此殊荣的女性作家。关于布克奖及其背后的意识形态研究将在本章第三节详细论述,这里不再赘述。

随着 2009 年和 2012 年历史小说《狼厅》和《提堂》的相继获奖,曼特尔在英国文学界的地位最终得以确定。曼特尔称自己将创作英国都铎王朝三部曲,也有人称其为"克伦威尔"系列历史小说,除了《狼厅》与《提堂》外,第三部《镜与光》(*Mirror and Light*)正在写作中。曼特尔的"布克奖故事"在该奖历史上占据着独特的地位,她对于托马斯・克伦威尔的重新挖掘是现

代文学的一个伟大成就。布克奖评委会主席彼得·斯托萨德（Peter Stothard）称她为"最伟大的现代英语作家"；《卫报》（*The Guardian*）称赞她为"当今一流的英语作家（Jean Richardson，1998：61）。"曼特尔成为唯一一位在世时其肖像画就已经进入大英图书馆陈列的知名作家之列（Wagner，2014）。

希拉里·曼特尔在文学界能有今日的名声地位，着实不易：她身体一直不大好，并不住在伦敦，不说时髦口音，不怎么旅行，也不怎么参加谈话节目。她的作品处处充斥着作者那天马行空的想象力，显得尤为深奥难懂，对读者的要求也相当高。同时，曼特尔也是个难以归类的作家，正如《圣弗朗西斯科编年史》（*San Francisco Chronicle*）的迈克·厄普丘奇（Michael Upchurch）所说，她一本接一本地看书，并绞尽脑汁对它们进行改造[3]61。她喜欢尝试新事物，作品题材跨度很大，从黑色喜剧到历史小说到社会现实主义作品，但她对历史题材一向痴迷，相关作品也较多。

1.1.2　作品及奖项

自《每天都是母亲节》以来，曼特尔迄今已经出版了 11 部长篇小说、2 部文集（包括短篇小说、散文和书评）、1 部传记及多篇杂文，并屡获各种权威文学奖项。曼特尔在她的故乡英格兰所受到的赞誉就像加拿大著名小说家玛格丽特·阿特伍德（Margaret Atwood）一样，都基于以下相似的理由：形式和内容的多样性、文笔的优雅和尖锐、刻画人物时的敏锐洞察力等等。曼特尔的作品题材丰富，从中东的《加沙大街上的八个月》（*Eight Months on Ghazzah Street*）到中部英格兰的《黑暗之上》（*Beyond Black*），从轰轰烈烈的法国大革命到热热闹闹的都铎王朝，无不让读者领略到这位英国当代作家强劲的想象力和创作才能。

表 1　希拉里·曼特尔小说及其所获奖项

发表时间	书名	获奖英文名称	获状中文名称
1985	*Every Day is Mother's Day* 《每天都是母亲节》	/	/
1986	*Vacant Possession* 《空白财产》	/	/
1988	*Eight Months on Ghazzah Street* 《加沙大街上的八个月》	/	/
1989	*Fludd* 《弗勒德》	Winner of the Winifred Holtby Memorial Prize，the Cheltenham Prize and the Southern Arts Literature Prize	温尼弗雷德·霍尔比纪念奖、切尔滕纳姆奖、英国南部文学奖
1992	*A Place of Greater Safety* 《一个更安全的地方》	Winner of the *Sunday Express* Book of the Year award	《周日快报》年度小说奖
1994	*A Change of Climate* 《变温》	/	/
1995	*An Experiment in Love* 《爱的考验》	Winner of the 1996 Hawthornden Prize	1996 年霍桑登奖
1998	*The Giant，O'Brien* 《巨人奥布莱恩》	/	/
2005	*Beyond Black* 《黑暗之上》	Shortlisted for a 2006 Commonwealth Writers Prize and for the 2006 Orange Prize for Fiction and longlisted for the Man Booker Prize	2006 年英联邦作家奖入围小说、2006 年度柑橘文学奖、入围布克奖长名单

（续表）

发表时间	书名	获奖英文名称	获状中文名称
2009	*Wolf Hall* 《狼厅》	Winner of the Man Booker Prize，winner of Walter Scott Prize，winner of National Book Critics Circle Award	2009 年度英国布克文学奖、沃尔特·斯科特奖、国家图书评论奖
2012	*Bring Up the Bodies* 《提堂》	Winner of the Man Booker Prize，winner of Costa Book Awards，winner of David Cohen Prize	2012 年度英国布克文学奖、科斯塔图书奖、大卫·科恩奖

曼特尔的小说背景虽各有不同，有大革命时期的法国、18 世纪的爱尔兰和英格兰、20 世纪 60 年代的沙特阿拉伯和博茨瓦纳以及当代英国，但却都有一些共同的主题，如罪恶的本质、信仰问题、文化冲突的复杂性、局外人的预见性和脆弱性、女性的身份认同问题等等。她关注这些主题的原因绝非出于理论或空想，而是基于个人的迫切需求。读者们都能感受到，几乎在她所有的作品中，曼特尔探索的那些未被解决或不可能被解决的问题，都源于她个人的生活环境和人生经历。

1.1.3　家庭成长背景

1952 年，希拉里·曼特尔出生于英国北部德比郡海皮克地区（the High Peak region of Derbyshire）格洛索普（Glossop）镇哈德菲德（Hadfield）磨坊村的一个工人阶级家庭。父母出生于英格兰，但都是爱尔兰后裔，笃信天主教，育有三个子女，曼特尔是家中长女。

曼特尔成长于特殊的家庭环境，经历过惨淡的青少年时期。在四岁之前，曼特尔都很自信。她相信自己会变成男孩子，天真烂漫，精力充沛，心情愉快，觉得自己的使命是成为圆桌骑士。但情况却随着她入读小学而发生了变化。和《爱的考验》中女主人公卡梅尔·麦克贝恩一样，曼特尔年少时就读于罗马天主教小学,每月得去一次教堂排队忏悔,这使她痛苦地意识到自己与信仰的问题。那时,对她而言,这种信仰既有惩罚性又具疏远性。"从四岁左右开始,"她在 2003 年写的回忆录《气绝》(*Giving Up the Ghost*)中写道,"我就开始相信自己做了错事。忏悔并没有触及那些最本质的罪恶,我的内心有些东西是无法治愈、无从救赎的。"于是,她开始变得越来越不自信了。及至曼特尔八岁时,父母关系恶化,家里住进了一位名叫杰克·曼特尔(Jack Mantel)的房客,渐渐取代了她父亲在母亲生活中的角色。在她十一岁那年,为了让她接受更好的教育,全家搬到了柴郡(Cheshire)一个名叫罗米利(Romiley)的小镇生活。就在那一年,她的生父离家出走,此后再也没有回来过。全家最终跟随继父改姓了曼特尔。父母婚姻的变动对曼特尔的成长产生的影响非常大。小时候曼特尔就读于罗米利的哈里顿教会学校,从进校第一天起,她就清醒地知道自己会对所发现的一切采取抵抗的态度,并用那近乎神经质的谦卑和女性腼腆的外表掩饰其内心的真实想法,她知道如何赢得胜利。现在曼特尔提起父母的婚姻时,心态依然相当复杂:"你不应该评价父母。父母的情况基本都一样:大多时候他们都在尽力,他们犯了迷糊,又身无分文,雇不起律师,他们……也还算年轻啊!母亲触礁的婚姻使我对过去和未来都同样感到迷茫(Simon,2014)。"曼特尔曾坦言,家庭背景是贯穿她小说的原动力。十二岁那年,她放弃了宗教信仰,成为自由思想人士,但"罪恶感"从此在她心中留下了难以磨灭的印记。她从小就进行激烈的思想斗争,老觉得自己的存在是一个错误,因而养成了一种根深蒂固的内省和自我审视的习惯,且对自己异常严厉。这样的认知和习惯对其创作产生了较大影响,其小说中许多人物形象都具有这样的性格特征。

十八岁时,曼特尔以优异的成绩从中学毕业并进入伦敦经济学院学习法律。对曼特尔来说,当时学校开设的那些课程非常吸引人,而导师也常表扬她,并鼓励她做一名大律师。但是资金的短缺和恋人杰拉德·麦克尤恩(Gerald McEwan)的出现使这一规划搁浅。随后,她跟随男友杰拉德去了谢菲尔德大学(Sheffield University)继续学习法律,而杰拉德则主修地质学。二十岁时,曼特尔不顾家人的反对和男友结了婚。虽然丈夫杰拉德始终支持她的研究和写作,但他们的婚姻生活却也一度陷入绝望的境地。由

于疾病缠身，无法生育，曼特尔在非洲期间和丈夫离了婚，后来回到英国后两人复婚了。

尽管曼特尔希望留在谢菲尔德大学继续学习法律，但她觉得这里的氛围有些迂腐，令人窒息。在这里，学生们见过的世面非常有限，因而显得年轻无知，百无聊赖，但又对周围充满敌意。那些教员，与之前在伦敦所接触的人也完全不同，常会挖苦贬低他人。其中有一个导师是本地律师，他直接扬言说，女性来学校学习纯粹是浪费资源，她们都应该回家生孩子去。在谢菲尔德，社会传统文化对女性的束缚使曼特尔备受压抑和打击，她清楚地意识到当时女性受到严重歧视，根本没有什么社会地位：教员和老板们都认为女人终会结婚，结束学术生涯，"发胖、假笑、编织鞋子"成为女性一生的轨迹。在她看来，这种歧视足以成为发动女权运动的理由。

从二十多岁开始，曼特尔患上了子宫内膜异位症（endometriosis），却一度被误诊为抑郁症。虚弱、疼痛以及经常性呕吐，这些使她疲惫不堪。后来为了能彻底解脱痛苦，她去做了子宫切除手术，从此失去了做母亲的资格。没有了子宫和卵巢，身体的痛苦虽然解除了，但精神方面的痛苦却加剧了：她努力想把自己重新定义成一个女人，但她不可能会有孩子，已经被剥夺了决定是否要怀孕的选择权。生物学上的性别已成恒定的事实，但社会学意义上的身份却时常困扰着她。"我到底是谁？"她常常这样问自己。之后，当疼痛再次来袭时，她开始服用类固醇药，体重迅速增长两倍，成了"疾病缠身，不中用之人"。

在大学医院就医时，曼特尔开始养成了写作习惯，这成了她确认自我身份的途径。她通过创作一部部作品，来给自己重新定位：她为人子女却无儿无女，自我身份如果不在自己的躯体内，那就在故事的字里行间那些鬼怪出没的地方。写作，让她重新获得生命。在《狼厅》之前，曼特尔已经写完了10本书，还做过四年《旁观者》的影评家，也是《伦敦书评》、《纽约书评》等文学杂志的评论员。但在《狼厅》带给她巨大声誉之前，在得到英帝国二等勋位爵士CBE（Commander of the Order of the British Empire）勋章之前，曼特尔一直都是一个缺乏自信的作家。事实上，正是每况愈下的身体状况使她缺乏足够的精力和自信。直到四十多岁，随着身体状况的好转和写作成就的增多,曼特尔才重新开始充满自信。如今的曼特尔已经六十多岁,眼睛湛蓝,皮肤白皙,就像从荷兰油画里走下来的人物一样,只是依然显露着含蓄谨慎的神态。

1.1.4　创作背景

刚开始的时候,曼特尔根本没想成为一个作家。她学习法律专业,和现在的职业关联不大。当时她希望进入政界,成为律师。但是后来却在英国西北部一家老年病医院找到了一份当社工的工作。这一年对她的人生影响较大。自此她逐渐意识到自己真正想要做的事情是写作,于是她的创作生涯便开始了。在英国文学领域,她想模仿的伟人主要是夏洛蒂·勃朗特(Charlotte Bronte)和罗伯特·路易斯·斯蒂文森(Robert Louis Stevenson)。至于英国大文豪莎士比亚,她也十分喜欢,孩提时常和伙伴们一起去剧院看《皆大欢喜》(*As You Like It*)、《李尔王》(*King Lear*)、《特罗洛斯与克里希达》(*History of Troilus and Cressida*)等戏剧。她十几岁时还读过许多俄罗斯文学作品,那些作品可能影响她的心理设定,也许把她往阴暗、忧郁的方面引导。在现代,她崇拜的两个人物是英国作家伊夫林·沃(Evelyn Waugh)和艾维·康普顿·伯内特(Ivy Compton-Burnett)。

1974 年曼特尔正式开始动笔写作,但她并未在自己的第一部作品中描写自己的生活经历。相反,她专注于研究法国大革命,写作对象规模宏大,令人敬畏。她要写一部以法国大革命领导人丹东、罗伯斯庇尔和卡米尔为中心人物,同时还涉及许多其他人物的小说。当时曼特尔 22 岁,对生活充满激情和憧憬,选择如此巨大的研究项目不足为奇。然而当时曼特尔还在老年病医院工作,她既要兼顾白天的工作,还要投入晚上的写作,感到身心俱疲,于是她决定辞去正规工作转而成为一家百货商店的售货员,专卖服装。这个工作让她身体受累,但却令她心神放松。当时她最喜欢做的事情就是在八月份进入羊皮革专卖区。在那里,她可以单独一人待上好几个小时,组织语言,整理思路。从 1974 到 1979 年末,她一直都在进行关于法国大革命小说的研究。期间,大概是 1977 年,丈夫杰拉德因工作需要调往非洲南部的博茨瓦纳(Botswana),曼特尔不得不一同前往,于是手头关于法

国大革命的研究工作似乎暂时告一段落。但曼特尔却把成堆的笔记和索引卡带到了博茨瓦纳,每当丈夫外出开展地质研究工作时,她便钻进蚊帐潜心研究法国君主制衰败的过程。离开非洲前,她已完成了厚厚的一叠手稿,返回伦敦后,小说最终写完,书名是《一个更安全的地方》,然而却没有出版商愿意出版这本书。直到1992年这本小说才最终问世。所以《一个更安全的地方》是曼特尔第一部写作的小说,却不是第一部发表的作品。这部作品获得《周日快报》年度小说奖,提高了她在这个领域的知名度。该书气势磅礴,所涉历史人物关系复杂,是一部"卓越锐利的历史小说(Richardson,1998)。"1977到1982曼特尔都随丈夫生活在博茨瓦纳。在这五年里,他们住在一个边境小镇上,小镇安静柔和,远离外界生活的喧嚣。曼特尔就在当地的一家中学教书。然而在这期间,即1980年,曼特尔大病一场,她的生活几乎支离破碎,于是她决定把手头写的这部关于大革命的小说先放一边,并计划身体康复后开始写点新的东西。她感觉到自己需要一个新的开始。《每天都是母亲节》就是从这个时候开始写作的。

1982年夫妻俩从博茨瓦纳来到沙特阿拉伯(Saudi Arabia)。就在这一年,曼特尔继续写作《每天都是母亲节》,故事取材于她1974年在老年病医院当社工的经历。1983年年底她完成这部小说并交付出版商。但后来出版商排错时间,小说直到1985年才最终得以出版。从完成到出版,时间跨度18个月。随后,《每天都是母亲节》的续篇《空白财产》也于1986年完成并出版。曼特尔的这两部小说均展现郊区日常生活与恐怖事物。用曼特尔自己的话说,两部小说里描述的人物"让你感觉到想笑,却又令人浑身颤抖"。在《每天都是母亲节》里,主人翁伊芙琳·阿克森(Evelyn Axon)和女儿穆里尔关系非常紧张,以致穆里尔没有自我感,并最终导致她精神失常,谋杀他人,令人恐惧。在第二部小说《空白财产》里,穆里尔因为母亲的死而向西德尼一家展开报复。两部小说似乎都在强调作者曼特尔所关注的"转变"主题。两部作品都是关于母女之间紧张骇人的关系,表现出黑色喜剧(black comedy)和哥特式小说(gothic novel)的风格。《星期日时报》(*The Sunday Times*)评论说:"曼特尔的幽默相当恶毒。"而左倾的《新政治家》(*The New Statesman*)则将她的作品看成是"充满恶魔般的快乐"

(Richardson,1998)。1986 年曼特尔从沙特阿拉伯回到英国,随身带回过去记录的生活笔记,这些笔记成了后来《加沙大街上的八个月》的写作素材。1987 年曼特尔因旅行游记获得席挖·奈波尔纪念奖(Shiva Naipaul Memorial Prize),该奖项由影响力较大的右翼周刊《旁观者》赞助。此时的曼特尔越来越清楚地意识到,尽管收入还不太稳定,但通过创作却也勉强能够生活。在英国新闻记者奥贝尔森·沃(Auberon Waugh)的帮助下,曼特尔开始为《文学评论》(*The Literary Review*)写书评,并因此获得一份体面的收入,一个进行大量阅读的读者身份及一份对身怀抱负的作家来说极其宝贵的关注度。

1988 年《加沙大街上的八个月》发表了,故事取材于曼特尔本人 1982 年在沙特阿拉伯陪伴丈夫做研究时的亲身经历,讲述一个年轻女子跟随工程师丈夫来到吉达,正如曼特尔自己那样,住在一个远离侨民社会生活的城市中心街区。故事以高超的水准重构了死气沉沉的公寓里令人害怕的孤寂生活。邻居们神秘怪异的行为暗示着通奸和谋杀的活动。小说以一个西方女人的视角展开叙述,因此不可避免会对沙特的文化进行批判。尽管曼特尔并没有因此惹上追杀令,她和丈夫从此也不再可能回到沙特阿拉伯。

1989 年曼特尔发表了《弗勒德》,该作品风格更加温和巧妙。故事背景设在 20 世纪 50 年代英国一个贫穷落后的小山村。全文利用童年的回忆来叙述天主教社区的惨淡生活。小说讲述了一个不愿意更新观念的老牧师安格温神父的故事。然而随着故事的进展,神秘的弗勒德来到这个荒野小村。这个半是天使半是恶魔般的牧师来帮助(拯救)固执的安格温,并改变了当地人的命运。故事对信念和人性进行了一些探索,暗示着超自然现象存在于我们的日常生活中。《弗勒德》为曼特尔赢得了雷德·霍尔比纪念奖、切尔滕纳姆奖和英国南部文学奖。

曼特尔在博茨瓦纳的经历还体现在《变温》中。1994 年,《变温》出版了。这个令人不安的故事讲述了一对传教士夫妇在年幼的儿子在非洲被谋杀后回到了诺福克的生活。此时,曼特尔的小说表现出政治色彩浓郁、个人观点鲜明的特点。《纽约时报书评》(*The New York Times Book Review*)评价它"令人不安、记忆深刻……精致、严厉又极其令人沮丧(Simon,2014)。"

小说主人公拉尔夫·埃尔德雷德（Ralph Eldred）和安娜·埃尔德雷德（Anna Eldred）夫妇刚离开种族相互隔离的南非，他们一直在那里从事教会工作。最初，拉尔夫接受这个职业是为了能远离他那专制的父亲，因为他不允许拉尔夫从事地质学事业。拉尔夫和安娜努力想证明他们所做的事情是符合教义的，却发现其实他们离宗教信仰越来越远了。他们所处的政治环境也把他们的问题看作是殖民地问题的一部分。被迫离开南非后，他们在博茨瓦纳找了一份不太重要的工作，然而在这里他们再一次成为社会动荡和政治偏见的牺牲品：一个仆人拐走了他们的双胞胎孩子，最后只救回其中一个，而另一个儿子的身体器官被卖到黑市，最后拉尔夫和安娜夫妇不得不返回家园以求平安。他们决定不把这一悲剧告诉长大了的儿子及他们之后的其他孩子。但当面对消逝、牺牲、责任或最重要的爱情时，儿子的离去却时刻都在影响着他们的生活。和《加沙大街上的八个月》一样，《变温》讨论错综复杂的个人和政治关系，但又如《弗勒德》那般，《变温》也涉及辨别善恶时的含糊性。

曼特尔在非洲和中东等地生活了十年。她在国外生活和工作的经历主要体现在《加沙大街上的八个月》和《变温》中。前者以中东的沙特阿拉伯为背景。尽管有些含蓄，小说中的"转变"主题依然可见。整部小说都充斥着18世纪的基调，哥特式小说的色彩非常浓郁。而且，曼特尔在作品中还强调了另一主题"力量"，尤其是性的力量和政治的力量。她的小说从不与外界隔绝，所发生的事情都被植入特定的社会政治背景。曼特尔在作品中千方百计表现她对政治、力量、转变、演变和改革等主题的关注。

1995 年，曼特尔《爱的考验》出版了。小说从某种程度上来说是自传式的，以 20 世纪六七十年代英国为背景，取材于曼特尔在伦敦学习法律的那段经历，讲述一位女性与自己身体为敌的故事。主人翁卡梅尔·麦克贝思（Carmel McBain）是位十八岁的年轻女性，刚住进伦敦大学宿舍。当时正是 1970 年，女权运动兴起的时代。女权主义对于年轻女性，尤其是来自天主教家庭的年轻女性来说，既是问题也是希望。曼特尔在小说中直面女性对自己身体的关注与认同。卡梅尔的故事是一个"关于肉体"的故事，但这个肉体里还容纳了女性的思想。一直以来，女性受到的教育都令其相信

"身体是一种累赘,是一种罪恶。"然而,随着妇女解放运动的兴起,有关女性性欲和渴望以及行使自由权的新思想出现了。新思想要求女性改变对自己身体和心理需求的看法。在这种压力冲击下,卡梅尔得了厌食症,并以此引出关于"欲望"的故事:各种各样的欲望,有曲解的,有堕落的,有重复的,也有被拒绝的。对于一个女人来说,故事是以悲剧告终的。但对于卡梅尔来说,她最终活下来了,她拯救了自己,获得了新生:可以去爱,去坚持,并获得成长的快乐。显然,《爱的考验》是一部关于爱、性、金钱和权力的小说,获得霍桑登奖。该奖项自 1919 年开设以来只颁发过两次,这是第三次,却是颁发给一个女性作家的,该作品的成功之处可见一斑。

1998 年曼特尔再次挑战历史题材,以 18 世纪末的真实历史人物查尔斯·奥布莱恩为主人公,创作完成了小说《巨人奥布莱恩》。这是曼特尔所有作品中对身体探索最成功的力作。故事讲述的是历史人物爱尔兰巨人查尔斯·奥布莱恩和苏格兰解剖学家约翰·亨特(John Hunter)的生活。小说没将奥布莱恩及其对手约翰·亨特当作历史人物来写,而是把他们写成一个黑暗暴力童话中的虚构主人公,也是启蒙时代的必然受害者。故事的灵感来自曼特尔多年前看到的一本神经病学著作的脚注。"我立刻感觉到那就是我要写的书",曼特尔说。她发现里面有许多关于约翰·亨特的素材,而亨特正是她想要塑造的主要人物之一。但关于巨人的素材却不多,只有今天陈列在伦敦皇家外科学院亨特博物馆的骨头能提供一些线索。起初曼特尔想写一部大型历史小说,但在写作过程中她改变了主意。最后完成的却是一本简洁精粹、富有诗意的作品。读者希望曼特尔陪着巨人奥布莱恩——爱尔兰国家的象征——一起在旅途中穿过肮脏的乔治王朝时期的伦敦,而她没有妥协。作品中,奥布莱恩被塑造成了一位说故事高手,一个天真单纯但令人感动的怪物。他觉得自己 8 英尺的身体高度只是一个五分钟的奇迹,死了比活着自然更有价值。故事隐含着英格兰和爱尔兰、诗歌艺术与物质主义之间的冲突。目前,曼特尔已将《巨人奥布莱恩》改编成剧本,在英国广播公司四套节目中播出(BBC Radio 4)。

2003 年曼特尔出版了回忆录《气绝》,包含"第二个家、现在杰奥费里不会煽动她了、秘密花园、微笑、展示你的生活方式、来生"等板块内容。在作

品中,曼特尔梳理了贯穿自己小说的原动力——她的家庭背景。她从童年开始就放弃了宗教信仰,这在她心中留下永久的印记——罪恶感。她从小相信自己是错误、邪恶的,于是就养成了一种根深蒂固的内省和自我审视的习惯。曼特尔在她的故事中投入了相当多的精力,并使其具有救赎的功能,能给人们带来启示。曼特尔用语言编织各种故事,来怀念失去的和逝去的,并使他们获得重生。

2005 年,曼特尔第十部小说《黑暗之上》获 2006 年橘子奖提名。故事发生在千禧年,主人公是一位名叫艾莉森·哈特的专业灵媒,她冷静快乐的外表下隐藏着古怪扭曲的心灵。她周围隐形的幽灵"朋友"时时都可能化为人形。小说以幽默睿智的笔触揭示了超自然界也可能与普通人的世界一样庸俗平凡。《黑暗之上》致力于揭露国家现实问题,同时探索迷失和身份等曼特尔作品中惯常表现的主题。曼特尔以超强的信心和智慧进行周密布局,描绘了一幅充满丑陋和阴暗的图景。图中有怪异的小镇、畸形的多层停车场,还有排队质问养老金下落的鬼魂们。作者还用黑色幽默的手法描写了她们两人房子所在的新建居民区,令人啼笑皆非。

在回忆录《气绝》中,曼特尔提到自己十岁时,曾经得到过一本《莎士比亚全集》,虽然书很廉价,质量低劣,但她却非常喜欢。书中每一页都留下了她幼稚的指印,她将它保存了十几年,直至后来不慎丢失。那本书显然对曼特尔的创作,尤其是"克伦威尔"系列小说的创作,产生了巨大的影响。

这是一个充满焦虑的时代。社会技术变革威胁着我们的传统文化。而此时文学领域继续给我们传递最大的惊喜。紧随勇气十足的青少年魔法师盛行之后,一个崭新的文学英雄形象迷住了全世界的读者,那就是都铎王朝的克伦威尔。2009 年《狼厅》的发表不仅给曼特尔本人的文学生涯带来了重要的意义,也在历史小说领域掀起了一股高潮。而 2012 年发表的《狼厅》的续集《提堂》则更奠定了曼特尔在文学领域无法动摇的地位。《狼厅》和《提堂》打破了历史小说的常规写法,用全新的方式书写了现代英格兰的起源。英国最大的书店富瑶书店(Foyles Bookshop)的网站编辑乔纳森·鲁平(Jonathan Ruppin)说:"近来历史小说遭到贬低,且有加剧的倾向。曼特尔的小说不容置疑地说明历史小说也可以成为伟大的文学作品(Peter

Aspden，2013）。"

都铎王朝和亨利八世的传奇数百年来为历史学家和研究者提供了无尽的史料资料和研究素材，这既是曼特尔创作《狼厅》的优势，同时也是劣势。历史上，亨利八世的王朝充满了阴谋诡计，涉及性、政治、权力、疯狂和暴力等方面，那是一个个可以想象到的"王室阴谋"，从这个角度说，想要以严肃复杂的心理和文学方式呈现另类的都铎故事几乎不可能。曼特尔巧妙地解决了这个难题，她选取小人物克伦威尔为主人公，并由他叙述故事。这个小人物在历史上臭名昭著。曼特尔选取他为主人公，胆识确实过人。读者们一直想要弄明白的是，曼特尔如何进入克伦威尔的思想，又如何令我们欣赏这位权臣的呢？这就是《狼厅》的成功之处。这是一部历史小说，但作者并不想写一部好像是完成于 16 世纪的作品。她写了一部相当现代的小说，背景恰巧设在 16 世纪。小说呈现的对话、心理、思想以及历史观等都是非常现代的。从心理上讲，曼特尔作品的成功只有通过现代人的头脑才能实现。小说中的阶级意识、性别意识、关于女性子宫的价值等意识都是比较现代的。虽然曼特尔是一位中性作家，但她也意识到这些东西的意义。

《狼厅》的故事始于 1500 年（克伦威尔少年时期），止于 1535 年 7 月（是月托马斯·莫尔被处死），同时，克伦威尔在日程表上记下了亨利八世即将造访"狼厅"，那正是亨利第三任王后简·西摩（Jane Seymour）家的房子。在曼特尔笔下，托马斯·克伦威尔焕发出新的生命力。《狼厅》中，克伦威尔先后做过雇佣兵、听差、厨工、会计师、商人、律师，掌握多种语言，少年时足迹遍布欧洲大陆，能够通篇背诵《新约》，积聚了非凡的商业智慧和权谋之术，最后担任亨利八世的首席国务大臣，成为权倾一时的政治家和改革家。通过克伦威尔的眼睛，读者见证了安妮·博林（Anne Boleyn）苦心经营博取皇后宝座，见证了来势汹汹的宗教改革，见证了红衣大主教沃尔西的失宠，见证了圣人托马斯·莫尔的火刑……曼特尔笔下，克伦威尔是串起一系列重要事件的核心人物。

而《提堂》的故事则集中发生在亨利的第二任妻子安妮·博林遭拘禁、审判以及处决的三周时间里。故事节奏更快、情节更紧凑。克伦威尔与安妮的命运交织得更加紧密。尽管亨利耗时八年才娶到安妮，但她并没有如

愿诞下男性继承人，因而成为众矢之的。为了确保自己的政治生命，克伦威尔只能不择手段地将安妮·博林及其家族拉下马。只是安妮及其家族势力必定拼死一搏，克伦威尔和亨利八世也将付出惨重代价。当安妮·博林因通奸罪和叛国罪而被处以死刑时，全书的紧张气氛达到高潮。小说的卓越之处在于，作者构建的克伦威尔确实在按历史上权谋政治家的诡计行事，但故事呈现方式如此亲密，呈现角度如此不同，以至于我们意识到克伦威尔所作所为似乎极为合乎情理。显然，不是曼特尔改变了历史，而是我们了解历史的视角不一样了。

《提堂》除获得布克奖外，还让曼特尔获得科斯塔文学奖、大卫·科恩奖、Specsavers 国家图书奖之"英国年度作家"、2012 年《出版人周刊》（*Publishers Weekly*）十佳图书、《华盛顿邮报》（*The Washington Post*）十佳图书等奖项。曼特尔的作品更受到出版界以外的关注——皇家莎士比亚剧团已将《狼厅》和《提堂》两部作品改编为舞台剧，并于 2014 年 1 月正式公演；BBC2 套也加紧筹拍两部作品的电视剧，并在 2015 年推出了一部长达 6 小时的迷你剧。

在创作过程中，曼特尔似乎对"砍头"这种刑罚比较青睐。《狼厅》以托马斯·摩尔被砍头为尾声。摩尔因反对亨利八世而获此可悲下场。亨利决定脱离罗马教廷，以便自己名正言顺宣布与凯瑟琳的婚姻无效，继而迎娶安妮·博林。而安妮·博林最终似乎也没有好结局。安妮的断头为《提堂》画上了句号。为了写好历史小说，曼特尔花了大量的时间做研究，调查那些可用场面和事件的叙述资料，弄清所有背景细节和相关信息。她发现，在 16 世纪的英国，断头是给予贵族、绅士和贵妇的特殊荣耀。亨利八世统治时期的英格兰并非每周都有断头行刑。正是因为断头这种刑罚不常用，所以才能起到威慑那些大臣和贵族的作用。而普通那些犯了偷盗或强暴罪的人只能被绞死。相比较而言，绞刑更加恐怖。一般犯了叛国罪的人会被吊起来，拖拉几下，头、四肢和身体就会分离。《提堂》故事里的人被判断头的刑罚，是考虑到他们是和安妮·博林一起犯的罪，因此对他们比较宽容，没有让他们被绞死，忍受长时间的痛苦。

从 1974 年初试写作，到近五年两度折桂布克，希拉里·曼特尔在近四十年的生活中经历了病痛折磨、感情失意、事业挫折,到如今依然从容地继续历史文学创作之路。在曼特尔看来,过去的一切包括她的苦难经历都是她的宝贵财富,每一天都是崭新的,只要在意今天写什么就可以了。在未来几年,她的任务便是完成三部曲的最后一部,并让她的枭雄克伦威尔走上末路。让我们都来期待都铎王朝三部曲的终结篇《镜与光》吧,看克伦威尔是如何失宠于亨利八世、从权力巅峰骤然跌落,最终命丧伦敦塔。如果布克奖能回归传统,鼓励以严肃态度对待写作的作家,也许让一位作家上演"帽子戏法",第三次获得布克奖也未尝不可。

1.2　创作思想及风格

美国著名文论家哈罗德·布鲁姆(Harold Bloom)认为,"诗的影响已经成为一种忧郁症或焦虑原则(布鲁姆,2006:6)",而"强有力的作品本身就是那种焦虑(布鲁姆,2006:6)。"换言之,任何作家都会受到前辈作家或经典作家作品的影响,这种影响使后来者产生一种受约束的焦虑。"强者"的影响导致后辈作家焦虑,但"如果他能挣扎着从中脱身——哪怕是伤了脚或瞎了眼——他就有资格跻身强者诗人的行列(布鲁姆,2006:12)。"可以说,曼特尔三十多年的创作生涯就是一部受"强者"影响与摆脱这种影响的"焦虑史"。缪里尔·斯帕克(Muriel Spark)、玛格丽特·阿特伍德、多丽丝·莱辛(Doris Lessing)、莎士比亚等知名作家都曾不同程度地影响过曼特尔的创作,而曼特尔并没有沿袭这些"强者"作家的写作风格,而是在比较中找到了一种能被称为"曼特尔"的风格。

在英国,人们常把曼特尔与当代文学界著名的英国小说家缪里尔·斯帕克联系在一起,因为曼特尔的某些作品具有斯帕克的风格。缪里尔·斯帕克是当代英国著名女作家,曾于 1969 年和 1981 年两度入围英国布克文学奖的决选名单,但最终却分别负于纽比(P.H. Newby)和萨尔曼·拉什迪而与布克奖失之交臂。尽管如此,她依然被认为"在同时代英国小说家中最具有天赋和创新精神(Hosmer,2005)",在当代英国乃至世界文坛中占有重要的一席之地(戴鸿斌,2011:3)。斯帕克的作品涵盖了五类命题:宗教、超

自然、善与恶、秩序与混乱和小说艺术（戴鸿斌，2012）。显然，其中一个重要命题是其作品中频繁出现的"超自然现象"，比如神秘恐怖的声音、来自死亡本身的电话等。斯帕克本人也承认"我的作品常涉及超自然……我几乎把它们当作自然历史的一个组成部分（Brooker，2004）。"曼特尔由于早年独特的生活经历，其一部分作品中也流露出相似的"超自然"感知。

曼特尔从小信奉天主教，然十二岁时放弃了宗教信仰。尽管如此，在很多方面，宗教还是深刻影响着她的思想，她一直坚信鬼魂的存在。七岁那年，她在屋后的花园里玩耍，不经意间感觉到周围有神秘生物的气息，它似乎正被某个恶魔操控着。她不知道那到底是什么东西，只知道自己被它盯上了。从此以后，似乎一切美好的事物都从她的身边逃开，就像水分从尸体里蒸发一样，慢慢飘走。这种意象不仅表达了小曼特尔丧失了天真单纯的个性，显示了她非凡的想象力，而且还暗示了人们的周围存在着一个超越物质现实的世界和一种无法预知的力量。曼特尔的回忆录《气绝》就是以一个鬼魂——她继父杰克的鬼魂——的出场开篇。这是一次她所熟悉的善意拜访，她习惯于"看到"真实的鬼魂。《狼厅》的主人翁克伦威尔也能"看到"死人。小说中最感人的是那些描述克伦威尔妻子、女儿死亡的篇章。当他孑然一身，被孤独困扰的关键时刻，他的妻子利兹（Liz）就会出现在眼前，就像他在她死去的那个早上看到她的幽灵一样，她白色的帽子和围裙在楼梯上飞舞。当他需要有人指引方向的时候，他还见到了导师托马斯·沃尔西（Thomas Wolsey），他甚至还看到了被处决后的托马斯·莫尔（Thomas More）。曼特尔构思并创造了一个逝者并不逝去的世界，他们活在生者的心里，并会现身交流。曼特尔的《弗勒德》讲述了魔鬼乔装成罗马天主教教区新神父的故事，也涉及超自然现象；而《黑暗之上》则以超现实的笔触讲述一个以召唤死者亡灵为谋生手段的女人的故事，也带有斯帕克的风格。《爱的实验》从女性视角讲述爱、性、金钱和权力的故事，是对斯帕克《窈窕淑女》（*The Girls of Slender Means*）的致敬。

对于自己的作品是否深受缪里尔·斯帕克的影响，曼特尔本人感到十分困惑。她声称自己二十几岁的时候才读过斯帕克的作品，而且她们俩的写作方法和生活态度差异较大。曼特尔承认斯帕克作品中有某种灵魂研究,某种超自然的因素,但对宗教问题,两人观点差异较大。缪里尔·斯帕克是一个天主教皈依者,这一点影响着她的整个世界观,她的写作与皈依密切相关。没有宗教,她就不知道自己的立场所在(Brooker,2004)。而曼特尔虽然对宗教的问题也非常专注,但她自十二岁放弃宗教信仰后便无任何个人信仰,因此,决不会如斯帕克那般把传统的基督教观点置于核心地位。她的作品及观点并非与女性同行都有关联。就此事,曼特尔特别援例表明个人态度:"A·S·拜厄特在一篇文章中指出近来在英国作家中刮起了'达尔文主义(Darwinism)'热,这对我的作品《变温》和最近的《巨人奥布莱恩》有一点影响。除此之外,我没有发现我这本书和其他人的东西有相似之处。我的小说两天前才出版,时间上来说很新近。我已经开始在想人们在评论它的时候,会说它像谁的作品。有时候有些人会发现你的作品深受某篇你从未读过的作品的影响,这很有趣,但也不是说不可能,因为某些人的作品已经先一步传开了。我们并不经常和那些早先开始写达尔文主义的人进行交流,而是各自进行创作。现在我发现我的第八部小说《巨人奥布莱恩》里就有写达尔文主义方面的东西,但我当时的确完全是自己写的,我根本不知道自己是第几个关注达尔文主义的人。在创作过程中,我关心的不是别人会写些什么,而是我能写出什么东西来(Rosario,1998)。"

此外,曼特尔被指其作品与玛格丽特·阿特伍德、多丽丝·莱辛等女性作家有关联。曼特尔对此也不置可否。她声称自己不像那些人一样,很早的时候就知道自己要当作家。她大学学习的是法律专业,和现在作家这个职业没有多少关联。在她写作之初,她的偶像主要是莎士比亚、夏洛蒂·勃朗特、罗伯特·路易斯·斯蒂文森(Stevenson,R. L.)等人。正当着手写作时,受生活压力所迫,她却又不得不跟随丈夫出国,当时并没有完成任何作品。1977 年,她去了博茨瓦纳,许多作品都在那里完成。那段时间,她几乎完全脱离英美文学界,过着与世隔绝的生活。她的确在那里开始研究多丽丝·莱辛的作品,尤其是莱辛那些关于当时的罗得西亚(Rhodesia)[注:现在的津巴布韦]和玛撒(Martha)探寻的小说,因为她深受其创作题材的吸引,但她当时并未研读玛格丽特·阿特伍德的作品,也没有研究其他人的文学作品。及至 1982 年回到英国时,曼特尔已经是一个成型的作家,更加不

可能模仿他人。当她再去研读玛格丽特·阿特伍德的作品时,却发现两人的确有一些相同之处。在当代作家中,阿特伍德是值得崇敬的对象,但曼特尔并不承认所谓影响力的问题,也不在乎谁与谁有关联,而是强调一种相互理解的情感。就这方面而言,曼特尔宁愿自己的作品能与莱辛、阿特伍德等人名相关,因为她们正是与她相互理解的人。然而,曼特尔在塑造人物形象、表现阴暗侧面及处理人类及其生活的高深问题等方面则更独具一格。曼特尔的小说没有持续的、可轻易辨识的元素,没有标志性的"曼特尔模式",或者诸如此类的东西存在。这种狡黠、千变万化的文字有时让人感觉很鬼魅,就像《黑暗之上》的主角艾莉森·哈特那样,拥有超自然的力量。

除文学名家外,曼特尔喜欢看诸如爱丽丝·米勒(Alice Miller)等社科类作家的著作。爱丽丝·米勒是早期教养(对儿童的暴力、性虐等等)方面世界级的心理专家。在曼特尔眼里:"米勒的书简短易读,但含义却不好理解,甚至令人烦恼。也许只需要花两个小时读她的书,却需要花一生的时间去思考和理解"(Anonymous,2013)。凯特·阿特金森(Kate Atkinson)的新作《生命不息》(*Life After Life*)新颖独特,充满力量,也是曼特尔喜欢阅读的作品。牛津大学学者基思·托马斯(Keith Thomas)的作品《巫术的兴衰》(*Religion and the Decline of Magic*)是一部不朽巨作,也是曼特尔反复阅读的爱作。

作为一个女性作家,曼特尔的喜好显得有些"特别",这似乎和她"从怪小孩到女作家"(图灵,2013)的成长之旅形成呼应:她喜欢动作片,不喜欢爱情片;喜欢打斗的场面,不喜欢文邹邹的风格,更不喜欢那些多愁善感、爱幻想的女性的沉思。虽然简·奥斯汀也有类似的沉思,但曼特尔还是喜欢她,因为奥斯汀非常精明实际,作品里充斥着对金钱的讽刺。曼特尔能接受作品中有少量神奇,不可思议之处,但却觉得表现现实更吸引人,更具挑战性。她喜欢书写过去的小说,不喜欢书写未来的作品。对于那些目前发生的故事,她也可以做一些阅读,但仅仅把它们当成报纸的附加部分来浏览,以获得一些时事信息。

此外,评论员的工作经历对曼特尔的创作也产生了巨大的影响。除了小说创作,曼特尔还做过《旁观者》的影评家,也在《伦敦书评》、《纽约书评》

等杂志上发表对其他作家作品的评论。在大学阶段，曼特尔没有接受过语言研究方面的训练，更没有学习过专业的批评理论，因而对评论领域并不精通。她所做的一些评论给外行看看也许还可以，但想要糊弄专家却行不通。曼特尔追求完美，做评论员过程中，对自己所写的评论文章要求非常严格。有时候在评论某本书时，她发现一些问题，并能根据自己的经验找到原因所在，如学术上的原因或技术上的原因。通过发现他人的问题，她最终可以在自己的小说创作中避免出现类似的问题。曼特尔的创作常常出于自身的本能和无意识思想状态，当一部作品最终完成时，她才理清自己的写作过程和写作内容。既当评论者，自己又写小说，这对曼特尔来说，获益匪浅。一方面，在阅读过程中，她会一步一步挖掘作家作品中存在的问题，如叙述问题，并以此为戒，激励自己的小说创作；另一方面，在写作过程中，她又对照自身的创作经验，理解这些问题，明白这些问题的因由，并最终成为一个更有同情心和理解力的评论者。

综上所述，曼特尔涉猎广泛，她在书中所读所思会给其创作带来影响。但她并没有简单地跟随别人的思路亦步亦趋，而是在对别人思路的整合中得出自己关于文学创作的真知灼见。在曼特尔看来，基调（tone）对于小说创作而言，相当重要："一旦我设定好小说的基调，就算我把它丢在一边，好几年不写，我也不会忘记它（Rosario，1998）。"第四部小说《弗勒德》的创作过程印证了这一点。曼特尔是在一次火车旅行途中构思出《弗勒德》来的。她花了约半个小时写出了第一段内容，接着把最后一段内容也写完了，并把小说的基调也设定好了。她当时脑海中只有一些朦胧的想法，并把其中一些记录了下来。几年以后她再把当时的笔记拿出来观看时，除了她自己，没有人能看懂她的记录，没有人能明白第一段和最后一段之间能有什么内容，能发生什么故事。而对于曼特尔来说，当时构思出来的故事结构早已准备就绪，不会轻易丢失。此外，曼特尔把创作小说看作是栽培植物。植物不能随意生长，它必须根据自然法则生长，也可以根据园丁的需求生长，两者之间交替并存。小说创作亦如此，作品一旦开篇，其基调基本便被设定，很难再转换成其他形式，只会遵循自身的结构或形式向前发展。作者的构思犹如园丁的需求，而最终的故事结尾就像是自然法则，模型早已设定好。这是

一种有意识和无意识之间或者说是思想和直觉之间奇妙的交替："我的脑海里已勾画好思路，并且早就有了作品成型后的画面。我只要想着往这个方向发展是正确的，我不用担心作品的结尾会有什么问题。随后这个想法就成了一股自然的动力推动故事往前发展。而我仿佛是最后知道我为何会写这些东西的人。八年前我就开始构思《弗勒德》，当时花了几天时间做研究以确定我的想法是否可行。得到确定后，便将构思束之高阁。这么做是好事，因为虽然我已经知道要讲一个什么故事，却不清楚自己想要表达的主题。话题和主题是两回事。前者可能是你灵光一闪就能想到的，后者却要花上十年时间（Rosario，1998）。"虽然曼特尔只写过一本回忆录——《气绝》，但对于什么是好的传记作品，她却有自己独到的理解。她推荐读者研究洛纳·赛奇（Lorna Sage）的《坏血》（*Bad Blood*），那是一部关于童年和私人生活的回忆录，强调家庭不和的种子势必对下一代和下下一代产生悲剧性影响。曼特尔声称自己在阅读这部回忆录的时候，感觉到作者好像正在和她说话，而她则无意识地回应着。在曼特尔看来，传记不太好写，不适合初学者。然而令人遗憾的是，很多初学者都在写。如果有人想要关注自己以往的生活，就必须对其加以装饰。作者必须梳理回忆，还要考虑读者的需要，找到一条合适的途径。值得注意的是，回忆录不是对生活的真实记录，而是从某个角度对生活进行一种翻译和理解。这个过程要求作者要勇敢面对自己，尽可能忠实于生活。正是由于在确立自己整体的创作观后，曼特尔才能在各种文类创作中游刃有余。

1.2.1 历史小说之辩

曼特尔的作品体裁包括自传、短篇故事、历史小说及随笔（散文）。虽然曼特尔因涉足不同文类的创作而一直被视为"难以归类的作家"，但随着历史小说《狼厅》和《提堂》连续获得英国文学最高大奖布克奖之后，曼特尔一跃成为女性历史小说的代表作家。2012年布克奖评委会主席彼得·斯托萨德称她"打破了历史小说的常规写法"。曼特尔对叙事庞杂的历史乐此不疲，而且毫不露怯，行文自信无比。这种题材和大篇幅的基于真实历史解构的虚构创作多数向来就被男性作家所垄断，但曼特尔却从未曾犹豫过，她几部作品没有一部故意避开这艰涩的主题。

历史小说是以过去的历史生活为题材而创作的文学作品。它是一种"混合物",部分虚构,部分真实。这是一个先锋的领域,虚构和真实的内容比例应当如何,并无定法。一方面,相对于历史著作,它是"小说",所以一切皆可接受,作者不应当拘泥于历史事实,而应当进行合理的想象与虚构;另一方面,由于它是"历史"小说,主要历史事件与主要人物情况应该符合历史,如果随意虚构编造,创作的内容与历史事实互相矛盾,那便是一场噩梦了。创作历史小说若能做到虚实相生,达到历史真实与艺术真实的辩证统一,那便离成功不远了。

尽管历史小说难以驾驭,初试写作的曼特尔还是选择对法国大革命进行重新诠释。曼特尔从小热爱小说,并被法国大革命所吸引。可研究之后,她却没有发现一部关于这一历史事件的小说能够吸引她。相比虚构的人物,她更喜爱有真实人物的历史小说。于是,她便决定自己来写。1974 年,22 岁的曼特尔开始创作以法国大革命为题材的《一个更安全的地方》,以此开始了她的历史小说创作之旅。

如何同时体现历史的真实性和文学的可读性,一直令众多历史小说家们两难。曼特尔解决这个问题的方法相当直接,她认为作家必须拥有一个庞大的知识库,要远比作品中表达出来的内容多得多,这样才能从中精选并组织文字,以便牢牢抓住对这段历史并不了解的读者,之后作者就能够用戏剧化的方式来重新诠释史实,而不用背叛历史。在创作历史小说时,曼特尔很少无中生有,即使是那些微小的细节,也多是来自历史档案,有据可查。在《提堂》中,有一个细节就直接摘自一位使节的信件:亨利八世与安妮王后尚未离婚,就托人给简·西摩送来了情书和一袋钱;简把钱直接退还信使,然后拿起信亲了亲,接着原封不动地还给了信使。这些细节描写细腻生动,具体情节恍如发生在眼前。

在谈及有些历史剧为了方便叙述或者增强戏剧效果而扭曲历史时,曼特尔说:"如果为了更方便或更戏剧化而扭曲历史,我会感觉作为作家的自己是失败的。如果你理解你正在创作的东西,你会感觉你只是从真实的生活中组织起一出戏剧(MacFarquhar,2012)。"

　　细节不能捏造，而历史的伟大和重要性更是无法凭空创造，这也是曼特尔一直青睐历史小说的原因，她认为自己只能写已经被历史证实的伟大人物。她相信只有在伟大的历史时刻，才能出现伟大的人物；平庸的时代只能出现平庸的人物（各种无趣、困惑、绝望的人，只能在现代小说中出现）。假如法国大革命时期的罗伯斯庇尔生活在现代的法国阿拉斯，他的人生只能像她的小说《每天都是母亲节》中的人物那样，经济窘迫，婚姻恶化，工作挫败，自卑无能。

　　曼特尔不喜欢历史小说家这个称呼，因为它给人的感觉似乎大家都在创作同样的作品。事实上，曼特尔将历史小说理解成是关于过去历史事件的当代小说。好的历史小说就是通往过去的一座桥梁，作家们利用这座桥梁重新架构起现在和过去之间的理解。

　　历史小说就是小说和历史之间的一个对话。小说是激发历史想象的兴奋剂，历史小说家通过自身的创作，再次呈现过去被遗忘的人和事，以引起当下人们的重新认识和思考。当然，史学家和历史小说家的研究重点不同。史学家对史实的选择、叙述和理解过程有严格的要求，而小说家更多的是想表达一种情感，以期引起读者共鸣。在曼特尔看来，所有的历史小说家都关注那些丢失的、遗漏的、不被历史记载的东西。我们既要探索外部的经历，也要探索内心的思想。我们想让那些没有声音的人发出声音，表达出不同的观点和态度，鼓励人们再思考。曼特尔的代表作《狼厅》和《提堂》是关于都铎王朝的历史事件的，而都铎王朝题材正是当前热播剧的宠儿。曼特尔在研究《狼厅》的时候发现有许多以托马斯·克伦威尔命名的作品，但里面却很少有涉及克伦威尔的内容，更不要说聚焦克伦威尔，研究他的所思所想，让史学家来重构历史人物的私人生活几乎是不可能的。但曼特尔是位小说家，她可以利用一些有依据的推测来填补空缺，虽然她也无法改变整个历史架构。克伦威尔如何从一个铁匠的儿子一跃而成为首席国务大臣？这正是小说家要探索的东西。在创作历史小说的过程中，曼特尔把自己当成编剧，选择一个历史片段为背景，把相应的时间、地点、人物等道具布置安排好之后，利用她那独特的理解力和想象力，开始出乎意料地转换视角，从一个新的角度把过去的历史事件再呈现一遍。读者们只要相信她，跟着她，就能对同样的历史有不一样的感受。

历史,从字面上看不能恢复,但从隐喻角度讲则可重现。小说家正是从这个角度来书写历史。史书上记载的史实供史学家或者学生研究使用,而非供普通读者阅读。历史虽然不能倒流,但它能解释现代和过去之间的关系。《狼厅》和《提堂》是历史小说,但曼特尔并不想写一部似是完成于 16 世纪的作品。她写了一部相当现代的小说,只是背景恰巧设在 16 世纪的都铎王朝。小说呈现的对话、心理、思想及历史观等都是非常现代的。历史小说的创作,离不开作家主体的现代意识。正是由于"现代"对"历史"的融入,才使得《狼厅》和《提堂》取得巨大成功,才使得曼特尔成为当代历史小说的代表作家(Gardiner,2009)。

1.2.2　女性书写

曼特尔未必是个女权主义者,但女性书写则是其作品的一个重要视角,对这一视角的探索与曼特尔的成长经历、工作经历及身体状况息息相关。曼特尔虽是家中长女,却从小梦想成为一个男孩子,且有朝一日能成为圆桌骑士。在学校教育中,学校里的其他女孩都相信她们最美好的未来就是结婚生子,但是曼特尔的父母却认为那种糟糕的教育思想已经欺骗了他们自己,没能使他们改善自己的生活,所以期望女儿会有不同的命运,这种家庭教育背景对曼特尔产生了较大的影响。在谢菲尔德大学学习法律时,有一个导师直接表明女性在他的课堂内没有地位,女性应该离开学校回去生孩子。谢菲尔德以这种男权主义为主流的传统文化思想对女性的歧视使曼特尔感受到前所未有的愤怒,她说:"有些人已经忘记或从不知道,我们如此需要开展女权运动是为了让某个穿着尼龙衬衫的傻瓜笨蛋不能包养你,而你身边总围着一群笑容满面的男孩,想得到你的亲睐(Simon,2014)。"当时的人们都认为女人最终会结束学习生涯回去结婚生子,浑浑噩噩的家庭妇女生活是其最终的归宿。此时的曼特尔逐渐感受到女性作为男性附属的社会地位并意识到女权主义的意义。

从二十多岁开始,曼特尔一直疾病缠身,虚弱,疼痛,长期被误诊。她经常呕吐,疲惫不堪,腿上和腹部的伤口带给她巨大的痛苦,咨询了多个医生

也没找出实际病因。因为在身体器官上没有检查出任何问题，医生们就转而认定她的病兆是心理疾病造成的。其中一个精神病科医生给出的具体诊断是，精神压力过大，思虑过多，他建议曼特尔放弃法律学习而去服装店工作，或者去当某个大律师的助手，承担轻松一点的活儿，如复制、整理和分发各种文件。他的误诊和不当治疗让曼特尔身体每况愈下。随后他又建议她去大学医院治疗一段时间，服用药效更强的抗抑郁类药物以及后续的抗精神病类药物，然而这些药物却进一步加重了她的病情，使她会"突然冒出一股杀人恐惧感"、"心脏狂跳"以及无法忍受的焦虑感。由于药物引发的这些症状正好与她被诊断的疾病症状一致，医生自然而然地认为她病情加重，需要服用药性更强的药品，如此恶性循环导致她的病情日益严重。只有从大学医院出院后（因学校放假，无法继续治疗），停止了药物治疗，她才渐渐恢复了神智。

接下来的几年，她停止了药物干预，陪着丈夫去了非洲工作。当浑身疼痛难忍时，她会去首都一家图书馆查阅医书，了解自己的病情。结果她发现，子宫内膜异位与她的各种痛苦症状一致，她实则患有子宫内膜异位症。1979 年她不得已做了子宫切除术，希望能彻底解脱痛苦。然而没有了子宫，没有了卵巢，她发现身体的痛苦虽然解除了，但精神方面的痛苦加剧：她永远不可能怀孕，永远不可能再有孩子。从生物学方面讲，她作为女性的权利已经被剥夺了。"我到底是谁？"她常常这样问自己。她努力地想把自己重新定义成一个女人。在之后的几年里这一问题愈演愈烈。当疼痛再次来袭时，医生使用了激素治疗，曼特尔体重骤增或骤减，时胖时瘦，她的身体受到药物的极大伤害，用她自己的话讲是"摧毁了，又重塑了"。她觉得自己像是"不愿待在自己躯体中的陌生人"。于是，她开始通过写作来确认自我身份，给自己重新定位。女人的身份和身体之间存在的联系自然成了她思考的对象，1995 年的作品《爱的实验》正是对这一视角的呼应。

在中东生活数年，曼特尔成长颇多，也经受了许多女性被歧视的生活经历。在沙特阿拉伯，女性相当受排斥。正如作品《加沙大街上的八个月》里所描写的那样，一开始有人就对弗朗西斯·肖恩（Frances Shore）说："你现在不再是个普通人，而是女人了。"显而易见，女人比普通人要低等一些。她们身上裹了一层又一层,得经过丈夫的允许才能出门,而他们的丈夫呢,连他自己也要得到别人的同意才能这样那样。女人不能出国,因为她们没有护照。似乎她们所有的东西全被没收了。从某种意义上说,作为一个女人,她们连身份都没有。可以想象,那是怎样的统治思想,怎样的社会生活! 如此大规模的性别隔离和性别歧视现象在沙特却屡见不鲜。而更令人震惊的是那些受过教育的英国女人、美国女人、欧洲女人们所表达出来的一种态度:她们觉得"丝绸市场很好,游泳池够大,不需要什么了",她们对生活心满意足。这是一种广义上的政治态度,表达了对周围一切的漠不关心。这种态度令人绝望,不仅对女人绝望,而且对整个人类绝望。值得庆幸的是,曼特尔还能安静地坐在房间里,还能继续写书。她是相当独立的人,颇能承受寂寞。如果不能从书里面汲取点能量,她也许不可能在沙特待上超过一年的时间,那种歧视女性、剥夺女性生存权的做法是如此的不人道。曼特尔和丈夫休假回英国的时候,发现自己一下子很难适应这里的生活环境,因为此时她又恢复了西方女性的身份,又能指使丈夫帮她做点事情;而当他们结束休假回到沙特阿拉伯时,她需要经历两周的调整期才能重新适应。这期间,她几乎不和别人说话,而当别人想知道她的想法时,也并不直接问她,而是通过她丈夫来完成,因为在这里女性没有地位,没有话语权。

1.2.3　恐怖的作家

如果一定要给曼特尔冠以一种风格的话,那就是"恐怖"的作家。关注曼特尔及其作品的人们会发现,潜伏在作品主人公日常生活中的那些悲剧、恐怖和疯狂是曼特尔致力于表现的主题,也是曼特尔惯常揭露的社会背景。这些长期深藏的悲剧和恐怖一旦爆发出来,主人公们不得不面对生活和社会带来的压力和危机。曼特尔的多篇小说都有这样的关照。她的前两部小说《每天都是母亲节》及《空屋的合法占有》都是展现郊区日常生活与恐怖事物相关的力作。用曼特尔自己的话说,两部小说里描述的人物"让你感觉到想笑,却又令人浑身颤抖"。在《每天都是母亲节》里,伊芙琳·阿克森和女儿穆里尔关系非常紧张,而这种紧张的关系和气氛使阅读整个故事变成了一个漫长又痛苦的过程。穆里尔从来没有个性,没有自我,没有自主权,她

的母亲不允许她拥有那些东西。当然,她也不会有良知,因为她在生活中没有那样表现过。小说结尾处穆里尔已谋杀了自己肚子里的小孩,以防其被母亲带走。她还把母亲也谋杀了。事情朝着精神病人的逻辑思维方向发展。在《空屋的合法占有》里,穆里尔因为母亲的死而向西德尼一家展开报复。当穆里尔回到自己的住所时,她总感觉到母亲的存在,总是感觉到房子里到处都是腐烂和潮湿的气息。穆里尔恨母亲伊芙琳,到夜晚的时候她把自己转变成母亲的角色,自己和自己对话。因而,尽管伊芙琳已死,但她似乎仍有强大的存在感,她正等在黑暗里,想要从精神上和肉体上毁灭女儿。小说中这种母女之间的紧张关系及恐怖的故事结局是作者根据自己的生活推理出来的。曼特尔没有孩子,永远不可能成为母亲,内心的痛苦和绝望可想而知。尽管她选择通过作品把自己内心的感觉用阴暗可怕层层包裹,但它仍然真实地表现出她自己及社会上其他许多女人的生活。成长过程中,曼特尔与母亲之间的关系也非常紧张。十几岁时,母亲一方面希望曼特尔去一所要求较高的中学学习,然后上大学,最后成为她的荣耀,实现她的抱负,但同时她又表示如果女儿上大学的时候结婚,生了孩子,她会帮忙照看。那时的曼特尔总是对母亲说的话感到恐慌。她甚至觉得如果自己有了孩子,母亲就会把那个孩子带走。后来,曼特尔患上了严重的疾病,失去了生育能力,她的孩子再也不可能来到这个世界上了,因此她的内心就更加扭曲极端了。她更加害怕,害怕如果她有孩子,母亲就会把其带走;害怕她会做的比穆里尔还要极端,她并没有让孩子出生后再杀死她,而是确定孩子根本就不可能有机会来到这个世界上。她一生都在想象着、分析着这件事情,因而她的作品更多表现出了阴暗恐怖的气氛和尖锐无情的态度。但从另一个角度看,对曼特尔而言,如果不找到一个喜剧性的方式来宣泄内心情感,她会难以承受那样的压力,那样的恐惧。因而,曼特尔的作品除了弥漫着悲剧、恐怖色彩外,还有一些喜剧色彩。"黑色幽默"是其作品的重要特征。《变温》里就有某种喜剧色彩,而《弗勒德》则是一部深沉恐怖的小说。

曼特尔的黑色幽默色彩还表现在她对自闭症儿童的人物形象塑造方面,尤其是《每天都是母亲节》及《空屋地合法占有》的女主人公穆里尔。《每天都是母亲节》背景设于 1974 年,当时在医学界刚兴起对自闭症理论的研究,仍将孩子患自闭症的主要责任归咎于母亲的疏忽与不负责任等。当时有种说法是,自闭症患儿多生自中产阶级家庭的母亲。事实上,正是资产阶级家庭的母亲诊断出他们的孩子患有自闭症,工人阶级家庭的孩子只被诊断为愚蠢。现在这种归罪于母亲的说法已经不被赞同。而被广泛接受的说法则是神经组成和遗传因素造成自闭症。然而,曼特尔认为以前那些归罪母亲的说法依然有参考价值。创作《每天都是母亲节》时,她塑造了穆里尔·阿克森这个毁灭性的人物。她深受奥地利心理学家布鲁诺·贝特尔海姆(Bruno Bettelheim)的影响。他从集中营里存活下来之后,到芝加哥创办了一个机构,治疗患自闭症、精神病以及心理严重受损的孩子。该机构接受那些人们无法应付的,或者行为混乱、不正常的孩子。他对医务人员的比例、数量都有要求,招募了许多有献身精神的员工,在当时取得了较好的成果。然而近年来反对他的声音越来越响:有说他独裁专断,有说他对员工严厉苛刻,也有说他夸大孩子治疗的成效,最严重的,则是诟病他的理论。在曼特尔看来,人们应该了解一下贝特尔海姆的理论创作之路,而不应全盘否定。他把那些心理受损伤的孩子比作是他在集中营里遇到的那些人。他发现在集中营里存活下来的唯一办法就是忽视自己的存在(不关注自己)。有些人完全切断了与外界的交流,就好像他们把自己的感觉隐藏了起来,被人称为"贝壳人"。贝特尔海姆对集中营里的那些人依然记忆犹新,在他的理论里,患孤独症的孩子们和集中营里的人的共同之处在于害怕,害怕独裁的力量。集中营里没有公正,没有法律,只有对生和死的独断专横,随意处置,完全缺乏理性。现在他面对的是心智受损的孩子,不知道他们得病的原因和结果。他们实际上完全处于一个主观的世界里,暴力和悲痛是随意的。在曼特尔看来,贝特尔海姆的理论具有深邃的洞察力。孩子们心智受损,内心感到害怕,这是很容易理解的情感表现。每个人都经历过不理解成人世界的人生阶段,不理解大人们的决定是如何做出来的,也不能预测接下来又会发生怎样的事情,这些想法会给正常的孩子带来恐惧的心理,更何况是那些活在自己的世界里的孩子,就这个角度而言,贝特尔海姆的理论还是有较大的参考价值的。

1.2.4 关注"转变"主题

曼特尔在非洲和中东等地生活了十年,这十年的国外生活和工作经历主要体现在她的两部小说《加沙大街上的八个月》和《变温》中。前者以中东的沙特阿拉伯为背景。尽管略显含蓄,但小说中的"转变"主题依然可见。整部小说都充斥着18世纪的基调,哥特式小说的色彩非常浓郁。主人公弗朗西斯·肖恩来到沙特阿拉伯后,安顿在一家不显眼的出租房。她认为自己的常识和开放包容的心态可以帮助她与穆斯林邻居和睦相处。但在昏暗沉闷的出租房里,她整日都在写日记、听着楼上水管里的哭咽声,看着楼梯井里晃过的人影,以度过孤独的日子。然而哭声、人影都是她自己的想象。邻居们告诉她:楼上房间空着,没有人住。弗朗西斯了解实情后,还是忍不住去幻想。日复一日,她的这种感觉越来越强烈,甚至到了自我分裂的程度。曼特尔在作品中营造了阴森恐怖的氛围,却并不是要讲述一个吓人的鬼故事,而是要揭露一个令人惊恐的专制独裁社会。这是一部政治惊悚小说,也是一部黑色幽默小说。《变温》则是个典型的"好人得恶报"的故事:传教士夫妇积极投身慈善事业,其亲生儿子却遭到绑架和谋杀,善良的人们如何应对厄运与危机? 这部史诗般的家庭长篇故事对不公正对待、丧亲之痛以及信念丢失等问题和感受进行了复杂精巧的描写,引发了一些最难回答的问题:是否存在让人永远无法原谅的事情? 有人活该遭遇悲剧吗? 谁能摆脱过去的阴影呢? 美好生活中,悲剧突发,"转变"主题凸显。此外,曼特尔在作品中还强调了另一主题"力量",尤其是性的力量和政治的力量。她的小说从不与外界隔绝,所发生的事情都被植入特定的社会政治背景。曼特尔在作品中千方百计表现她对政治、力量、转变、演变和改革等主题的关注。

曼特尔是一位有抱负的小说家。在写作方面,她不敷衍了事,绝不会随意编个120页左右苦乐参半的爱情故事就完事交差。她对权力、性、金钱等表现出强烈的兴趣,几乎所有小说都会涉及这些主题。和这些主题有关的几件事情交织在一起,有些就转变成喜剧,有些甚至成了闹剧,但更多的则是发展成悲剧。在曼特尔的作品中,悲剧突发的原因往往是作者对于"转变"主题比较偏爱，这一主题贯穿其所有小说。她忙着写变化，所以她选择写革命，因为革命过程千变万化，革命结局出人意料。她写作内容绝不雷同，不管是个人生活还是政治生活，这就更易于产生突发性和变化。当然，她也写"进化"主题小说，对进化的发生和发展进行科学推断。她对社会的"变化"也非常关注，积极提出一些人类和社会关系的问题，如个人在其内心所想变成意识行动的时候如何承受危机，如何理解人们在巨大压力下表现出的一些不合理的行为等。小说《变温》很好地表达了曼特尔的态度：主人公拉尔夫的风流韵事让他的家庭几乎分崩离析，周遭的每件事情几乎都在压制着这个男人。但令他的生活真正发生变化的则是他亲手向那些伤害其孩子的孩子打开大门。"打开大门"含义诸多：拉尔夫是个善良的人，他的善良使他不能忍受那些人留在暴风雨中，因而有了"打开大门"的举动。但从象征层面看，"打开大门"则是他在巨大的压力下表现出的不合理行为，是一种"非理性"的释放。

曼特尔也非常关注社会政治背景，因而舍弃写作那些悲欢离合的爱情故事转而创作那些嵌入社会，与社会高度相关的小说，但她也绝不是一个光写政治议程的小说家。她描写左派右派，分析政治形势，都是因为对"权力"的关注。在其小说中，曼特尔描写一个家庭时，不仅仅表述这个家庭建设情况，而是把它当成是大千世界里的政治缩影来表现。这种情况在《一个更安全的地方》里可能最为明显。小说中权力政治和性政治直接相关，家庭、外界的政治背景和政治文化等关系密切。在这样的情况下，她的小说所表现出的内涵是相当深刻的。《巨人奥布莱恩》也是一部政治隐喻小说，《狼厅》和《提堂》更是揭露了权力的斗争和政治的血腥。

曼特尔小时候家庭关系复杂，生活并不如意，长大后结婚却无法生育，身体长期遭受病痛的折磨。人生的经历和个人的情感无不体现在其作品之中。她以自身家庭中的母女关系为原型塑造了《每天都是母亲节》中紧张的母女关系。因其无法生育，她特别关注孩子，关注那些心智受损的孩子，因此在作品中才有了穆里尔·阿克森这个人物形象。她一度精神抑郁，她笔下的大多数女性形象或许都有这个色彩，曼特尔病情严重，失去生育能力，因此内心就更加极端了。她更加害怕如果她有孩子，母亲就会把其带走；害

怕她会做的比穆里尔还要极端。她一生都在想象、分析这件事情,因而她的作品表现出的主题多是阴暗恐怖的,她表达的观点有时尖锐无情。但从另一个角度看,对曼特尔而言,如果不找到一个喜剧性的方式来发泄她的内心情感,她会难以承受那样的压力,那样的恐惧。因而,曼特尔的作品还不乏喜剧色彩。她到非洲生活了十年,深谙那里的性别歧视和政治不公现象,于是有了《加沙大街上的八个月》中弗朗西斯·肖恩在沙特阿拉伯的遭遇。因为曾在童年时放弃了宗教信仰,她才敢于创新,在《狼厅》中选择站在克伦威尔的角度对宗教领袖托马斯·莫尔采取违反历史评价中惯常的非同情立场。作品中的情节、对话和感受描写无不彰显作者的女性身份。丰富的主题、非凡的想象力以及丰满有个性的人物形象都建筑在曼特尔丰富的文学热情和生活积累上。曼特尔因其特定的作者主体性才创造出伟大的布克奖小说《狼厅》和《提堂》,成为当今世界备受欢迎的作家。文本创造者和文本一样,都应成为文学批评研究的重要对象。

1.3 布克奖、英格兰特性与曼特尔

布克奖(Booker Prize)是英国最著名、最权威的年度文学大奖,每年评选一次,奖励过去一年英联邦各国和爱尔兰共和国的最佳长篇小说,奖金高达5万英镑。自1969年设立至今,它成为小说作家追逐的最高目标并且是全世界最高级别的小说类奖项之一,获奖作品已经成为"最好看的英文小说"的代名词。布克奖评奖过程以严谨和独立性著称,同时还带动了文学市场的开拓,约三分之一的获奖作品被改编成影视剧,著名的电影《辛德勒名单》(Schindler's List)、《英伦情人》(The English Patient)都改编自布克奖获奖小说。迄今布克奖已经走过了四十七年的漫长历程,历经数代人的努力经营和悉心呵护,已然成为世界众多文学奖项中的翘楚。迄今已有四十多位小说家获此殊荣。

在国外,受布克奖的影响,人们对颇负盛名的大奖得主如萨尔曼·拉什迪、V·S·奈保尔(V.S. Naipaul)、约翰·班维尔(John Banville)、库切、伊恩·麦克尤恩、格雷厄姆·斯威夫特、阿拉文德·艾迪迦等人及其作品进行

了深入研究,但鲜少有人能以这些著名作家作品为研究载体,以布克奖为切入点集中系统地展开讨论。同时,在国外真正对布克奖本身的研究也才起步不久。标志性的著作也仅有两部——英国教授理查得·托得(Richard Todd)的《消费小说:布克奖与今日英国小说》(*Consuming Fictions*:*The Booker Prize and Fiction in Britain Today*)和美国学者卢克·斯特朗曼(Luke Strongman)的《布克奖与帝国遗产》(*The Booker Prize and the Legacy of Empire*)。这两部专著对布克奖的沿革历史、评奖规则和方法,它与经典、媒体和商业的关系作了精要独到的梳理。然而这些研究大都囿于20世纪90年代,而对最近十年的小说发展的关注力度远远不够。

在国内,布克奖除了在外国文学界和出版界受到一定的关注外,普通人对它了解并不多。2005年度爱尔兰作家约翰·班维尔凭小说《海》(*The Sea*)荣膺布克奖,2006年印度作家基兰·德赛(Kiran Desai)的小说"失落的遗产"(*The Inheritance of Loss*)获得布克奖,随后十来年每年都有布克奖作品被甄选出来。然而,事实上国内有较大一部分出版人、翻译家以及文评家并未读过布克奖作品,即使偶有涉猎,数量和信息都相当有限,有人甚至对布克奖及获奖作家也相当陌生。可见,当布克奖的获奖者及其作品在国外颇负盛名,国内却鲜有人知,更不要说对作者和作品展开系列研究了。因而虽然目前国内外国文学界和出版界对布克奖关注有加,但总体而言,只有一些零散的介绍和译品,未见较为系统和全面的评析,因而这一现状急需改变。

中国中外文艺理论学会年刊《文学理论前沿问题研究》(2010年卷)曾就近年来学界比较关注的"文学理论的性质"、"中国文论走出去战略"等话题进行专门的探讨。浙江省社科网络平台也强调过"将加强坚持文学的品质和趣味,加强名作家作品和优势板块的建设"的文学研究热点。显然,文学理论、名家名作的解读和相关文学产品将成为今后文学研究的新热点。文学奖项是评价文学作品的品质、体现文学作家艺术水准的最主要方式。好的文学奖不仅是一国文坛的重要组成部分,亦会对一国文学的整体水平乃至文学出版产生难以估量的促进作用。每年的10月和11月,世界诺贝尔文学奖(Nobel Prize for Literature)、英国的布克奖、德国的德国图书奖

(The German Book Award)、法国的龚古尔文学奖(Le Prix Goncourt)、美国的国家图书奖(American National Book Award)及我国的茅盾文学奖等都相继揭晓。诸奖项中,除去诺贝尔文学奖,英国布克文学奖可谓世界上经营最成功的年度书奖,不仅在英国和英联邦国家极具号召力,影响亦远达美国和加拿大,非英语世界亦随之耸动视听。相比较而言,我国的茅盾文学奖显得影响较小,争议颇多。

设立于1968年的布克奖是由英国出版名人马斯开尔(Tom Maschler)争取到英国最大的现购批发商Booker赞助而成立的一项鼓励文学创作的奖项,奖励当年度最佳英文小说创作而不限英国籍作者。荣获布克奖几乎已经成为"最好看的英文小说"的代名词,是广受世界瞩目和讨论的小说奖,而"布克奖得主"这几个字,已经是英国文学行销全球的耀眼标签。理查德·托德教授在把布克奖置于消费文化中进行考察之后得出的结论是,"从任何角度来看,布克奖在商业运作、在特定的文学经典的形成过程中都发挥着必不可少的作用(芮小河,2004)。"作为一个成功的产业,布克奖的文化价值在于它推动了文学出版涉及的方方面面诸如作家、出版商、读者、销售商等的发展,使作家行列新人辈出,激发出版商、销售商推介无名作家的积极性,扩大文学受众的范围,从而影响着小说的写作、阅读和出版方式。因此,研究英国布克奖获奖作家及其作品,有益于国人品读当代外国小说的经典作品,了解当代国外小说的境况及现代世界的主要文化力量,同时可以借鉴布克奖成功的经验,推动我国文学奖项及文学出版业的发展。

作品是昙花一现还是终成经典,有待时间考验。从一定程度上说,布克奖充当了文学的赞助人和评判者,其出现实是作家们,尤其是一些具有潜力的无名作家们的一大幸事。纵观1969年以来的获奖名单,有不少作家本来籍籍无名,得奖后才声名鹊起。这其中的佼佼者又属奈保尔、戈迪默(Gordimer)、库切等,他们在十年或数十年后获得诺贝尔文学奖,从而广为世界瞩目。许多作家都是在个人创作生涯才刚刚起步时就获得布克奖,比如戈迪默公认的代表作是2005年的《七月的人们》(July's People)而非1974年的布克奖作品《自然保护论者》(The Conservationist),女作家基兰·德赛在2006年获奖的《失落的遗产》是其第二部小说作品,更有作家以处女作夺冠,如 1997 年印度女作家阿兰达蒂·罗伊(Arundhhati Roy)的《卑微的神灵》(*The God of Small Things*)、2003 年 D·B·C·皮埃尔(D. B.C. Pierre)的《维农少年》(*Vernon God Little*)等,布克奖提携文学新人由此可见一斑。

一直以来,代表着英国文化和传统的布克奖总是处于西方视野关照之下,获奖往往就意味着得到以伦敦为中心的西方文化权威的认可。由于这一奖项与媒体相结合,电台、电视台、报纸连篇累牍报道评选进程,那些承载强烈的文化意识的严肃小说作品因而得以登上各大媒体的畅销书榜,进入商业流通,不但成为有形的消费品为众多都市居民所接受,而且产生社会能量,与社会文化生活发生互动,并逐渐向"成为现代世界主要的文化力量"的愿望靠拢。

希拉里·曼特尔基本上和马丁·艾米斯、朱利安·巴恩斯、伊恩·麦克尤恩及萨尔曼·拉什迪等人是同一时期的作家。尽管在《狼厅》发表之前,曼特尔已著有多部作品,也获得一些较重要的奖项,但无论从作品销量还是从个人声望上来说,都无法与他们这些人比肩。换句话说,在获布克奖之前,曼特尔虽然在英国文坛取得一些成绩,但绝算不上声名显赫,彼时的她即使出现在自己的作品周围,也不见得会有人认出她便是作者本人。

2009 年布克奖得主最终谜底揭晓,希拉里·曼特尔凭借其历史小说《狼厅》击败两获布克奖的 J·M·库切、1990 年布克奖得主 A·S·拜厄特,以及萨拉·沃特斯(Sarah Waters)、亚当·福尔兹(Adam Foulds)和西蒙·摩尔(Simon Moore),最终摘取 2009 年度布克大奖,将 5 万英镑奖金收入囊中。《狼厅》是史上最畅销的布克奖获奖作品。当年获奖后在英国亚马逊图书网销售排名一跃至第二位,仅次于于丹·布朗的超级畅销书《失落的符号》,甚至连美国本土的亚马逊网也蹿升至第八位。至 2010 年 7 月,精装本在英国销售量达到 21.5 万册,因此也被西方媒体称为"史上最畅销的历史小说"。《狼厅》的获奖使得曼特尔在文学界声名鹊起。

2012 年,曼特尔凭借《狼厅》的续篇《提堂》再次获得英国布克文学奖,成为英国历史上两次荣获奖的第一位本土作家,也是获得"双布克奖"这一殊荣的首位女作家,从而奠定了曼特尔在英国文坛坚不可摧的地位。曼特

尔之前,曾有两位男作家获得过两次布克奖,分别是出生于南非的 J·M·库切和澳大利亚的彼得·凯里。库切的获奖作品是 1983 年的《迈克尔·K 的生活和时代》(*The Life and Times of Michael K*)和 1999 年的《耻》(*Disgrace*),库切还获得了 2003 年诺贝尔文学奖。彼得·凯里的获奖作品是 1988 年的《奥斯卡和露辛达》(*Oscar and Lucinda*)和 2001 年的《凯利帮正史》(*True History of the Kelly Gang*)。

显然,布克奖成就了曼特尔,使曼特尔广受世界瞩目。曼特尔计划创作的"都铎三部曲"的前两部都获得了布克奖,第三部《镜与光》正在写作中。第一个布克奖曼特尔苦等了廿十载,第二个却随即而至,人们不禁期待曼特尔第三个布克奖的到来。

多年来,布克奖的评选规则细节修订变动不断。有改革者主张布克奖应当面向所有以英语语言创作的作家,尤其包括美国作家,免其沦落为二流文学奖,称"如果布克奖要保持其文化遗产的奠基石的地位,就必须让美国人有参赛的途径"。回应此类改革呼声,新赞助商曼公司有意推行对候选小说资格的改革,使大奖面向美国作家,从而推进其国际知名度,扩大图书的国际市场,尤其是美国市场。然而此一设想终因反对的呼声此起彼伏而未能实现。如今,布克奖的评奖范围依然只限制在英联邦国家、爱尔兰和津巴布韦,而美国这一英语小说的重要来源地却始终被排除在外,这不得不引起人们的重视和思考:英国人这一举措是否体现了"文化民族主义"(cultural nationalism)?英国人是否想借助"文化霸权"(cultural hegemonism)来留住对帝国那挥之不去的情感?作为土生土长的"英国制造",布克奖同作为民族认同标志的"英格兰特性"之间到底有着怎样错综复杂的关系呢?

20 世纪 80 年代以来,关于"英格兰特性"的讨论已经成为评论界的热点话题。时至今日,关于"英格兰特性"一词的起源和定义依然存在争论,但对于该词与"民族认同"、"民族文化"、"民族生活特征"之间的紧密联系,则已达成共识。因而,所谓"英格兰特性",一般指英国性,或英国精神,是一个民族在各个领域中区别于其他民族的特点。虽然没有一致的定义,但理解"英格兰特性"的关键点在于强调人们对于自己身份的确认和对于一个国家或者民族的归属感,一种不管何种身份地位,都共同享有的精神。

　　二战以来,世界格局发生了巨大的变化,昔日的日不落帝国在政治和经济上逐渐衰弱,英国人因而面临着愈加严峻的身份危机。韦恩(John Wain)曾尖锐地指出,欧洲问题实际上就是英国民族身份问题,而非经济和政治问题。在这样的背景下,布克奖应运而生,促使英语文学创作向多元化发展。对英国人而言,布克奖的设立从文化层面上迎合了帝国崩塌和经济衰退所形成的民族心理认同需求,是英国人重建帝国梦的重要途径。因而,布克奖与生俱来就具有英格兰特性,体现出名副其实的"英格兰身份"。布克奖的民族身份正好解释了为何该奖项将评奖范围严格限制在英联邦国家。此外,纵观布克奖获奖史,不难发现,历史题材的小说在获奖小说中占有绝对优势。根据相关研究,截止到 2009 年,布克奖 43 部获奖小说中已有 15 部历史小说获奖(刘国清,2010)。A·S·拜厄特曾指出,"比起反映当下现实的小说,'历史'小说更具有持久性。这些小说形式和内容丰富多样,充盈着文学的生命力和真正的创造性。(Byatt,A S,2000:9)"历史小说是文学上反映英格兰特性问题的重要体裁,布克奖通过对一批批以怀旧和追忆为主题的传统历史小说以及以"怀疑"和"重写"为关键词的现代历史小说的青睐,将历史同民族认同结合起来,毫不费力地确立了英格兰特性的意义。

　　布克奖使"英格兰特性"在文化领域中得到发扬光大。随着移民、女性、种族等这些"他者"身份作家在国际上的崛起,越来越多的种族作家、女性作家、移民作家及黑人作家的优秀作品都被纳入布克奖备选之列。包容性、多元性、多种族成为当代英格兰特性不可避免的特征。当代英格兰特性逐渐走向了多元文化发展模式,并不断加深布克奖的国际影响力,使得英国文学正在变得多元化和国际化,英国距离"文化超级大国"的梦想越来越近。更为可喜的是,英国布克奖管理委员会宣布,从 2014 年起,所有用英语写作的作家都有资格参与布克奖的评选。这就意味着,布克奖将接纳美国作家的小说作品参与评奖,而此前,只有英国、爱尔兰以及英联邦国家的英文原创作家有资格入围参评。这是布克奖设立 45 年以来最大的一次规则变化(文文,2009)。这一变化足以表明布克奖的多元性与国际性都得到加强,从另一个方面呈现了现代英格兰特性。

希拉里·曼特尔是当代英国女作家,其历史小说《狼厅》和《提堂》先后摘得布克奖的桂冠。"本土作家"、"女性"、"历史小说",不得不承认,这些关键词与布克奖所体现出的当代英格兰特性有某种程度的契合。曼特尔笔下的都铎王朝是一段已逝的历史,但文明的继承者们会怀念它的成就和意义。曼特尔以重塑历史人物为主题创作小说,是通过"继承、扩展、重建和证实"的方式来阐释自身对当代英格兰特性的独特理解,是当代英国共同体成员塑造文化与精神共同体的重要思路,更是研究当今英国公共文化建设的重要途径。

英国民族公共文化建设离不开对大英帝国情怀的重新审视、文学经典的继承和发扬、黑色幽默手法的运用以及民族记忆信息和特征的传承等方面。研究英国民族共同体形塑与公共文化建设,就是研究民族共同体精神在希拉里·曼特尔作品中的表现形式。

1. 民族共同体与大英帝国情怀

曼特尔借助文学作品的创作重新审视了大英帝国情怀,强化了英国民族身份认同意识,体现了民族共同体精神。正义与代价、正义与公断、正义与移民都是曼特尔作品所表达的重要主题,是曼特尔传递民族共同体意识、推进公共文化建设的重要途径。在历史小说《一个更安全的地方》里,曼特尔以法国大革命为时代背景,描写了乔治-雅克、罗伯斯庇尔及卡米尔三人来到巴黎谋生的故事。"革命理想"是他们的正义目标,追求权力的渴望却是他们对寻求正义目标的唯一途径的渴望。在革命的激情中,他们都感受过了权力带来的荣耀,但却要为此付出巨大代价。在历史小说《狼厅》与《提堂》里,克伦威尔由阴险狡诈的小人物转变成自我锻造、自我发展、极富温情与魅力的人物。重新审视帝国,客观对待历史人物,正是文学作品在建设民族共同体进程中的重要使命。帝国情怀足以解释英国人对"正义"的狂热追求。"正义"的推行除了殖民方式,还有移民方式。

2. 民族共同体与文学经典

历史与文化认同是民族共同体意识的强烈表征,也是公共文化建设过程中不可忽视的因素。在文学作品创作中继承和发扬本国文学经典无疑是作家民族自豪感的强烈体现。毋庸置疑,莎士比亚的创作是英国文学的经典,是"英格兰特性"的强烈表征。莎士比亚式人物的塑造更是英格兰民族的骄傲。曼特尔继承并发扬了这种民族意识,不仅在小说中频频聚焦改革、信仰、辩论、宗教、伟人兴衰等莎士比亚风格的主题,还在小说《狼厅》及其续篇《提堂》中直接塑造了一个外表冷静内心繁复、自我意识和自我怀疑的莎士比亚式人物托马斯·克伦威尔。不仅如此,曼特尔还创作了两本具有英国著名女作家穆丽尔·斯帕克风格的小说:《弗勒德》和《爱的实验》,后者是对斯帕克《窈窕淑女》的致敬。她的另一部小说《黑暗之上》也带有斯帕克的风格。

3. 民族共同体与黑色幽默

"黑色幽默"是英式幽默的重要体现,也是英国民族独特的性格特征。曼特尔的每部小说几乎都充斥着"黑色幽默"元素。《每天都是母亲节》、《空屋的合法占有》通过幽默讽刺的手法让人感受到噩梦与绝望;《弗勒德》是一部滑稽又精致的小说,让可笑与可怕两种心绪完美结合;《爱的实验》也是一部悲剧小说,曼特尔惯常的喜剧思维,灵敏轻松的比喻修辞以及充满爆发力的语言描写又给这个故事的悲剧性增加了喜剧的味道。

4. 民族共同体与民族记忆信息和特征

民族是历史的产物,民族共同体内在政治、经济、文化、生活方式等方面的特征随历史发展表现出较稳定的共性。共同语言、共同地域、共同经济生活和表现于共同文化上的共同心理素质是民族共同体的共同属性。民族共同体成员一代代地传递着始祖、血缘、历史、文化等最有利于本民族的那部分记忆信息和特征。英格兰本土作家的身份属性使曼特尔在小说创作的字里行间自然表露出对本民族特性的记忆和理解,这种情感力量正是民族共同体意识的重要表述。在多部小说中,英格兰民族血统、语言、宗教文化以及乡村风景都是作者信手拈来的背景和道具,曼特尔的小说创作因而具有浓郁的"英格兰特性"。

1.4　勃发与拓垦:国内希拉里·曼特尔研究

作为当下英国文坛为数不多的实力派作家之一,希拉里·曼特尔多部

小说获得大奖,其中尤以《狼厅》与《提堂》为最。十几年的文学创作生涯中,虽然曼特尔一直都在求新求变,但却始终对历史题材情有独钟。历史小说是小说和历史之间的对话。优秀的历史小说家常常通过自身的创作,将那些过去被遗忘的人和事再次呈现出来,以引起当下人们的重新认识和思考。多年来,曼特尔一直本着此种理念进行创作。长期的坚持终使其名声大震。她的"克伦威尔"系列历史小说,即《狼厅》及其续篇《提堂》因对历史性、民族性与当下现实的关照与反思而先后使其摘得布克奖桂冠。由此,她成为继澳大利亚作家彼得·凯里和南非作家 J·M·库切之后,第三位两度获奖的作家。更为难得的是,曼特尔是布克奖史上第一位获此殊荣的英国本土作家,也是唯一一位获此殊荣的女性作家。布克奖的青睐不仅进一步推动了英国本土评论家和读者对本国民族特性的关注与反思,也启动了国内曼特尔研究的步伐。自曼特尔获布克奖,尤其是二度获奖以来,国内对其作品的解读逐渐升温,已然形成一种勃发之势。当下,国内曼特尔研究重心集中于两部布克奖获奖小说《狼厅》和《提堂》,主要从布克奖获奖信息报道、曼特尔成长与创作研究及小说主人公托马斯·克伦威尔形象解读这三个方面展开。

1.4.1　书评式的解读:布克奖获奖信息报道

从处女作《每天都是母亲节》至今,尽管曼特尔已经出版了十余部作品,但我国媒体大众聚焦希拉里·曼特尔却始于她 2009 年布克奖获奖作品《狼厅》。此后,一些针对《狼厅》的书评式解读频现各种媒介。较早关注《狼厅》获奖信息的是一批新闻媒体和报纸期刊:《出版参考》2010 年 10 月下旬刊以"2009 年布克奖获奖作品历史小说《狼厅》出版"为标题将《狼厅》获奖信息介绍给我国读者;《作家杂志》以"畅销书"、"长篇历史小说"等为关键词推荐《狼厅》,并从国王婚姻视角入手评价作家及作品;中国作家网、凤凰网、和讯网等网络平台都不约而同地发布了《狼厅》获奖信息;亚马逊、当当、京东商城等电子书商也先后推出《狼厅》的原版书和中译本。一时间,历史小说《狼厅》及其获奖信息在国内备受关注。继《狼厅》之后,2012 年曼特尔的历史小说《提堂》出版,令其再度赢得英国布克文学奖。两度获奖,加强了国内媒体对曼特尔的关注热度。《文艺报》世界文坛板块以"穿越都铎王朝：布克奖双料得主希拉里·曼特尔"的醒目标题吸引读者，并坦言《提堂》当时的销量已经超过 10 万本，比其他 11 部入围布克奖长名单的作品的销售总和还要多；《中国文化报》的环球人物板块也从多个角度发布了曼特尔再度获布克奖的信息。及至后来，学者刘国清在"布克奖与当今英国历史小说热"一文中，以《狼厅》为例，强调了历史重写的视角对布克奖的影响。

总之，虽然各种媒介只是作了蜻蜓点水式的解读，但至少我们已将希拉里·曼特尔、《狼厅》、《提堂》、历史小说、布克奖、民族身份建构等关键词紧密联系在一起。在此基础上，国内一些学者对曼特尔及《狼厅》、《提堂》的研究兴趣渐浓。刘国枝在多家期刊上发表对《狼厅》的解读评论的同时，进行着《狼厅》的翻译工作；高继海通过对《提堂》的分析，表现小说作者曼特尔在刻画人物、烘托气氛、展示时代方面的高超技术和才能；任爱红、严春妹等人评价了《狼厅》和《提堂》的可读性和艺术性，称赞曼特尔历史小说中所表现出的"人性"和"温情"。布克奖的两次青睐使得曼特尔在国内声名鹊起，随后的一系列的书评又进一步拉近曼特尔与读者之间的距离。越来越多的人开始关注这位都铎王朝系列历史小说缔造者，及其背后鲜为人知的成长与创作经历。

1.4.2　多面的曼特尔：作家成长与创作背景研究

如果说，每一部作品都可以视为作者自我的一次暴露，是作者的"心声"与"情态"的表露（朱振武，2004：9），那么，对于作家生平及其创作历程的研究自然对文本的解读有着莫大的益处。因此，随着《狼厅》与《提堂》的走红，有些评论家与读者开始关注曼特尔的"心声"与"情态"，试图从中挖掘影响作家文学创作的潜在因素。相较于国外较为成熟的曼特尔的成长及创作经历研究，国内对她这些信息的介绍和宣传并不多见。除了百度百科、凤凰网、腾讯网等网络平台有零星、简短的介绍外，相对系统的文章只有 2013 年 3 月 6 日《世界报》人物特写板块题为《"毒舌妇"曼特尔的奇妙人生》（匿名，2013）、图灵发表在《黄金时代》期刊上的《希拉里·曼特尔，从怪小孩到女作家》（图灵，2013）以及《文艺报》新近发表的《希拉里·曼特尔：痴迷于历史

题材的女作家》。(宋玲,2014)几篇文章都介绍了曼特尔的家庭出身、成长过程、教育背景以及一些人生经历,但同时都突出曼特尔与众不同的一面。"毒舌妇"的名声暗示曼特尔敢于直面社会的阴暗面,勇于揭露人性中的丑恶(匿名,2013)。"怪小孩"突出曼特尔惨淡的青少年成长经历及其跌宕起伏的人生经历,同时也强调了这些经历赋予她的创作灵感(图灵,2013)。"痴迷于历史题材的女作家"则表明曼特尔的选题偏好,以虚构的情节来诠释历史真相(宋玲,2014)。然而,独木不成林,仅片面聚焦曼特尔某个特性,且又割断她与同时代乃至先辈作家的共通之处,这易导致一叶障目,引发误解。只有将其身上每一个独特性综合起来,然后再置于整个英国小说传统之中时,一个完整的多面的曼特尔才会浮现在读者眼前。这样,当置身于曼特尔小说中的历史漩涡时,我们才不会感到迷失,从而挖掘出历史场景背后的深层意义。

将"毒舌妇"、"怪小孩"和"历史题材痴迷者"并置起来时,曼特尔的成长与创作历程便清晰地呈现出来,进而解释了作者用异于常人的眼光去质疑与重新审视都铎王朝和历史人物托马斯·克伦威尔的行为。此外,当把曼特尔置于英国历史小说传统之中时,读者就能发掘她的更多特性。同许多作家一样,曼特尔敢于消解历史的宏大叙事,但她却比那些作家看得更远。她将读者领入了英国民族发展最重要的阶段之一——都铎王朝时期。与同样描写那个时代的作品不同的是,她选择以一个被正统历史长期放逐的人物——托马斯·克伦威尔的视角去揭露那段王朝秘史。正是曼特尔强调以现代人的眼光来书写历史小说,《狼厅》与《提堂》才会引起如此巨大的反响。

1.4.3　他者的复原:托马斯·克伦威尔形象解读

几个世纪以来,都铎王朝给历史学家和艺术家提供了无穷无尽的史料和创作灵感。纵览这些关于都铎王朝的研究与创作,不难发现在那个伟大的时代,克伦威尔基本上被边缘化了。在莎士比亚的历史剧《亨利八世》(*Henry Ⅷ*)里,克伦威尔是一个无足轻重的卑鄙小人,而在最近风靡英伦的电视剧《都铎王朝》(*The Tudors*)中,他又以相似的面孔出现。可以说,无论是在严肃的历史剧里还是在商业化运作的大众文化中,克伦威尔在英国人的集体记忆中已经成为一个不折不扣的他者。作为英国主流价值观念代表的布克奖之所以会对《狼厅》和《提堂》产生极大的兴趣,很大程度上源于曼特尔有意颠覆长久以来人们对克伦威尔形成的刻板印象,以现代人的思想来重构历史人物形象。这也是为什么在研究这两部作品时,国内更倾向于聚焦主人公托马斯·克伦威尔的形象解读。罗伦全认为《狼厅》里的克伦威尔是都铎王朝有情有义的血性男儿,赞扬作者曼特尔选取历史记录中的真实场景,重新审视克伦威尔,借助于克伦威尔对历史进行了独辟蹊径的诠释,以全新的角度改变了人们对历史的看法(罗伦全,2011)。左燕茹也有同样精辟的论断:曼特尔扬弃了克伦威尔的刻板印象,这个在传统作品中的边缘人物、反派角色在此重塑了自身形象——一个更细腻、自觉、自律的现代形象,一个靠自我教育白手起家的政治家的形象(左燕茹,2010)。刘国清认为《狼厅》的引人之处莫过于它成功地重塑了历史人物克伦威尔(刘国清,2010)。尹丽莉在其论文中称克伦威尔为"完美政治家",从关注克伦威尔身上凝聚的多面性性格特征,剖析他那"狼性"与"人性"交织的复杂个性(尹丽莉,2014)。在严春妹看来,《狼厅》和《提堂》生动再现了都铎王朝的辉煌时代和一代权臣的丰功伟绩,展现了当代小说家调整视角、反思历史的创作心理(严春妹,2014)。

除了重点研究托马斯·克伦威尔的形象重塑,还有少数几位研究者比较关注作家曼特尔的叙述视角、现在时态的运用、第三人称代词"他"的大量运用以及作者高超的想象力、丰富的语言及细腻的情感。这些研究也为他者的复原做了有力的补充和强化。一方面,曼特尔的克伦威尔具有了现代人所欣赏的素质——敏锐的政治才能、精干的经济头脑、超强的交际能力;另一方面,曼特尔给历史的他者克伦威尔注入了更加温暖光明的成分,重点表现"忠"、"善"、"温情"等美好的一面(严春妹,2014),使克伦威尔形象更立体丰满。这种创新更能满足当下英格兰民族的心理需求,表达了当代作家对本民族身份建构的殷切期许。

1.4.4 潜在的空间:曼特尔研究的不足与展望

显然,希拉里·曼特尔的布克奖作品《狼厅》和《提堂》已经引起国内评

论界和读者的极大兴趣,但国内现有的相关评论只是散见于报刊、网络及少数期刊杂志,且主要涉及对主要人物的探讨和对作者创作手法的初步介绍,系统全面的研究尚未形成。因此,有必要梳理国内曼特尔研究的不足,并展望其未来发展方向。

首先,研究者批评视角的本土意识需加强,突出中国视角下的外国文学研究。某种程度上说,外国文学研究是一种比较性研究活动,研究者审视与解读其他民族的文化往往脱离不了自身的民族意识。以本民族视角研究外国文学,以非本民族的文化反观本民族文化,有利于加深对外国文学的研究,进而促进本民族文化的发展。然而,在当下国内曼特尔研究中,这种互动性的交流并不突出,相关的研究成果并不多见。国内对其创作思想及理念进行比较研究的论文仅有刘曲的《从巴赫金的"狂欢诗学"看希拉里·曼特尔与莫言作品的狂欢美》一文。该论文基于比较的视野,以"狂欢化"为主线,把我国文学研究和世界文学研究并置在一起,研究两位文学大师作品中的语言与人物形象的狂欢化现象。比较研究国内国外两种不同的创作理念及风格,不仅能为国内读者带来巨大的感官冲击,也能为我国文学的鉴赏和评价引进更新的视角(刘曲,2013)。

其次,国内对曼特尔的研究呈现不均衡的现象。一方面,就研究目标而言,如前文所说,希拉里·曼特尔已经出版了 11 部长篇小说、1 部文集(包括短篇小说、散文和书评)及 1 部传记,但国内研究者多集中于对其布克奖获奖作品展开研究,而忽略了对曼特尔的其他优秀小说的研究。诚然,曼特尔是凭借其布克奖获奖作品而为我国读者所知,但她的处女作《每天都是母亲节》及其他历史小说如《一个更安全的地方》都在英国本土享有较高的声誉,且和"克伦威尔"系列小说有着密切的关系。研究曼特尔其他优秀小说,有助于揭示曼特尔创作思想源泉和不同选材、不同主题创作之间的联系,应该成为研究该作家整体创作的重要组成部分。另一方面,就研究方向而言,在聚焦获奖小说时,主要研究其中的主人公形象,而对其中的女性形象、叙事美学和伦理道德主题等缺乏关注。截止到 2014 年 10 月,在知网平台上输入关键词"希拉里·曼特尔",出现了 24 项相关条目,其中研究《狼厅》和《提堂》的作品占了七成左右,而在这七成的研究论文中,针对主人翁克伦威尔的人物形象重塑和颠覆而展开论述的内容达到 90% 以上，且所涵盖的内容大同小异。

最后，国内曼特尔研究的理论深度还有待提升，视角还有待拓宽。特里·伊格尔顿（Terry Eagleton）的《理论之后》（*After Theory*）出版后，学术界对于是否应该运用理论去解读文本产生了很大的分歧。然而，"理论之后"并不意味着理论已死，理论对于文本解读有着重要的意义，因而有必要更理性、更谨慎地运用理论。研究者们已经开始意识到运用新理论解读曼特尔小说的重要意义，但很多尚处于初步的探索阶段，很多观点不够成熟。虽然已经有一些论文从新历史主义、文学伦理学等热门的理论来阐释曼特尔的小说，但数量不多，力度不够。

尽管当下国内曼特尔研究存在着一些不足，但从另一角度看，这些不足也正是国内曼特尔研究得以拓展的潜在空间，尤其是在对民族性问题的考量上。曼特尔的成功与其作品中折射出来的对历史与现实二者关系的关照是分不开的。尽管曼特尔一直以历史为写作素材，但在未创作"克伦威尔"系列历史小说之前，其名声与作品销量远不如同时代的马丁·艾米斯、伊恩·麦克尤恩及萨尔曼·拉什迪等作家。布克奖作为英国本土最为重要的文学奖项，代表着英国社会的主流意识形态走向。曼特尔的两度获奖足以表明 16 世纪的都铎王朝对于当下英国的现实意义。都铎王朝时期之所以成为众多文艺作品的表征对象，很大程度上是由于当时的英国正走向现代意义上的民族——国家，并且在那个时期作为英国民族核心特性的"英格兰特性"正处于重要发展阶段。"英格兰特性"是一个民族、国家的概念，是英国民族认同的重要术语，数百年来，其包含的民族自豪感和优越感随着时代的变迁和国际形势的发展已经发生了巨大的变化。二战后，随着"日不落"帝国格局的瓦解与多元文化的冲击，英国的民族身份正日益面临着消解与重构的双重压力。萨义德（Edward Said）等人曾指出，将历史同民族认同结合起来，可以毫不费力地确立英格兰特性的意义（MacFarquhar，2012）。因而，越来越多的英国小说家如朱利安·巴恩斯、V·S·奈保尔及格雷厄姆·斯威夫特等在其创作中显示出独特的文本历史意识（杨金才，2008），开始从历史的角度审视英国民族性问题。与同时代作家相仿，曼特尔认为"一

切历史小说都是当代小说"，强调"以当下的眼光来书写历史（Bordo，2012）"，并在其创作中充分关照被正统历史叙事压制的边缘化历史。然而，在以历史追思民族性建构时，曼特尔又显示出其独特的一面。她总是有策略地重新阐释历史文化（严春妹，2014）。曼特尔曾在采访中指出："伟大的时代造就伟大的人（Trimm，2001）"，因而，其小说中的历史场景多为对一个民族发展至关重要的时刻。在"克伦威尔"系列小说中，曼特尔对"英格兰特性"进行重新审视，以此来关照当下英国民族身份面临的问题。显然，以布克奖获奖作品《狼厅》和《提堂》为主要参照对象，对英格兰特性及英国民族认同问题进行考量，必将有助于人们对当代英国文化表象之下的深层问题产生新的思考。

文学经典化的建构是一个复杂的过程。哈罗德·布鲁姆认为，经典化的历史就是焦虑的历史，焦虑的影响（the anxiety of influence）让庸才沮丧却使经典天才振奋（Bloom，1994：11）。从1974年创作处女作开始，曼特尔就一直在此种"焦虑的影响"下进行写作。一方面，她摸索到了历史小说作家写作的经典母题之一，即民族身份建构。另一方面，她也尝试摆脱此种焦虑，寻找自己的"独创性"（originality），即从对他者的颠覆中重构英国民族的集体记忆。虽然曼特尔算不上经典作家，但其作品却有着浓厚的经典意味。这就是从2009年曼特尔获布克奖至今的短短五年里，国内的曼特尔研究从无到有，以至形成一种勃发之势，且有着巨大潜在研究空间的本质原因。现已60岁的她仍旧笔耕不辍，继续在与此种焦虑抗争着。都铎王朝三部曲的终结篇《镜与光》即将问世，我们也期待这部作品将再次获得布克奖的垂青。作为英国"文化民族主义"体现的布克奖，与作为民族认同标志的"英格兰特性"之间有着千丝万缕的联系（罗晨，王丽丽，2013）。因此，透过曼特尔的作品，我们得以窥见英国主流价值体系对民族性、历史性及伦理道德等的认知与反思。更为重要的是，以比较的视野去解读曼特尔的作品，反思中国现代化进程中的民族身份建构问题，这不仅能对中国文学发展起到一定的启示作用，也为中国文化如何走向世界提供一条探索之路。

第2章　希拉里·曼特尔小说研究

曼特尔的小说题材多样,内容丰富,涉及历史及权力人物、家庭及家庭故事、鬼魂及超自然现象、女性及女性书写等方面,作品有描写日常家庭生活的,有揭露社会医疗结构和政府部门黑暗腐败的,也有表达国家政治生活不确定性的,这些五花八门的内容都有一个共同的书写主题,即共同体关怀。德国学者滕尼斯在与"社会"相对的意义上,给"共同体"下过这样一个经典型的定义:"共同体意味着真正的、持久的共同生活,而社会不过是一种暂时的、表面的东西。因此,共同体本身必须被理解为一种生机勃勃的有机体,而社会则是一种机械的聚合和人工制品(Tonnies,2001:9)。"除上述特征外,曼特尔还从其他层次与角度丰富了共同体内涵。

曼特尔的共同体情怀首先彰显了"理解和同情"这一情感要素。《狼厅》和《提堂》塑造了一个与人们所熟悉的历史形象大相径庭的历史人物——托马斯·克伦威尔。从历史上的边缘人物、丑角、刽子手到忠君爱国、慷慨仗义、勤勉睿智的"完美政治家",克伦威尔形象的重塑饱含了作者对他的深切理解和同情。西方理性主义者巴鲁赫·斯宾诺莎(Baruch de Spinoza)把同情界定为"由他人的不幸所引起的痛苦",并特别强调我们不仅"对于所爱的对象表示同情,而

且对于我们平日并无感情的对象亦一样表示同情",原因就在于"我们认为那物与我们是同类的(斯宾诺莎,1997:117)。"这里的"同类"正是表达了一种共同体的认同情感。"同情"有时可以被理解为同胞感,侧重于主体对他人感受的认同体验,或者说主体之间的情感流通。这种同情经常显现出比冷静的理智更为强大的社会整合力量,是维系社会和谐的重要纽带(高晓玲,2008)。曼特尔在赋予克伦威尔狼性的同时,更侧重突出他那隐藏于心的鲜活人性,展现他更深层次的人性关怀,这正是作者在审美维度上丰富共同体内涵的体现。不仅如此,作者还希望通过小说创作使读者能更好地"想象和感受他人的痛苦和快乐(利维斯,2009:80)",感悟共同体伦理道德的力量。此外,对女性的理解和同情也在曼特尔的多部作品中得以体现。

曼特尔对共同体的关注还表现在对异化现象的书写上。《每天都是母亲节》与《空白房产》中,母亲带着女儿独居,母女间是控制与被控制的关系,母女俩和邻居之间是设防与侵犯的关系。小说中还有子女嫌弃父母、夫妻之间横插着第三者的不和谐家庭伦理关系及社会福利机构本应该为居民提供福利和帮助,而实际上却造成了伤害和仇恨的异化现象。在《一个更安全的地方》中,双性恋者罗伯斯庇尔喜欢上一个女人,却最终不得不和这个女人的女儿结婚。《变温》则揭露了生活中的谋杀、家庭的破碎、爱情和信仰的丧失等问题。《弗勒德》暴露了安格温神父的深度自省:作为一个神父,他居然对上帝失去信仰,转而相信魔鬼。他每天都以严格的教条来伪装自己,掩盖自身信仰的迷失。《巨人奥布莱恩》暴露了这样一组矛盾:为了探索未知的科学领域,对知识和名声如饥似渴的亨特急欲解剖巨人奥布莱恩的躯体,而奥布莱恩则相信他要是没有了躯体,就是违背了上帝的旨意,死后灵魂就无法升上天堂,这比死亡还要恐怖。而《加沙大街上的八个月》以一个令人惊恐的专制独裁社会为写作背景,揭露了四处潜藏着的暴力、谋杀、性别歧视、种族隔阂等可怕的危机。对异化现象的讽刺和批判可以看作是曼特尔对美好共同体的想象和憧憬。

曼特尔的共同体情怀还体现在其对超自然现象的关注上。共同的信念和理想是共同体成员之间的联系纽带,而那些已故者往往是家庭、社会或共同体所不可或缺的部分。一个理想的共同体应该包括那些已故的人们,尽管他们可能只活在很遥远的年代（殷企平，2015）。曼特尔的许多小说都有鬼魂、灵媒等超自然现象。在《弗勒德》中，弗勒德主教具有超能力，在进餐过程中，只见他不停地吃着，可是面前的食物却怎么也没有少去，饮酒过程也是如此。他的女管家走进他的房间时，会发现自己手指不能动弹，直到离开才能恢复。而表面上，弗勒德表现正常，平时就在村里四处游走，问候村民，拜访修女和学校。他到底是善良的天使还是邪恶的魔鬼？故事对道德和人性进行探索，并暗示超自然现象存在于我们日常生活中。小说《黑暗之上》讲述一个现代的鬼故事，少女艾莉森从母亲那里继承通灵的超能力，却被恶鬼缠身，只好从事专业灵媒的职业，然而那些恶魔及其所描绘的来世生活的恐怖和悲剧使她深受其扰，她一心想摆脱缠身的恶鬼，经历一次次失败后，最终制服他们。作者通过一个想象的黑暗世界，突出表现现实世界的残酷，伤害、剥削、盗窃、强奸、乱伦、谋杀等暴力现象。用"专业灵媒"作为纽带来连接生者和死者，实现一种交流，不失为一种共同体情怀。同时，我们也不难体会作者对灵媒精神诊疗和慰藉作用的认同及其文化层面的反思。显然，对历史人物的审视与反思，对异化现象的描写与批判，为生者与死者架设沟通与交流的桥梁，无不体现曼特尔的共同体情怀。

2.1 历史小说

2009 年历史小说《狼厅》获得布克文学奖使曼特尔在英国声名大噪，而2012 年《提堂》再获布克奖奠定了曼特尔在文学领域坚不可摧的地位。如今，"双布克奖"的荣誉使得曼特尔成为了英美文坛的实力派作家，因而，要研究曼特尔的创作思想和艺术成就，必然涉及其布克奖获奖作品《狼厅》和《提堂》，这两部作品是曼特尔计划写作的"都铎王朝三部曲"系列历史小说的前两部。"三部曲"以都铎王朝时期亨利八世重臣托马斯·克伦威尔的一生为主线，透过他的视角，聚焦亨利八世统治时期的历史风云与王室恩怨。

都铎王朝的传奇无疑是英国历史上最为绚丽的华彩乐章之一。这段历史始于 1485 年亨利七世入主英格兰、威尔士和爱尔兰，终于 1603 年女王伊丽莎白一世谢世。亨利八世是都铎王朝第二任君主。都铎王朝处于英国从

封建主义向资本主义过渡时期,被认为是英国君主专制历史上的黄金时期。几百年来,国王亨利八世血腥残酷的宫闱秘史给历史学家和平民大众无尽的研究史料和八卦谈资。亨利八世一生娶过六个王后,其中两个离婚,两个断头,一个病死。为了和凯瑟琳王后离婚,迎娶安妮·博林,亨利不惜与罗马教廷决裂,大力推行宗教改革,解散修道院,使英国王室的权利达到巅峰。然而,这所有的丰功伟绩都离不开一个人,那就是历史上赫赫有名的亨利八世的国务大臣——托马斯·克伦威尔。

克伦威尔究竟是何人? 恶棍、无赖、刽子手、政治家还是改革家? 其实,他在各种文艺作品中早已臭名昭著——剧本、小说、电影、电视剧里,只要说到都铎王朝这段历史,总有他的身影存在,但几乎都是以反面人物或配角形象出现:心狠手辣的无耻之徒,见风使舵的投机分子……抛开稗官野史,正史中的托马斯·克伦威尔担任过财政大臣、掌玺大臣、首席国务大臣,获封艾萨克斯伯爵,成为亨利八世身边第一权臣。他辅佐亨利八世推行宗教和政治改革,为英国向近代化国家过渡打下了良好基础。他还促使国会通过了一系列改革方案,其中最重要的就是《至尊法案》和《王位继承法》。都铎历史学家将克伦威尔视作建立官僚体制和议会构架之人。

曼特尔从小关注克伦威尔,并对其故事情有独钟。她的都铎三部曲系列小说想要探究克伦威尔如何从一个一文不名的小人物的孩子成长为鼎鼎大名的艾萨克斯伯爵的。在她看来,都铎王朝是英国民族发展最重要的阶段之一,《狼厅》和《提堂》为那段尘封的历史注入了新的活力,从而以全新的方式书写了现代英格兰的起源(Espinoza,2012)。两部小说一方面向读者展示了英国历史发展的重要阶段都铎王朝,另一方面,故事也揭露了每个民族都能认识到的普遍问题:克伦威尔和亨利八世所统治的都铎王朝,就如军阀和暴君所统治的世界。在这样的世界里,蕴含着五味陈杂的感受——失去孩子的悲痛,对男性继承人的强烈渴望,欺诈敌对的夫妻关系、对机会的期盼、对真爱的期待……

曼特尔的小说并没有过多描述亨利八世和克伦威尔的家庭生活,而是着重探讨了权力的问题:如何攫取权力、支配权力和保持权力,尤其如克伦威尔者,出身低微,却又生活在那个由封建贵族统治的残酷社会里,当如何自处。亨利八世对男性继承人的渴望为当今文化产业的发展提供了大量的素材,引发了一系列的都铎文化产品,如电视连续剧《都铎王朝》《另一个博林家的女孩》(*The Other Boleyn Girl*)等。在大多数都铎文化作品中,克伦威尔都被刻画成一个十足的恶棍,而曼特尔笔下的克伦威尔虽然是个生活在黑暗残酷社会中的政治人物,但却更富有同情心和人情味,令现代的读者更容易理解。

如果说历史的讲述离不开"被神话、语言、民间传说及历史学家自己文化的科学知识、宗教和文学艺术概念化的关系模式(怀特,2003:173 - 174,176,185),"都铎王朝历史的重新演绎更缺不了曼特尔自身文化的科学知识、宗教和文学艺术概念化的关系模式。从这个视角而言,《狼厅》的经典在于成功的角色定位与塑造,而《提堂》则胜在其中蕴含的深刻厚重的历史政治观点。

克伦威尔是历史人物,也是《狼厅》和《提堂》小说中的主人公。作者曼特尔带领她的读者,透过克伦威尔的双眼看到他的灵魂深处,进而认识他,了解他。曼特尔塑造的小说人物克伦威尔不是、不能、也绝不该仅仅是历史人物克伦威尔,因为历史人物毕竟只是曾经存在过,而曼特尔的小说人物克伦威尔则是有血有肉,有思想有灵魂的。曼特尔对克伦威尔的每个细节描写都有据可查,大都来自他的肖像画、他的信件及同时代人对他的描述与评价。实际上,曼特尔认识和了解克伦威尔的途径与其他史学家的方法没有多大区别,神奇之处便在于作者对所了解的信息和掌握的素材进行了质疑和重新思考。这种思考和质疑一定程度上是对历史的尊重和反思,是对民族认同重新定义的一种尝试,是对当代英格兰特性进行新的理解和阐释。曼特尔的创新不在于使克伦威尔成为一个时代英雄,而在于使其成为了一个尽管冷酷无情却仍赢得同情和钦佩的中心人物。

2013 年年底,英国首相卡梅伦访华时,曾将希拉里·曼特尔的小说作为国礼赠送给中国总理李克强的夫人程虹,这令中国读者进一步了解了这位英国女作家作品的文学地位。除了收获各种令所有作家羡慕不已的文学奖项之外,曼特尔的作品更是受到了出版界以外的广泛关注——皇家莎士比亚剧团已经将《狼厅》和《提堂》两部作品改编为舞台剧,并于 2014 年 1 月

正式公演。英国广播公司 BBC2 套已经紧锣密鼓地筹拍这两部作品的电视剧，并在 2015 年 1 月了推出一部长达六小时的迷你电视剧。开播后，《狼厅》成为继十年前的《罗马》（Rome）之后，该频道首播收视率最高的剧集。当晚，超过四百万观众守在电视机前收看了第一集。可以说，曼特尔的《狼厅》和《提堂》给世界带来了"都铎文化旋风"。

2.1.1 置身历史漩涡，诠释政治人生——读希拉里·曼特尔的《狼厅》

曼特尔写《狼厅》是为了引起历史学家的兴趣，讨挑剔的批评界的欢心，最为重要的是要征服广大读者的想象力，她做到了。该小说令人激动，充满权力斗争、政治阴谋、栩栩如生的人物描写和巧妙的语言。小说奇特之处在于希拉里·曼特尔以当代小说的方式讲述了一个 16 世纪的历史故事。在正式公布获奖之后，《狼厅》销售走势更是一路窜升，英国亚马逊图书网排名一跃至第二位。同时，在大洋彼岸的美国，《狼厅》也有不俗的表现——它曾一度在美国亚马逊图书网排行榜升至第八位。显然，《狼厅》"创近年出版奇迹"，成为"最好看的英文小说"的代名词。就连作者本人也对该书充满自信："我一开始就知道《狼厅》会成为我写得最好的作品，它的情节就像一部电影一样在我眼前徐徐展开（MacFarquhar，2012）。"希拉里·曼特尔真不愧为当代英国最优秀的小说家之一，在以往的作品中克伦威尔常被描述成一名粗鲁的弄臣，声名狼藉。而《狼厅》中的克伦威尔，虽然依旧是个野心勃勃、阴险狡诈、贪得无厌的恶棍，但却被注入了一丝同情心和人情味。尽管只是一些边缘的温情，但足以令这个角色更加真实生动。

《狼厅》以英国历史王朝为背景，以 650 页的厚度再现了激情澎湃的都铎王朝的历史与国王亨利八世的风流韵事，是一部引人深思的都铎王朝长篇小说。全书共分六个部分，由一些看似微不足道的历史事件构成，但其所包含的内涵却及其丰富。纵情大笑与惊悚恐怖之间的灵活律动体现了都铎王朝丰富壮观的场景，彰显了小说无尽的魅力。整部小说描写的场景和气势是由阴暗晦涩、令人窒息转向惹人捧腹大笑的诙谐。每一章节所体现出的语气随着故事情节的跌宕起伏而变化着。

16 世纪的英格兰是灾难的中心地带。如果国王死后没有留下男性继承人，国家就会陷入内乱。《狼厅》的故事就是在这样的背景下展开的。英格兰都铎王朝第一任国王亨利七世在位时，执行睦邻友好政策，为自己的长子亚瑟（Arthur）迎娶了西班牙公主阿拉贡的凯瑟琳（Catherine of Aragon）为妻。然而，婚后不久，亚瑟因病去世。当时西班牙和法国不和，亨利七世为了维持中立，不得罪于西班牙王室，力图挽留长媳，经向罗马教皇请示，让凯瑟琳改嫁给了当时只有 12 岁的亨利八世。亨利八世十八岁即位并娶了比他大五岁的寡嫂凯瑟琳为妻。这种结合是典型的政治婚姻。婚后，凯瑟琳只为他生了一个女儿，即后来的玛丽一世（Mary I），以后几次生育的孩子都早夭了。于是亨利国王以妻子没有生出男性继承人为理由提出离婚。他的提议遭到了王后凯瑟琳以及支持她的罗马教皇及教廷的反对。当时的红衣主教沃尔西没有能够使国王达成离婚再娶的目的而被撤职查办，并以勾结法国国王阴谋叛国的罪名被关进了伦敦塔，结束了其权倾一时的政治生涯。

此时故事主角托马斯·克伦威尔的出现打破了僵局。他雷厉风行，帮助亨利八世迎娶安妮·博林，成功满足了国王停妻再娶的愿望。由此，他也一跃而成为英国首席国务大臣，成为继沃尔西红衣主教之后最受王室器重的顾问。然而这位从平民一步一步走向政治生涯巅峰的"完美政治家"最终得到什么了呢？1540 年 7 月 28 日，国王亨利八世迎娶第五任王后凯瑟琳·霍华德的同一天，克伦威尔在伦敦塔里被斩首，落得一个悲剧性灭亡的下场。小说标题中的"狼厅"，指的是小说结尾托马斯·克伦威尔为亨利八世安排的度假地，位于威尔特郡的约翰·西摩爵士的府邸。在这里，亨利八世遇到了未来成为他第三任妻子的简·西摩，为他将第二任妻子安妮·博林送上断头台埋下了伏笔。

《狼厅》的经典之处正是在于作者独特的写作视角。作品正是透过托马斯·克伦威尔的视角，引人入胜地讲述了亨利八世统治下的都铎王朝的故事。1485 年，克伦威尔出生于伦敦西部普特尼一户平民家庭，父亲是打铁匠，母亲早亡，两个姐姐已经嫁人。这一年，博斯沃斯战役（Battle of Bosworth Field）爆发，亨利·都铎如愿戴上大英帝国的王冠。历史学家们将这一年视为英国现代史的开端。从此，金雀花王朝、中世纪、旧时代的烛

光、罗马天主教控制的英国成为过去,英国的历史翻开了以新兴资本家为标志的时代,克伦威尔正是这个时代的领头人。当然,克伦威尔出生的时候,普特尼的人们对时代的变化一无所知。对他们来说,王朝的更迭只是内战过程中的一个普通事件。毕竟,当时的英国贵族们已经为此战的胜利奋斗了整整一代人。没有人会预料到都铎王朝的统治将超过一个世纪,并重塑他们的国家。而背后的主要推动力,竟是一个生于斯的默默无闻的小孩。当时,"托马斯"是这个国家里最普遍的男性名字,没有什么特别之处。他湮没在人群中,直到青少年时代因为惹了麻烦才为人所注意。他曾经逃亡过——因为无意中用刀子捅死人而犯了法,这种冲动性格大概是遗传自他常常惹祸的父亲的基因。沃尔特·克伦威尔酗酒、暴力、冲动,是一个任何孩子都想要逃离的糟糕父亲。《狼厅》始终围绕着命令、责任、忠诚、道德和暴力展开叙述。小说一开始就充满张力,以托马斯·克伦威尔的父亲一声命令"站起来!"开篇,极具巧妙性和隐喻性,为下文的克伦威尔性格的养成和人生观的转变埋下了伏笔。十五岁的克伦威尔正遭受着无情残酷的父亲的拳打脚踢,浑身伤痕累累,勉强睁开鲜血模糊的眼睛,感受人世的人情冷暖。曼特尔运用冷静到近乎残酷的口吻,讲述了克伦威尔见证或亲历过的暴力与死亡,刻画出他那引人同情、令人心酸的成长历程。作为一名穷铁匠的儿子,他凄惨的童年充满了饥饿、焦虑和孤独:七岁时,他住在红衣主教莫顿家,他的叔叔在那儿做厨师;九岁时,他目击了一位八十岁的异教徒被活活烧死的情景。十五岁时,他在遭受性情狂暴、凶恶的父亲毒打后离家出走。随后的人生经历更加丰富曲折。1500年,十五岁的克伦威尔逃离了英国,参加了法国的雇佣军,赴意大利参战,并随军参与了一些政治活动。随后,法国战败,他以一位佛罗伦萨银行家的随从身份留在了意大利。很快,克伦威尔因为灵活的头脑和优秀的语言天赋获得各种提拔。三十岁之前,他已经在威尼斯、罗马和安特卫普崭露头角,成为一个银行家、实习律师以及羊毛交易经纪人。当他返回伦敦的时候,正值都铎王朝的第二任国王——年轻的亨利八世执政时期。不久后,他就得到国王身边的红衣主教沃尔西的赏识和青睐,并逐渐成为他的心腹。在他同时代人的眼中,他有着天生的魅力和敏捷的社交手段,思想前卫,善于取悦他人,并且幽默风趣,精力相当充沛。

托马斯・克伦威尔是英国历史上最重要的政治家之一。在执掌权柄10 年不到的时间里,他力促国会通过一系列法案,推行宗教和政治改革,对抗罗马教廷,解散修道院,削弱和镇压地方割据势力,极大地强化了英国的王权。出于政治目的,也出于个人私心,他介入了亨利八世与其第四任王后、一位德国公主"克里维斯的安妮"的婚事。克里维斯的安妮面容丑陋,性格拘谨,克伦威尔利用画师的画技和使者的口才误导了亨利八世,使得他迎娶了这样一个女人。婚后,亨利八世发现自己被大臣愚弄,欺骗,大为恼怒,最终将其送上了断头台。曼特尔犹豫了 20 年之后,最终花了 5 年时间写出了这本她一直想写的小说。她想通过克伦威尔的故事来研究权力的运用、取得权力的手段以及它的得失,以提醒当下的人们,当今世界依然充满着权谋政治,稍不谨慎,就会面临重重危机。

托马斯・克伦威尔在文艺作品中向来声誉不佳,是典型的反派角色。德国画家汉斯・荷尔拜因(Hans Holbein)曾画过"一个阴冷残酷的克伦威尔"。罗伯特・鲍特的戏剧《公正的人》让托马斯・克伦威尔以处心积虑迫害托马斯・莫尔的反派形象出现,被牢牢钉上了罪人的十字架。在历史教材中,克伦威尔则被描绘成了向上攀登不择手段的人。曼特尔挑选了这个最没可能的主人公,重新塑造了他的形象,确实冒了极大风险。然而,她成功了。通过对英国历史素材繁简得当的裁剪,用优美并略带古典韵味的现代英语,曼特尔在小说中还原出了恢弘而富有质感的历史场景,用细节雕刻出了活跃于其间的面目生动如栩的托马斯・克伦威尔。广阔瑰丽的都铎王朝,暗潮汹涌的宫廷斗争,风雨欲来的宗教改革……在这个黑暗的历史舞台上,人人自危,一步之差便有杀身之祸。不过,克伦威尔是个例外——他冷酷理性、心思缜密,在君主、教会、贵族之间,纵横捭阖,游刃有余;他善解人意,舐犊情深,对待爱人、亲人、朋友,细心周到,无微不至。

透过《狼厅》可以看到曼特尔对克伦威尔的欣赏,欣赏他的坚韧顽强、他敏锐的政治本能、他财政方面的精明才智以及他那残酷的狼性和鲜活的人性。小说中,克伦威尔才能卓越,能够"起草合约、驯猎鹰、画地图、阻止街头殴斗、装饰房子、搞定陪审团(曼特尔,2010:30)",能够"为地主们准确测出

土地的价值、作物的产量、供水情况、建筑资产","只要他想说话,就谁也说不过他(曼特尔,2010:87)。"他曾经在一个主教的厨房里拣食残羹冷饭,后来却摇身变为精通多国语言的律师。贵族们不喜欢他却离不开他。在希拉里·曼特尔的笔下,克伦威尔不再是以往声名狼藉的刻板形象,取而代之的是自觉、自律、靠自我学习自我塑造白手起家的政治家形象:他既富于远见卓识,也善于具体操作,在他的影响和操纵下,英国推行宗教改革,进行"政府革命"。他既解决了中古西欧持久难决的教俗权力之争,建立起国家的外部主权,又加强了中央集权,确立了国王在疆域内的最高权威,充分体现了他完美的政治家的风度。

《狼厅》的深刻在于其对克伦威尔人性的展示,并未仅停留在私人的空间,而是透过克伦威尔的新教信仰,表露出他更深层次的人性关怀。曼特尔敲开了克伦威尔阴冷坚硬的外壳,进入到他的内心世界,让我们看到了隐藏其下的鲜活人性。曼特尔从日常生活的细节入手,还原出了克伦威尔的血肉,并给它以感情的质感。从近处看克伦威尔,他是一位好丈夫、好父亲、好主人。妻子早亡,克伦威尔终身未娶,始终葆有对妻子莉兹的忠诚与思念。他深爱着自己的女儿,当女儿格瑞斯(Grace)死在他的怀抱中时,他表现出了一个父亲失去孩子时的悲痛与无奈。他对动物也表现出出人意料的温柔与关怀。他收养流浪狗"贝拉",用手轻轻地把她抱回家,给它喂奶酪吃……。随着地位日益显赫,克伦威尔家里多了很多来自普通人家的孩子,他们盼望能得到晋升机会,克伦威尔对他们给予了无私提携。在他们的身上,他看到了自己少年时代的挣扎与伤痛。小说还侧面地描绘出了克伦威尔对儿子格利高里的深厚情感:他从未虐打过孩子,让他接受良好教育,并且不让他接触宫廷黑暗的权术。儿子长大成人,变成一位悠闲优雅的绅士。尽管儿子对他敬畏多于亲昵,他仍然对其宠溺有加,并竭尽所能庇佑儿子,望其成长成一个"精致"的人。

在《狼厅》中随处可见精深干练、充满爆发力而又令人信服的语言描写,这也是该书获奖的重要原因之一。作者懂得如何用浅显流畅的笔调、独特的角度以及与众不同的表现手法描摹了人与人之间在政治舞台上尔虞我诈的丑陋面孔。曼特尔巧用高超的情节推演和引人入胜的对话,徐徐展现出朝廷中诸多重大历史事件和那些勾心斗角的权力与地位之争,从而避免了历史小说的厚重感。国王派人去抄红衣主教沃尔西的家时,克伦威尔对艾什说道:"你的责任是看好这些陌生人,要弄清楚从这里搬出去的一切都有恰当的去处,不要丢了任何东西……(曼特尔,2010:42)"血腥般的暴行却用轻松幽默的语言表达出来,用意深刻。"如果你手中有把小刀,就有可能发生谋杀(曼特尔,2010:59)。"精深干练的语言、谨小慎微的细节,探究了权力的神秘莫测,让读者犹如置身于历史漩涡,亲身体验一番历史人物的政治人生。

曼特尔利用第三人称代词 he 来指代克伦威尔,从而拉近读者与克伦威尔的距离。作者借用克伦威尔的视角,由这个历史人物带领读者亲临历史现场,亲历历史事件。一个简单的人称代词"他"极大地拉近读者与作品之间的距离,使读者感同身受,并认同作者的观点,足见其神妙独到的笔法。小说话语真实,让读者不禁会怀疑作者曼特尔就是克伦威尔。曼特尔特别强调个人的作用和历史的或然性,王朝中的一切大小事务均由两个人在一个小房间里决定,什么加冕盛典,主教会议,什么骄奢排场,馨香巡游,统统都可以置诸脑后。一份表示反对意见的文书,从桌子这边推往那面,对方大笔一挥,把某句话的语势改一改,世界就这样改变了……将所有的事情都通过简单的对话来呈现,而效果却倍增,更容易为读者接受,足见曼特尔精深的文学功力。

曼特尔在叙事时一概采用现在式,有助于激发一种实时的生动感。《狼厅》不同于一般的历史小说,它虽讲述的是五百多年前已尘埃落定的往事,但却采用现在时来上演都铎王朝的历史。它无论在思考方法上还是在呈现方式上,都打破了历史小说以往的规则,挣脱了历史解释的束缚。曼特尔很有自觉地体会到,历史乃是我们被教导因而熟悉的过去,它会倒果为因,左右我们的判断。正因为有这样的自觉,曼特尔遂以现在式而非过去式的笔法来写《狼厅》。通过使用现在时,作者暗示了历史就是微不足道的事件变成重大事件,就是明显处于边缘的人物以全然不可预知的方式变成了中心人物。通过现在时的叙述,曼特尔一方面讲述了那些关于 16 世纪 20 年代英格兰都铎王朝亨利八世统治时期的故事;另一方面,她又抛弃了克伦威尔

的刻板形象,塑造出一个既野心勃勃又富有人情味的现代政治家的形象。在读小说时,我们会很自然地随着克伦威尔一起经历他自己的政治生涯,并和他一起登上了政治舞台。

在《狼厅》中,我们处处可以领略曼特尔独到的笔触,犀利犹如解剖刀,划开历史真相,深剖人物内心。小说开头细致地描绘性情狂暴的父亲毒打儿子托马斯·克伦威尔的场面:父亲一声喝斥"站起来",而儿子伏地,浑身是血,尺蠖般一寸又一寸向前挪动身子。作者以"渡海"为第一部分的标题,一方面奠定了整部小说的笔调,另一方面也暗示了主人公艰难的人生开端。至于凯瑟琳王后是否曾与亨利八世的已逝兄长亚瑟同过房,小说写得更为淋漓尽致:开庭议决亨利八世要求与凯瑟琳解除婚约是否有理时,一大群人叽叽喳喳地讨论着如何验证凯瑟琳王后和亚瑟王子是否已经圆过房,有人建议派个医生给凯瑟琳验处,也有人对此不以为然……作者挥舞着犀利的解剖刀,一寸一寸地划开了都铎王朝的历史现状。

然而,这样富有张力的语言却不乏浅显易懂的口语对白。写到克伦威尔与妻子莉兹时,夫妇之间的日常对话显得精确易懂。比如"忘记自己家了? ——他叹气。约克郡之行怎么样? ——他耸肩。在主教那儿? ——他点头。吃过了? ——是。累啦? ——还好。喝杯? ——好。莱茵红——干吗不(曼特尔,2010:32)。"有道是平凡之处见真情,简短的对话勾勒出夫妻之间嘘寒问暖的温馨画面。《狼厅》中有许多关于历史事件的描写,但大多都从人物内心的角度出发,并赋予了其不同于历史所描述的色彩。《伦敦书评》指出"与其说这是一本历史小说,不如说是一本平行历史小说(alternative history novel),它构建了克伦威尔的内心生活,它与我们所知的历史事件与图景相平行(Burrow,2009)。"因此,翻阅《狼厅》不但会让人身临其境,置身于都铎王朝的历史漩涡,而且还会让人感同身受克伦威尔升任宠臣的过程。而这一切都受益于曼特尔,她通过诠释小人物克伦威尔的别样人生,对都铎王朝的这段历史进行重新审视。

一部好作品不仅要有精彩的故事、精美的语言,关键是还要有精深的思想。《狼厅》以炙手可热的亨利八世为故事背景,自然引人注目,但它却不同于《都铎王朝》、《另一个博林家的女孩》等作品,尽管后者也同样讲述了都铎王朝这一历史阶段的故事。曼特尔选取了历史记录中鲜活的场景，并透过人们所不熟悉的新鲜视角——克伦威尔视角，重述了人们熟悉的故事。《狼厅》让我们深入探索托马斯·克伦威尔的政治人生和内心世界，让我们随着他从匍匐的泥地上挣扎爬起，一步步走向权力的巅峰，感同身受地体会他在逼窄的环境中以狼的面目奋力突围，也体会着他内心涌动的人性力量。读完《狼厅》，我们深刻体会到克伦威尔的"狼性"与"人性"交织着的复杂个性：残酷的现实、野蛮的政治斗争造就了克伦威尔的狼性，但又是人性的力量，在驱赶着克伦威尔，让他在不自知中与历史遭遇，完成所承载的使命，将有关独立的国家和自由的信仰的种子，播撒在时间深处，与其他的历史力量合流，凝结成了当今社会更为宽容、更为自由的现在。

不仅如此，曼特尔还向读者陈述一个人物发迹的故事，极其生动形象地描绘了铁匠的儿子如何最终成为艾萨克斯伯爵的过程。谈到克伦威尔，曼特尔在接受 BBC 采访时说："他是铁匠的儿子，但最终成为艾萨克斯伯爵，他是如何做到的？这就是我写这部小说的动机（任立，2009）。"《狼厅》在一定程度上颇具教育意义，因为我们可以从中读懂主人公的价值观、人生观等人生态度，尤其透过博学、精明而又不乏温情的克伦威尔，学习其自我教育、自我塑造的积极人生观。

小说标题《狼厅》内涵深刻。作品以书名《狼厅》开篇，全书最后又以"狼厅"两字结束，为的是烘托"人像狼一样对人"的主题。小说中，"狼厅"指的是克伦威尔为亨利八世安排的度假地，也是位于威尔特郡的约翰·西摩爵士的府邸。在这里，亨利八世遇到了未来成为他第三任妻子的简·西摩，为他将第二任妻子安妮·博林送上断头台埋下了伏笔。曼特尔技巧性地做了"意在笔先"的安排，烘托了"克伦威尔别样的政治人生"的主题。

《狼厅》的结尾不在戏剧性的托马斯·克伦威尔被砍头的 1540 年 7 月28 日，而是只讲到 1535 年，那时他还处于权力的巅峰，还不知皇恩不可恃，还不知自己会在亨利八世迎娶第五任妻子的那一天被斩首。小说最后，克伦威尔喜滋滋地为国王规划游行线路，口中念念有词："看来，我可以有四五天自由时间了，哼，谁说我从来不可能有假期呢（曼特尔，2010：620）？"克伦威尔的假期将在狼厅度过，而那也会成为他生命的转折点之一。不过，曼特

尔却以一种超然的态度让小说就此打住了,给读者留下了很大的思考空间,让读者自己去构想接下来的场景。而后,曼特尔计划创作《狼厅》的续集《提堂》和《镜与光》,继续讲述克伦威尔的一生,旨在让读者更加全面地了解克伦威尔的一生以及朝廷中权与势的无休止的斗争。

毫无疑问,《狼厅》是一部优秀的历史小说,是英国文学界的奇葩,同时也立下了历史小说写作的新标杆,可谓是文学界的一大里程碑。首先它为曼特尔获得 2009 年布克奖,击败两获布克奖的 J·M·库切、1990 年布克奖得主 A·S·拜厄特、萨拉·沃特斯(Sarah Waters)、亚当·福尔兹(Adam Foulds)等人,还夺得全美书评人协会奖。作为一部严肃的历史小说,能够同时包揽英联邦和北美大陆两项最负盛名的文学大奖,实属罕见。其次,《狼厅》是史上最畅销的布克奖获奖作品。当年获奖后在英国亚马逊图书网销售排名一跃至第二位,仅次于丹·布朗的超级畅销书《失落的符号》,甚至连美国本土的亚马逊网也蹿升至第八位。至 2010 年 7 月,精装本在英国销售量达到 21.5 万册,在获得美国书评人协会奖后,在加拿大、美国销售超过 20 万册,版权已出售 30 多个国家。因此也被西方媒体称为"史上最畅销的历史小说"(宋玲,2014)。其三,希拉里·曼特尔打破传统历史小说写作规则的条条框框,引领读者以第三者的客观视角,感受原本处于历史边缘的人物、不起眼的历史小事件,对整个历史进程的改变及推动作用。同时丰富了小说的人性成分,重新塑造托马斯·克伦威尔这一英国文化传统中处于反面配角的历史角色。其四,有关都铎王朝历史题材的影视作品屡见不鲜,《都铎王朝》、《美人心机》、《红杏出墙》、《皇室风流史》等影视作品在全世界掀起了一股"都铎热",而小说《狼厅》更是将这股"都铎热"推向了顶峰。最后,《狼厅》描述的亨利八世都铎王朝时代是英国历史发展承前启后的重要时期,充斥着宫廷斗争、宗教改革、战事与瘟疫,是一段光明与黑暗交织的年代。亨利八世、红衣主教沃尔西、玛丽一世、伊丽莎白女王一世,包括本书主人公托马斯·克伦威尔等都在这个时代风云一时。曼特尔的布克奖作品不管是对历史爱好者,还是对英国文化爱好者来说,都是一部不可多得的好书,因为作品展示的不仅仅是都铎王朝,还包括复杂的人生百态,所以值得人们细细品味。

2.1.2　王室婚姻,政坛名臣——读希拉里·曼特尔的小说《提堂》

继《狼厅》大获成功之后,小说《提堂》再次摘得 2012 年布克奖,并包揽科斯塔文学奖,横扫英美文坛,气势如虹。作者希拉里·曼特尔也因此成为第一位两获布克奖殊荣的英国作家,也是第一位有此成就的女性作家。在布克奖历史上,只有 J·M·库切和彼得·凯里曾两获此殊荣。作品依然以英国都铎王朝为题材,以托马斯·克伦威尔为叙事人,以国王亨利八世的婚姻危机为切入点,讲述王后安妮·博林失宠陨落的过程。

《提堂》作为一部历史小说,410 页的篇幅不算长,但布局精彩,构思巧妙。全书分两大部分,每部分包含三节内容,根据时间顺序徐徐展开叙述。作为《狼厅》的续篇,《提堂》在故事情节设置和安排上承前启后,衔接自然。《狼厅》主要讲述大主教沃尔西的倒台和克伦威尔的荣升过程,《提堂》则侧重于阐述克伦威尔巩固势力和王后安妮的失宠失势。《狼厅》结束时,国王亨利八世正率众臣前往约翰·西摩的府邸狼厅度假。彼时,安妮·博林的势力正如日中天。《提堂》紧接着上一部《狼厅》的情节,继续透过托马斯·克伦威尔的眼睛,栩栩如生地描绘了都铎王朝亨利八世的宫廷生活和政治斗争。故事集中发生在安妮·博林遭拘禁、审判以及处决的三周时间里。节奏更快,情节更紧凑。

开篇时,国王和他的随从正在狼厅做客。托马斯·莫尔死后,亨利八世的宫廷依然阴云密布:新王后安妮·博林并没有如愿诞下王子,亨利的眼睛在此时又盯上了狼厅的简·西摩……这一切都为安妮·博林的倒台埋下了伏笔。克伦威尔为了权势,帮助亨利国王摆脱了与结发妻子凯瑟琳的婚姻,将安妮·博林送上王后宝座,随着事态的进展,早已洞悉先机的克伦威尔又出谋划策,趁机将安妮·博林送上断头台,使自己的势力达到了巅峰。《提堂》的故事进展中充斥着宫廷斗争、宗教改革、战争与瘟疫,弥漫着性、背叛、暴力及死亡,交织着亨利八世、安妮·博林、简·西摩、玛丽一世、伊丽莎白一世,包括主人公托马斯·克伦威尔等历史风云人物的言行,引人入胜,令人欲罢不能。

作品开篇时,主人公克伦威尔透过窗子看到亨利国王和简·西摩在狼

厅的花园里散步：她的一只手被亨利的手握着，紧紧地扣在他的另一只胳膊上。他能看到国王的嘴巴还在不停地张合着（曼特尔，2014：25）。敏感的克伦威尔立刻意识到国王可能喜欢上了平凡、沉默的简·西摩了。他深知，这件事情不仅代表着帝王的私人好恶，更将涉及整个国家的安危——罗马和法国都虎视眈眈地盯着英格兰王室婚姻，并有可能以此为借口发动战争，因此他必须妥善处理。他早已预见成就国王这桩美事不仅能取悦国王，还能缓解国家面临的内政外交危机。于是，他一方面设法安排各种机会让国王与简·西摩约会，另一方面则着手收集罪证，策划阴谋，帮助亨利国王摆脱与安妮·博林的婚姻，并迎娶简·西摩。此时，宫廷里便流言四起，传王后不忠、写情诗、会情人，甚至乱伦。这一切都是为了扳倒安妮·博林和她的家族而被设计出来的貌似令人信服的"真相"。《提堂》书名正来自当时审判安妮·博林"淫乱叛国"罪时的一道法庭命令，通知负责关押皇亲国戚的伦敦塔监狱中的护卫将安妮·博林的"同党"们"提堂"候审。

要让亨利八世如愿迎娶简·西摩绝非易事。安妮·博林是英格兰历史上极具影响力的王后。她高傲冷酷，骄纵无忌。亨利八世曾经为了她不惜抛弃第一任妻子凯瑟琳王后，更与权力强大的罗马教廷反目，欧洲各国政局因而重新洗牌。她说服亨利推动宗教改革，以脱离罗马教廷的管辖。她残酷迫害许多反对她登上王后宝座的人，包括克伦威尔的老主人沃尔西主教和大法官托马斯·摩尔。她还怂恿亨利国王剥夺女儿玛丽的继承权，从精神生活和物质生活等方面去折磨她。然而，荣宠来得快去得也快。国王亨利很快对安妮·博林失去了热情：

　　她会怀恨在心，会发点小脾气，她反复无常，亨利也知道。当初吸引国王的正是这一点，正因为找到了一位与那些在男人的生活中悄然飘过、丝毫不留痕迹的温柔、友善的金发碧眼女人大相径庭的可人儿。但是现在，当安妮露面时，他有时会显出厌倦的神情。当安妮又开始唠叨抱怨时，你能看到他的眼神变得冷淡起来，如果不是因为他有绅士风度，他肯定会拉下帽子堵住耳朵（曼特尔，2014：34 - 35）。

如今,国王心中的可人儿已经变成了温柔害羞的简·西摩了,当初百般追求的女人已经难以捉摸,令他厌倦,而同时安妮的肚子也不争气,生下女儿伊丽莎白后,虽然再次怀孕,却产下一个死胎,最终也没能为国王生下男性继承人,失宠不可避免。国王一边给简·西摩写情诗唱情歌,并与之频频秘密幽会,一边借口自己在婚姻上受到误导,遭到背叛,要求克伦威尔设法把博林一家打发走,把西摩一家迎进来。而此时他们欠缺的只是一个除掉安妮·博林一伙人的冠冕堂皇的理由。"见不得人的事会自生自长,阴谋无父无母,却能茁壮成长(曼特尔,2014:345)。"克伦威尔亲眼看到老主人因没有满足国王的愿望而遭到贬谪,被折磨致死。他要吸取教训,满足国王的一切愿望。现在国王被戴了绿帽子,内心痛苦不安,但一旦重新当了新郎官,他就会忘记这些痛苦。国王的意愿决定了一切,针对安妮的计划开始孕育起来。

于是,安妮·博林便背上了通奸的罪名,对象是她身边的五个年轻人,包括卑微的乐师马克·史密顿(Mark Smeaton),性格鲁莽、生活奢侈的年轻侍从弗朗西斯·韦斯顿(Francis Weston),野心勃勃、横行霸道的威廉·布莱利顿(William Brereton),国王寝宫主管、温文尔雅的哈里·诺里斯(Henry Norris)以及王后自己的兄弟乔治·博林(George Boleyn)。马克被逼供,乔治·博林被关进伦敦塔,韦斯顿、布莱利顿和诺里斯已经获准在这个世界上再睡一夜。而"如果他们有罪,她也一定有罪(曼特尔,2014:44)"。安妮名声扫地,难逃一死。全书结局时,亨利国王就像一个牛头怪,杵在深宫里,悄无声息地等待着。当行刑的刀剑砍向安妮王后的头颅时,人群异口同声地发出哀叹。随之一片死寂,死寂中响起一种尖锐的叹息般的声音,如同穿过锁孔的哨音:那具身体血流如注,那扁平瘦小的身躯变成了一滩血泊(曼特尔,2014:370)。克伦威尔根据国王的意愿设计并导演了安妮的悲剧。都铎三部曲中,曼特尔把许多人都送上了断头台。砍头似乎是她最喜欢的刑罚。

英国文学具有丰富的历史小说写作传统,希拉里·曼特尔继承并发扬了这种传统。在《提堂》中,作者发挥了天才的想象力和高超的写作技巧,把真实的、客观的历史人物和虚构的细节融合在一起,避免了历史小说的厚重

感,阐释历史真实的同时,艺术地再现了历史人物的喜怒哀乐,使读者产生心潮澎湃的阅读快感。曼特尔深知,小说的活力不在于细节精确,而在于描写生动。小说家是创造者而非记录者。在曼特尔笔下,克伦威尔的心里活动丰富多彩,形象生动,宛如当面诉说。处决了安妮以后,他开始享用自己的战利品。白天的时间里,他考虑的都是将来,但到了深夜,他也会感到彷徨与无助:

> 不管我多么努力,有朝一日,我也会离去,而就目前的形势来看,那一天可能不会太远:就算我意志坚强、精力充沛又如何? 命运反复无常,我要么会死在我的敌人手里,要么会毁在我的朋友手上。那个时刻一旦来临,可能不等墨迹变干我就已经消失。我的身后会留下一大堆山一般的文件,我的继任者——比如说雷夫,比如说赖奥斯利,比如说里奇——会清理那些遗物,说,这是托马斯·克伦威尔时代留下来的一纸旧契约,一份旧手稿,一封旧书信:他们会把那张纸翻个面,在我的遗物上面写字(曼特尔,2014:377)。

内心的独白刻画出了一个内省、反思的人物形象:克伦威尔一方面踌躇满志,全副身心规划着美好的未来,另一方面,他也意识到前进道路上的艰难险阻,并无奈地预见自己可悲的下场。曼特尔运用她的想象技能,生动地表现了克伦威尔那"狼性"与"人性"交织的内心活动,其对想象技巧的运用已经登峰造极。

《提堂》借用丰富的历史知识和精细的想象细节重现都铎王朝的历史,恍如眼前。尽管克伦威尔的结局不可逆转,但作者依然设计构思了跌宕起伏、百转千回的故事情节,使读者深陷其中。曼特尔根据当时英格兰的法律构想了克伦威尔的才能和当时的政治阴谋能为国王所用,并借此处决王后。当时,在法国,严刑拷打是家常便饭,就像吃肉必须放盐一样,在意大利,它是广场上的一项运动,而在英格兰,法律不允许这样。因而,克伦威尔审问马克·斯密顿的时候没有刑讯逼供,而是威逼利诱,软硬兼施,并最终令其承受不了心理压力而说漏一些足以定罪的"小秘密",因为克伦威尔始终坚信"最折磨一个人的是他自己的思想"。

多数人都了解都铎王朝漫长的辉煌史,但曼特尔胜在为安妮王后凄惨的下场设置了悬念,强烈吸引我们站在克伦威尔的一边,即使他谋划并导演了安妮的悲剧。曼特尔设计了都铎王朝三部曲《狼厅》《提堂》《镜与光》,分别讲述主人翁托马斯·克伦威尔的过去、现在和未来。以克伦威尔的视角讲述《提堂》中的故事是曼特尔的非凡之处。她的目的是使读者身临其境,亲眼目睹都铎王朝宫廷人物的荣衰。不以先知的眼光来审视,不以 21世纪的视角来审判,而是跟随着历史人物克伦威尔,怀着未知和茫然,面临重重危机,经历事态的自然进展。尽管读者借助历史知识已经知晓历史人物的命运,但本书的天才之处就在于,克伦威尔本人——尽管操控着许多人的命运——在不知情的情况下叙述了整个事情。

亨利国王的薄情寡义贯穿了整个小说。这位野心勃勃的君主日渐狂妄,克伦威尔不得不举全力来迎合他。小说开篇是在 1536 年的狼厅里,简·西摩上场了。简既不漂亮,也谈不上天资聪慧,但对亨利来说,却是能给他生下儿子的女人。他觉得安妮王后已经成了他获得子嗣的障碍,必须要除掉她。早已洞察一切的克伦威尔受命设计了安妮的死亡。对读者来说,克伦威尔是靠能力和努力赢得荣宠,而非靠出身和特权发家,这一点合乎我们这个时代的情感需求。他拥有权力和财富,但他明白一切都是国王因他的价值而赐予他的。小说讲到亨利国王怒火中烧:"我真的相信,克伦威尔,你以为你就是国王,而我才是那个铁匠的儿子(曼特尔,2014:218)。"一般人早就吓得瑟瑟发抖了,而克伦威尔却能轻而易举地平息他的怒火。他知道国王不可能让低贱无能的人活着,他需要在千难万险面前保持冷静——但他知道他会活下去,国王需要钱、和平和继承人,他会全力以赴迎合他。透过生活在 500 年前人的眼睛来看这个世界而又浑然不知接下来会发生何事,这需要非凡的想象力。克伦威尔的眼光非常超前,他观察国王行为的方式使他能掌控未来发生的事情。

曼特尔设计读者以克伦威尔的视角去观察所发生的一切。曼特尔笔下的克伦威尔不是霍尔拜因肖像画里冷眼旁观的官僚,也不是都铎时代无情的独裁者,而是阅历丰富、理性、深沉、与时俱进的政治家。克伦威尔好比是斯大林的首席密探和奥威尔小说《1984》里党内成员奥布莱恩,但他敦实的

形象更具匪徒气质,亦正亦邪。克伦威尔是个极富魅力的偶像,能令女人为之疯狂,男人为之嫉妒。

曼特尔依然冒险采用了现在时态来讲述故事。克伦威尔并不知道四年后就是自己的死期,但他每天都小心翼翼,殚精竭虑地活着。他深知:他帮助他们建立了一个没有安妮·博林的新世界,现在,他们觉得不需要他了。他们会认为也可以没有克伦威尔。他们享受了他的盛宴,现在想用骨头剩菜把他轰走(曼特尔,2014:377)。虽然清醒地认识到面临的危机,克伦威尔仍然保持了一贯的冷静和理智,他会全副武装,防卫森严,运用自己的智慧和才能,让那些围绕在国王身边的贵族虽然痛恨他,却需要他。他要制定法律,采取措施,为国家以及国王的利益效力,他还要为自己争取更多的头衔和荣誉,为子孙创造更美好的未来。

几乎没有一部小说能如此淋漓尽致地发挥语法时态的作用。亨利八世处死安妮迎娶第三任王后简·西摩的这段历史人尽皆知,也无法改变,但曼特尔却以取消逻辑也割裂事件前因后果的现在时,通过任务场景的自如切换、英式幽默的迂回冷峻、现实与虚拟的交相呼应,使这段铁板钉钉的历史呈现出各种悬疑、各种枝蔓、各种桥段,进而点燃读者头脑中的各种想象。

《提堂》作品犹如一幅有声的宏篇巨作,淋漓尽致地为后人演绎出了都铎王朝的兴衰荣辱,是作者的巅峰之作。曼特尔对史实的研究为她的小说创作提供了框架,但领读者走进都铎王朝的却是她那些感性幽默的语言描写。克伦威尔面对国王及众人的调侃时,"他的脸像刚刷过漆的墙一样白。(曼特尔,2014:15)"表示皇宫里消息的散播速度时,曼特尔把读者带入了生动的想象中:"消息到达宫里。它从国王的房间渗透出来,飞快地爬上楼梯,传到王后的女侍们正在更衣的房间,穿过厨工们挤在一起打盹的小房,沿着酿酒厂和储存鲜鱼的巷子和过道,再一次穿过花园到达长廊,然后纵身一跃,进入安妮·博林那铺着地毯的房间(曼特尔,2014:134)。"对那令人生厌和恐惧的诺福克公爵托马斯·霍华德(Thomas Howard, Duke of Norfolk)的描写,更加展现了作者驾驭语言的能力:诺福克公爵来了,期待着饱餐一顿。他一身盛装,看上去就像一截被狗咬过的绳子,或者是一块被扔在盘子边上的软骨。那桀骜不驯的眉毛下,是一双明亮而凶狠的眼睛,头发像铁刷一般,还散发着一种又干又呛的火炉里灰烬的气息。除了一怒之下可能取消他爵位的亨利国王外,活着的人他谁也不怕,但他害怕死人(曼特尔,2014:176)。托马斯·霍华德公爵与托马斯·克兰默(Thomas Cranmer)大主教言语交锋激烈,"天啊,你看起来病怏怏的,克兰默,你那骨头上似乎都留不住肉了(曼特尔,2014:177)"。轻松的笔调,流畅的语言,却充满黑暗、邪恶的力量,刻画着政治危机和阴谋诡计。曼特尔在讲述老生常谈的故事中展现了非凡的才能,她能潜入他人的大脑深处,探知他人的所思所想,窥见他人无法了解的内容。

曼特尔的作品中运用了莎士比亚式的写作手法:雅俗并举的语言,政史共存的背景,伟人兴衰的主题。她很多的创作技巧都来源于莎士比亚《裘里斯·凯撒》(*Julius Caesar*)的第二幕第三场,其创作多少受到那一幕影响:写改革、信仰、辩论,写一群人如何变成暴徒。很大意义上,其学会掌控叙述事态的发展,无论是鬼变成人,还是暴乱演变成革命。

托马斯·克伦威尔,莎士比亚笔下《亨利八世》的小人物,热播剧《都铎王朝》里的恶魔,历史上的乱臣贼子和奸佞小人,如今却成了曼特尔笔下精明能干的政治家和心机深沉的权谋者:他忠心报国,恪尽职守,知恩图报,仁慈和善;他深爱妻子,珍惜儿女,谦和温顺;对待政敌却意志坚定,冷酷无情。他父亲曾说:

> 我那个小子托马斯啊,如果你敢摆脸色给他看,他一定会把你的眼珠挖出来,你要是敢故意绊倒他,他就会把你的腿砍断。然而,如果你不跟他作对,他就是个大好人,愿意请任何人喝上一杯。你绝不会想与他为敌(曼特尔,2014:7)。

这位政坛名臣因王室婚姻而崛起,也因王室婚姻而达到权力的巅峰,最后仍然因王室婚姻而断头。如此戏剧性的人生之旅,如此丰满的人物性格,正是作家曼特尔创作的高明之处。《提堂》绝不是讲述安妮·博林或亨利八世的故事,而是为了表现托马斯·克伦威尔的政治生涯。王室婚姻成就了政坛名臣。

《狼厅》是一部杰作,大奖和赞誉是众望所归。《提堂》也毫不逊色。虽

然没有第一部小说的《狼厅》的新鲜感，但《提堂》内容更紧凑，故事更精彩，情节更恐怖。显然，曼特尔的历史小说为读者提供了一种解读历史的方式，作者对还原 16 世纪宫廷生活的细节描写和讲好一个故事的节奏把握得非常好：宫廷婚礼的布置、一场谋杀案的细节、安妮·博林的容貌等，她的艺术创造性和麻利的笔触一如既往。无论如何，《提堂》都堪称英国历史小说领域的一部最新力作。曼特尔无暇解答读者的疑惑和不解，她一心根据自己的思想和理解写故事，不管读者是否在场，正如克伦威尔只为自己而活一样。无论读者身处哪个年代，都会被小说深深吸引。

2.1.3　权力人物的转变——《一个更安全的地方》

希拉里·曼特尔的写作生涯始于 1974 年。当时她二十二岁，大学毕业不久，对未来充满激情和斗志。她创作的第一本小说就是关于法国大革命的煌煌巨作，即 1992 年才出版的《一个更安全的地方》。从 1974 年到 1977 年，她致力于法国大革命小说的研究。1977 年，她随丈夫前往博茨瓦纳生活，在那里完成了这部小说的大部分章节。然而，和许多作家的处女作一样，第一部作品的出版之路并不顺利。当她拖着病体，满怀希望地回国时，却遭到了沉重的打击——没有一家出版社愿意出版她的这部小说。直到 1992 年，《每天都是母亲节》、《空白财产》、《加沙大街上的八个月》及《弗勒德》相继发表之后，《一个更安全的地方》才得到与读者见面的机会。

小说以历史般精确的视角，讲述了法国大革命中三个传奇革命家的一生——丹东、罗伯斯庇尔和德穆兰，从他们的童年追溯到 1794 年恐怖统治时期直到三人英年早逝。故事以法国大革命为背景展开叙述。所有的人物和事件都来源于史实。小说的重点不是对法国大革命进行完整叙事，而是以巴黎为中心，讲述发生在其周围的重大军事事件和人物的相关经历。

法国大革命发生的拂晓前，三个年轻人来到巴黎。彼时他们还籍籍无名。乔治·雅克·丹东是个野心勃勃、追求实效的年轻律师，热情、精力旺盛却负债累累，体型魁梧但丑陋不堪；马克西米利安·罗伯斯庇尔也是律师，身材矮小，勤奋努力，反对暴力；卡米尔·德穆兰是罗伯斯庇尔最要好的朋友，他是阴谋家，也是宣传策划的天才，能言善辩，英俊潇洒，但行为古怪又不可靠,且是双性恋者,他喜欢上一个女人,却和这个女人的女儿结了婚。他们三人皆是法国大革命的关键人物,在革命的激情中,他们都感受过了权力带来的荣耀,但却要为此付出代价。当时他们的政治理想逐渐呈现出阴暗的一面,所有人都不得不面对残酷的现实。故事的主要情节发生在法国,因此,整部作品在英文的基础上间夹着部分法语,或是姓名,或是某些地名,或是一些专有名词,增加了小说的阅读难度,但却彰显了小说特有的"法国性",这更充分表明曼特尔小说的多元文化语境。

《一个更安全的地方》是曼特尔迄今为止最为厚实的一部作品,长达748 页,共分五个部分,每个部分包含若干章节,长短不一,最后一个部分洋洋洒洒叙述了十三个章节,每一章都有很多人物出现,人物结构相当复杂,事情繁多,但故事主要围绕丹东、罗伯斯庇尔和德穆兰三人展开。作者借助他们的视角,根据他们的思想和观点,讲述事态的发生和发展。整个故事的概要通过每一章的小标题得以呈现。

《一个更安全的地方》故事目录表

结构	目录		Contents
第一部分	第一章	人生如战场	Chapter 1　Life as a Battlefield
	第二章	鬼火	Chapter 2　Corpse-Candle
	第三章	在梅特·维诺特家	Chapter 3　At Maitre Vinot's
第二部分	第一章	野心学说	Chapter 1　The Theory of Ambition
	第二章	康泰街:周四下午	Chapter 2　Rue Condé:Thursday Afternoon
	第三章	马克西米利安:生活和时代	Chapter 3　Maximilien:Life and Times
	第四章	婚礼,骚乱,皇族	Chapter 4　A Wedding, A Riot, A Prince of the Blood
	第五章	新职业	Chapter 5　A New Profession
	第六章	在博纳维尔的最后几天	Chapter 6　Last Days of Titonville
	第七章	消磨时光	Chapter 7　Killing Time

（续表）

结构	目录		Contents	
第三部分	第一章	童男	Chapter 1	Virgins
	第二章	自由，快乐，皇家民主	Chapter 2	Liberty，Gaiety，Royal Democracy
	第三章	女士的快乐	Chapter 3	Lady's Pleasure
	第四章	更多的使徒行传	Chapter 4	More Acts of the Apostles
第四部分	第一章	幸运之手	Chapter 1	A lucky Hand
	第二章	丹东：自画像	Chapter 2	Danton：His Portrait Made
	第三章	三把剑，两把备用	Chapter 3	Three Blades，Two in Reserve
	第四章	莽夫的战术	Chapter 4	The Tactics of a Bull
	第五章	燃烧的躯体	Chapter 5	Burning the Bodies
第五部分	第一章	密谋者	Chapter 1	Conspirators
	第二章	罗伯斯庇尔之困	Chapter 2	Robespierricide
	第三章	权力运用	Chapter 3	The Visible Exercise of Power
	第四章	胁迫	Chapter 4	Blackmail
	第五章	烈士，国王，小孩	Chapter 5	A Martyr, a King, a Child
	第六章	一段秘史	Chapter 6	A Secret History
	第七章	食肉动物	Chapter 7	Carnivores
	第八章	不诚心的悔罪	Chapter 8	Imperfect Contrition
	第九章	东印第安人	Chapter 9	East Indians
	第十章	侯爵来访	Chapter 10	The Marquis Calls
	第十一章	老科德利埃	Chapter 11	The Old Cordeliers
	第十二章	矛盾心理	Chapter 12	Ambivalence
	第十三章	有条件赦免	Chapter 13	Conditional Absolution

从一开始的"人生如战场"，到最后的"有条件赦免"，曼特尔沉浸于那段非凡的历史时期，用自己独特的方式再现了法国大革命时期热情高涨但又极端恐怖的恢宏场面。那是最好的时代，也是最糟糕的时代。曼特尔捕获了一切。作品里涉及的主要历史事件都是真实的，对话的内容和信件都有

真实可靠的来源。"小说里某些看起来不太可能的事情其实可能是真实的（Bernier，1993）。"一直以来，对于历史小说而言，史学家们大多会指责抱怨其史实的真实性，而更多的读者则会质疑其文学性。曼特尔则表现出了一个优秀历史小说家的良好素质，既提供了历史知识，又赋予作品以无限的想象空间。她的历史小说既有历史真实性又有文学艺术性。

此前已经在英国本土发表过 4 部小说的曼特尔确实是个有才华的作家。作为文学作品，《一个更安全的地方》无疑取得了巨大成功，获周日快报年度小说奖。曼特尔较好地理解和诠释了小说人物的思想、行为和感受。深受成长环境影响的她长期以来都有一个想法，就是着重描写某个人的成长过程。《一个更安全的地方》实践了她的思想，更重要的一点是，她懂得如何让读者和她一起产生共鸣。丹东小时候是一个任性野蛮的男孩，整天捣蛋，不是把东家的篱笆推倒，就是把西家的羊群赶跑，到处搞破坏，令人烦恼生厌，即使如此，丹东长大后依然成为年轻有为的律师，成家立业，过上幸福的生活。对这样一个代表性人物成长过程的书写有助于读者了解革命领袖成长经历及其思想情感。《一个更安全的地方》人物阵容强大，类型多样，从传统的公务员罗伯斯庇尔到他尖刻的姐姐夏洛特，从《危险关系》（*Les Liaisons dangereuses*）的作者肖戴洛·德拉克洛（Choderlos de Laclos）到卡米耶·德穆兰单纯热情的妻子露西尔（Lucile），真实的历史人物，配上高超的想象细节，该作品无疑是 20 世纪英国最好看的历史小说之一。

2.1.4　想象与理性的对立——《巨人奥布莱恩》

尽管创作的题材形式多样，但曼特尔始终对历史题材情有独钟。1998年，曼特尔再度挑战历史小说题材，根据 18 世纪末的真实历史人物查尔斯·奥布莱恩的故事，创作了第八部小说《巨人奥布莱恩》。小说并没有将奥布莱恩和他的对手苏格兰外科医生约翰·亨特（John Hunter）当成历史人物来书写，而是把他们刻画成一对身处黑暗暴力的童话世界中的虚构主人公，也是启蒙时代的必然受害者。

小说《巨人奥布莱恩》讲述的故事与曼特尔的创作初衷大相径庭。连曼特尔自己都感觉到惊奇，竟然表发了与最初想法不一样的小说。刚开始接

触 18 世纪巨人奥布莱恩的真实故事资料的时候,曼特尔想写的是一部大型历史小说,小说的主角是伟大的外科医生约翰·亨特,一个到处收集死人骸骨做研究实验的解剖者。曼特尔当时找到许多关于约翰·亨特的素材,她甚至设想好,作品的高潮应该出现在讲述巨人的故事那一部分。可后来当曼特尔坐下来准备动笔写作的时候,她好像听到一些声音,似乎在提醒她,她曾经也是爱尔兰人。她的祖母出身于爱尔兰天主教家庭,在家中排行最小,因而,曼特尔十岁的时候,她的爱尔兰亲戚几乎都死光了。渐渐地,随着曼特尔的成长,她几乎已经忘记了自己的爱尔兰血统。而那一天她提笔准备创作《巨人奥布莱恩》时,她好像一下子醒悟过来,想起了自己遗失的"爱尔兰特性",这一觉悟很大程度上归因于这个爱尔兰巨人的故事。于是她改变了创作初衷,转而书写爱尔兰巨人的故事。这一改变,在某种程度上凸显了曼特尔内在的"多元文化语境"的表现冲动。通过讲述巨人及巨人从爱尔兰到英格兰,从说爱尔兰语到说英语的转变过程,探索那些失去和获得的东西。小说一开篇,犹如人们张嘴说话一般,精彩的故事娓娓道来。小说神奇地创造了启蒙时代的一个幻想,描绘了一副 18 世纪英国社会的全景图。

18 世纪晚期是各种展览盛行的年代。在伦敦,人们热衷于成群结队去观赏一些稀奇古怪的东西:与帝国远隔万里的异域动植物、本地奇特的动物如知识渊博的猪以及各色各样的怪人,从长胡子的女人到巨胖、巨瘦、巨高、巨矮和巨傻的人。只要是怪异的或者从来没有听过见过的东西,都能吸引一大批人掏钱去观看评议。尽管人们的想法变幻莫测,但对这些奇异的展览还是热度不减,展示这些稀奇古怪的东西的确能够挣到大钱。

18 世纪晚期同样是流行收藏的年代。只要是感兴趣的东西,无论是活物还是死物,从干花、成串的蝴蝶到瓶瓶罐罐的胎儿,有钱人都会大量收集。当时,理性的科学家还没有成为一种常规职业,训练有素的生物学家和化学家都还未出现,更普遍的是那些有钱有毅力有个性的人,他们按照自己的方式来探索世界的未知领域。18 世纪的医学也尚处于起步阶段,人们对于人体内部机能的了解正如对非洲内陆的了解一样浅显。总而言之,这是一个人人充满好奇心的年代,启蒙思想刚刚萌芽,便向几乎所有领域的传统观念发出了挑战,人们欲对传统存有的社会习俗和政治体制以理性方法进行检验并加以改进。这个时代,理性与激情并存,业余与专业并存,科技进步与求知疑惑并存,有时甚至很难区分两者的界限。

曼特尔的小说《巨人奥布莱恩》就还原了这样一个世界。书中讲述的故事是根据爱尔兰巨人查尔斯·奥布莱恩的事迹改编而成。1782 年,巨人奥布莱恩在伦敦展示自己,次年,他便死于伦敦。小说另一主要人物约翰·亨特自然也是名真实存在的人。他于 1728 年出生在苏格兰并在 1748 年搬至伦敦。在之后的 40 年里,他身兼三职——外科医生、科学家和收藏家。然而如此炫目的职业身份并未令其如想象中那般名利双收。表面上看,曼特尔笔下的奥布莱恩和亨特毫无共同之处,但他们却不可避免地会走到一起:查尔斯·奥布莱恩是个奇特的巨人,而亨特则是一个猎奇心很强的人。

故事开篇的背景设在 18 世纪 80 年代初的爱尔兰。为了获得金钱和圈羊用的土地,资产阶级假借各种名义驱逐爱尔兰农民、烧毁他们的家园,砍伐他们的树木。这一运动被当时的政府温和地冠以"清理"(the clearance)之名。奥布莱恩所生活的地区就被"清理"运动整成了荒地。在无家可归又极度贫困的情况下,奥布莱恩和他的朋友们,包括反应迟钝的杰克林(Jankin)、盛气凌人的克拉菲兄弟(Claffey)、尖酸刻薄的布赖德·克拉斯科(Bride Claskey)等人,一起逃离爱尔兰,带着他那庞大的身躯和满肚子的古代民间传说故事,来到英格兰。他希望在那里凭借表演展览来生存发迹。奥布莱恩是个奇人,身高八英尺,胃口极大,据说能吃下一粮仓米饭,喝下一大桶水酒。他还是位讲故事的高手,会用古爱尔兰人的调子娓娓道出关于"快乐与痛苦"的奇幻传说。如今,奥布莱恩的家乡爱尔兰已成废墟,他不得不利用自己的巨人身躯以及故事传说,到伦敦谋求生路。在曼特尔笔下,奥布赖恩是个既温和又内省的大诗人,他敏感、豁达、渴望爱和理解。伦敦人一度很欢迎他,视他为健谈的天才,传统信仰和知识的讲解员。然而他也知道,这个时代,人们崇尚和追求的是理性思想和科学知识,对上帝已经不那么虔诚了。为了生存,他得利用他高大的身躯优势吸引人们的好奇心和关注度。不幸的是,奥布莱恩的身高对人们的吸引力超出了他的期望值:外科医生约翰·亨特对他的巨型身躯非常着迷,一心想要解剖他的尸体。就这样曼特尔设立了小说的主要矛盾:亨特对知识和名声的追求如饥似渴,而奥

布莱恩则相信他要是没有了躯体,就是违背了上帝的愿望,死后灵魂就无法升上天堂,这比死亡还要恐怖。在 18 世纪的伦敦街道上,当作者把这两人相提并论的时候,也在探索着灵与肉、想象与理性的对立。在这个文化与范例的冲突中,她并没能给出明确的答案。这些问题至今还在困扰着人们。

随后,曼特尔又将故事拉回到半个世纪前的苏格兰。在那儿,年轻的约翰·亨特躺在田野里,他本该将乌鸦赶走以护住田里的粮食,但他却停下来捕捉那些昆虫,然后把它们的腿一个个地撕扯下来。"他这样做并不是出于什么恶意,只是想看看这样做的后果是什么(Mantel,1998:45)。"10 年之后,即 1784 年,亨特来到伦敦,当了哥哥乌烈(Wullie)医生的助手。约翰的首个任务就是解剖一双被切断的手臂,这对他来说并非难事。他之前曾当过家具木工,而且对解剖工作,尤其是解剖死的东西非常感兴趣,因而,他技术娴熟且饱含热情地完成了第一项任务。1780 年,他发表了一篇关于牙齿的论文,娶了一个外科医生的女儿并开始自己独立行医。奥布莱恩和他的伙伴来到伦敦时,约翰·亨特的生活和事业正如日中天,但他们的相遇仍需要一段时间。

故事发展到中间部分时,亨特才听说轰动伦敦的最新人物巨人查尔斯·奥布莱恩。人们得花两个半先令挤在春天公园的展览厅里观看他。这个价格,对于节俭的约翰来说太高了。他一直等到那股热潮冷却,巨人被挪至更便宜的区域后,才肯花一个先令来看看。初次见面时,亨特得知奥布莱恩又长高了,这就预示着巨人奥布莱恩即将死亡。他决定买下他,确切地说是买下他的骨骼。终于,亨特花了 100 畿尼买下了奥布莱恩。时至今日,查尔斯·奥布莱恩的尸骨就陈列在伦敦皇家外科医学院亨特博物馆。

整部小说围绕着奥布莱恩和亨特交替展开。他们交谈过数次,但两人之间并没有发生过实质性的交流。显而易见,奥布莱恩和亨特代表了不同的世界观。巨人编织并讲述着他的爱尔兰传说,对眼前发生的事情和时代的变化置之不理;而医生则将万物视为神秘存在,并渴望一睹真容。奥布莱恩的处事方法是古爱尔兰式的,同他本人的思想一样守旧僵化,奄奄一息,而亨特追求的则是处于起步阶段的科学方法,这种理性的方法坚持用科学的实验和精确的计算取代这些古老的故事和传说。即使以 18 世纪晚期的标准来评价奥布莱恩,他也算得上是一个狂人和怪人。未来虽然属于亨特及其同类人,但代表理性和科学思想的亨特也发起狂来。

小说描绘的两类疯狂中,亨特的症状看起来更可信也更令人不安,因为它表现了形塑现代社会的科学精神在其初期阶段的混乱。"少推测,多观察",亨特常常这样劝说自己。在这种看似理性的口号指引下,他做出了许多疯狂的举动:他将人类的牙齿移植进公鸡的鸡冠中,并看它生了根;他用茜草根(madder,用茜草根可制成红色染料,同时该词还有"疯狂的,精神错乱"的意思)喂猪,结果猪的牙齿变成了红白相间的;他还曾经解剖了一只长臂猿;他雇用盗墓人向他提供研究所需的尸体;他拥有欧洲人、澳大利亚土著人、年幼黑猩猩、猕猴、鳄鱼以及狗的头盖骨,并喜欢在那间可怕的工作室里来回排列它们,那些头盖骨的旁边就是一个铜制的烹煮大桶,用来从血肉中分离骨头。

尽管庞大的收藏让亨特濒临破产,但他总是渴望更多的东西:白熊、鲸鱼、老布谷鸟、小布谷鸟、鼠海豚、鸵鸟蛋、麻鸦和刺猬(他之前养的三只刺猬已经死了)。他的好奇心既无止境又无逻辑可言,他想把所有活物都切成碎片进行研究,以期探寻死亡的奥秘。但是切切砍砍的疯狂举动已经令他迷失,从而忘记了自己奋斗的真正目标。当他如愿以偿得到奥布莱恩的尸体时,他只是坐在黑暗之中,不停地摆弄着一个驴掌,不知道在思考些什么。当奥布莱恩的朋友来他家交涉要赎回奥布莱恩的尸体时,他正穿着一件染了红色胶状污点的工作服,谁也无从得知那污点到底是什么东西。

《巨人奥布莱恩》并不算是一个恐怖故事。小说背景设置用心良苦,行文简洁典雅,奇幻故事令人伤感惆怅,这些都表明这部小说有着较高的旨趣。但那个荒唐恐怖的亨特却让其他角色相形见绌。过分理性而引起的疯狂让他生活在一个没有精神存在的世界。在这个世界里,所有人都没有灵魂,只有肉体与死亡,等待他们的是一把用于探索的柳叶刀。曼特尔塑造的亨特形象相当鲜明,尽管他与巨人相比只占了很少的篇幅,但读者却更容易记住他。《巨人奥布莱恩》的主题涉及好奇、理性、死亡和永生,是一部让人难以忘记的小说,感情丰富,令人震惊,冷嘲热讽中包含着忧郁与残酷,是作者发挥较好的一部作品,已被改编成剧本,在 BBC4 套播出。

2.2 超自然小说

曼特尔出生于一个笃信天主教的家庭之中，深受基督教文化影响。虽然她十二岁就放弃了宗教信仰，但却没有真正摆脱其影响。基督教教义强调现实世界的虚幻性和表象性，认为表面世界背后隐藏着一个更重要更真实的世界，并且还存在着一个万能的上帝。这样的思想能激发人们无限的想象，也曾一度启蒙着曼特尔。随后的人生经历却使她与"上帝"之间的距离渐行渐远。然而，放弃信仰的曼特尔却没有放弃对宗教本质问题的思索，其一部分作品都在探讨"魔力"和"超自然"等主题，希望以文学的方式继续与"上帝"对话。

2.2.1 天使还是恶魔——《弗勒德》中的人物形象

《弗勒德》就是一部探讨"超自然现象"的作品，该小说的创作灵感来源于曼特尔和母亲的一次对话。对话涉及曼特尔幼年生活过的哈德菲德（Hadfield）及其邻村派德菲德（Padfield），后来《弗勒德》里的绯色霍顿（Fetherhoughton）和奈瑟霍顿（Netherhoughton）两个小村庄就是以它们为原型构建出来的。这次对话主要围绕这样一桩事件展开：曼特尔四岁那年，教区主教下令撤走教堂里的所有雕像，神灵像和信徒像都不放过，这样的做法使主教大失民心，人们不断地表现出不满和愤怒。曼特尔的母亲甚至想要认领一尊神像回家供奉。此时有人提出这些神像会如何处理的问题。"埋掉"，简短的回答和坚决的态度令曼特尔胆战心惊。之后，这个地区来了一个年轻的牧师，深受大家喜欢，可不久他就离奇失踪了，村民们都认为这和一个女孩有关。告别母亲后，曼特尔坐上火车回伦敦。那些故事不停地浮现在她的脑海里。旅程结束时，她已经想好了小说的开头和结尾。

《弗勒德》叙事视角独特，十个章节全部都以孩童的视角展开。相较于心智健全的成年人，孩童在感知客观事物时不像成年人那样做过多的主观解读。由于人生阅历有限，孩童会像一面镜子一样反映他们所看到的事情，因此，借助他们的视角，读者往往只能感知到事物的表象，而那些隐藏于表面之下的本质就往往需要读者自己去体会与理解,这就极大地拓宽了作品的阐释空间。因而,该书虽只有短短的 186 页,但其主题内涵却绝不亚于长达 500 多页的《狼厅》。

　　小说讲述了 20 世纪 50 年代发生在英国北方一个沉闷乏味的小镇上的故事。在绯色霍顿小镇,当地人非常愚昧迷信,拒绝一切理性和进步。故事背景为修道院与罗马天主教教堂。主人翁是安格温神父和弗勒德神父。安格温神父古怪固执,思想陈旧,他酷爱喝酒,胸前总挂着十字架。《弗勒德》开篇时,安格温正对克劳奇(Crouch)主教的来访忧心忡忡。主教带来的命令是要求他和他的教堂必须接受时代变革。鉴于他的古板天性,这个指令无疑是个巨大打击。主教提出了一些建议,包括用英语代替拉丁文做弥撒。安格温表示不理解。随后主教要求安格温把散落在教堂里那些无关紧要的真人大小的圣人雕像清理掉。安格温争辩说,他的教民都是些普通人,热爱那些雕像及其象征的苦难和救赎意义。主教不为所动:"安格温,不管怎样,我都要把你和你的教堂及教民拉到 50 年代来,我们都属于这个新时代。我们应当与时俱进(Mantel,1989:21)。"克劳奇临走时还给安格温一个更大的打击:他很快就会迎来一个新助手,一个前来帮助他更新思想改变观念的年轻牧师。

　　安格温的教区正位于绯色霍顿中心,镇上建有三家棉纺厂,几乎人人以此为生。大部分人的眼界仅限于棉纺厂的发展,对于子女的教育并不积极。镇上流行着一种风气,那就是歧视抱负、歧视追求,甚至歧视文化。镇民们用卑贱无知来掩盖自身教育的缺乏。他们嘲笑理性和进步,嘲弄那些身体畸形的人。他们总盼望有驼背、膝外翻或者兔唇的路人经过。在他们看来,嘲弄受苦的人并不算残忍,而是很自然的事情。他们感情丰富但缺乏怜悯之心。对那些脱离常规、离经叛道、古怪反常等行为尖酸刻薄,无法容忍。

　　在安格温眼里,这些镇民不是基督徒,而是天主教徒和异教徒。换句话说,他们的冷酷无情使他们在道德和精神上都陷入狂乱状态。上帝的惩罚能对他们产生威慑作用。教堂里那些圣人雕像及安格温所坚持的宗教条例代表了上帝的强大和威严。安格温强烈要求维持现状。然而,这一切将随着上天的旨意而改变。在教民们处理掉那些雕像,并把它们埋进教堂附近

一个坟墓的当晚,弗勒德神父出现了。弗勒德的到来产生了意料不到的影响。他激起了小镇上人们的好奇心,唤醒了年轻而渴望爱的修女菲洛米娜(Sister Philomena)的热情,让教堂里的那群修女心神不宁,也让安格温神父进行了深度的自省。中途发生了一系列又像巧合又似奇迹的事件,似乎预示着有什么重要事情即将发生,镇民们惶恐不安起来。安格温原以为主教派来的新牧师是个政治上精明狡猾但性格上轻率鲁莽的谄媚者,来承担管理和监督的任务。但事实上,弗勒德坦率豪爽,慷慨大方,性格讨喜,他的聪明才智也令安格温折服。有一回他们坐在一起用餐,弗勒德吃着食物,安格温喝着威士忌,两人不知不觉谈起了神学。正是在这一次交流中,安格温向弗勒德道出了可怕的真相:安格温20年前就失去了信仰。某天早上他醒来时突然意识到自己不再相信上帝了。他一直说自己是个骗子、冒牌货,并担心别人也会知道。为了掩盖他的迷失,他用严格的教条伪装自己。尽管安格温对上帝失去了信仰,但他坚信魔鬼的存在。他是个矛盾结合体,他感受不到上帝却能与魔鬼相通,这是一种偏见。

《弗勒德》最初发表于1989年,极具讽刺意味。她对宗教、人物及乡村生活的观察非常敏锐。她还能将多层意义和理解融入一个看似相当简单的故事主线,即一个牧师不得不与时俱进的故事。主线的背后又设有大量悬念,其中大部分都是神秘的弗勒德神父制造的。如第一次共进晚餐时,安格温注意到弗勒德一直忙着吃,但他盘中的食物一直没有减少。然后突然间,食物全不见了。安格温不太记得弗勒德的长相。在他们多次一起喝酒的晚上,安格温发现尽管他们一直在喝,但瓶中的酒总是满的。这些超自然的细节描述增加了弗勒德的神秘感。起初,弗勒德的神秘更像是安格温豪饮之后产生的错觉。然而其他人也有类似的经历。例如,当安格温的管家艾格尼丝(Agnes)将弗勒德领进屋子时,她感到有些异样。她感觉到自己的手指不能动弹,直到她回到自己的卧室才恢复正常。她感觉到身后有个声音在说:"我来改变你。改变是我的职责(Mantel,1989:113)。"安格温和艾格尼丝都不能确定改变是好还是不好。表面上,弗勒德似乎很正常。他在村里四处游走,问候村民,拜访修女和学校。有些时候,安格温试图跟自己解释弗勒德的身份:他是一个人? 不像。一个天使? 他也没有找到自己能相信的理由。那么弗勒德就像麦克沃伊(McEvoy)那样,是个恶魔?

艾格尼丝和一个修女向安格温透露说她们在生活中也见到了恶魔,就是安格温所谓的"许多恶魔"。一天晚上和弗勒德交谈时,安格温抱怨:现代思维的一个问题是有过度简单化的倾向,其后果便是所有现代思想将只考虑一个撒旦或路西法的存在。安格温认为这种思想是错的,并引用 16 世纪的鬼神学家雷金纳德·斯科特(Reginald Scott)的说法,认为地球上约有1400 万个恶魔。这是对宗教信仰世界的质疑。

读完整部小说,弗勒德的形象还是不太明确。曼特尔笔下的小镇本身就是个令人惊奇的事物。绯色霍顿人反抗的不是活生生的人,也不是某个事物,而是反抗一种黑暗统治的力量,一种压抑混乱的精神。显然安格温及他的教区经历了一场宗教道德危机,弗勒德发挥了重要作用。然而安格温及其教民的绊脚石不是主教,也不是被埋的雕像,而是他们自己以及对生活和上帝的偏见。故事对信念和人性进行了一些探索,暗示着超自然现象存在于我们的日常生活中。

《弗勒德》滑稽悬疑之余又不失智慧,启发人们在阅读狂欢中对宗教信仰各个深奥难懂的领域进行深刻的思考。曼特尔通过高超的想象力和娴熟的写作技巧把神奇与平庸、可怕与可笑的事情完美结合起来。在故事中,曼特尔运用自己的想象虚构了一个按照自己想法运行的黑暗世界,效果惊人,也奠定了她在当今英国小说界的重要地位。

2.2.2　炼狱无处不在——《黑暗之上》的死灵世界

曼特尔一直相信鬼魂的存在,这或许与她的家庭背景有关。在自传《气绝》里,曼特尔声称七岁那年,曾经在花园里看到过鬼魂出没。此后,她住的房子一直有小鬼作怪,其中最重要的一个小鬼就是曼特尔那个没有来得及出生的孩子。曼特尔从二十多岁开始,就一直疾病缠身,虚弱、疼痛,长期被误诊,最后她因子宫内膜异位而切除了子宫,终生不育,永远失去了做母亲的资格,但她总感觉到她的孩子就住在她的房子里,她还见到过继父杰克曼特尔的鬼魂从楼梯上飘下来。生活中,曼特尔能看到那些并不存在的东西。鬼魂和疾病一直是曼特尔创作中致力于表现的重要主题。

曼特尔的第十部小说《黑暗之上》是一部优秀的现代版鬼故事,该小说主要围绕专业灵媒艾莉森·哈特和她的助理科莱特(Colette)展开。和其他许多作品一样,曼特尔的这部小说也具有穆丽尔·斯巴克的风格,表现出超自然主题中讽刺、黑暗、怪异等特征。和《气绝》一样,《黑暗之上》也表现了曼特尔受天主教影响的童年印记,十二岁那年,曼特尔入读了语法学校,并且挣脱了宗教的束缚,然而小说中可怜的艾莉森却被一群恶灵缠住,无法脱身,不得不进行一场接一场的通灵表演。小说开篇时,艾莉森和科莱特一起到伦敦周围的郊区进行通灵表演,为围观者和他们已经离世的亲人提供一个交流平台。这算得上是一场恐怖可笑的降神会。艾莉森身边的观众更多的是老弱病残、愚昧无知、比较容易受蛊惑的人。会场上有人问尊敬的王太后是否和乔治国王相聚了,并且愉快地接受已过先祖对他们厨房用具的赞扬。艾莉森开心地回答了围观者想听到的话。但偶尔也有人对她的传话不满意。当她要给一个女人传递她父亲的口信时,得到的回应却是:"让那老家伙滚开……如果你再让我听到那个老头说的话,你就等着我来收拾你(Mantel,2005:31-34)。"

表面上,艾莉森无忧无虑,逍遥自在,然而这只是她人前伪装的形象,实际上,她内心一直都有深深的创伤。那些恶魔及其所描绘的来世生活的恐怖和悲剧,使她深受其扰,忧心忡忡。她竭尽全力了解他们的事情,希望能驱除身边的鬼怪,并最终制服他们。某种程度上说,小说的风格类似于犯罪电影《末路狂花》(*Thelma and Louise*):两个女人在这个充满敌意的世界里受到了来自男人的威胁。故事内涵深刻,引人思考。现实世界很残酷,伤害、剥削、盗窃、强奸、乱伦、谋杀等令人难忘的暴力事件时有发生。曼特尔的小说给人以强烈的恐怖感,但其创作目的绝不是为了引起人们的震惊,而是告知人们,这个世界不仅充满危险,还充满了恶意。

科莱特和艾莉森不算是同一类人:前者是胆小害羞的瘦高个儿,后者则是能通灵的巫师,体型肥胖。两人在一个集市上相识,艾莉森邀请科莱特以助理和同伴的身份加入她的巡回通灵表演。当二人组合来到英国伦敦郊区荒地的时候,麻烦不断滋生及至失控。那些黑暗中的幽灵正威胁着活人的生活,几乎使他们无家可归。小说真正的动力在于两个女人之间的对比,而非驱除艾莉森体内的鬼魂莫里斯，为此，曼特尔将自己分裂成两半。科莱特头脑敏捷，擅于嘲讽。艾莉森体型丰满，性格脆弱。两人的性格都不招人喜欢。小说中，曼特尔的想象力发挥到极至。这是一部见解深刻、滑稽恐怖、不同寻常的作品，读起来令人毛骨悚然，胆战心惊。

故事中，曼特尔对离奇事件的描述得心应手。她在半梦半醒之间游走于天堂与地狱、阳间与阴间，并把其离奇经历写成故事，让那些令人难以置信的事情变得煞有其事。曼特尔把人们领入了一个不寻常的世界。对灵异离奇世界的描述是她的拿手好戏。她笔下创作的人物有死人、鬼魂及徘徊在生死边缘的活人。与阳间仅有一门之隔的阴间是恐怖、令人不安的。曼特尔的笔触幽默风趣，描写的故事令人啼笑皆非。《黑暗之上》的故事来自潜意识。对灵异世界的描写如此精彩，若不是亲身经历过，便是想象力超强，显然，曼特尔同时具备了这两个条件。

故事发生时，艾莉森正前往伦敦远郊进行现场通灵表演。那里人烟稀少，死灵聚集。围绕着伦敦的高速公路荒无人烟，两边的野草在白天都摇曳着橙色的光芒，灌木丛毒叶像哈密瓜皮那样斑纹点点，黄绿相间。四点钟后，太阳落下去，夜幕降临，阴森恐怖的氛围渐浓。

艾利森能够通灵、通鬼，正如许多人有弹钢琴的基因一样，她的这项天赋是经基因遗传得来。她的妓女母亲有一个被谋杀的鬼魂朋友，她的外祖母格洛里亚（Gloria）的情况也如此。艾莉森的通灵天赋时灵时不灵。死灵也会说谎，也会搞阴谋诡计：每次通灵之后艾莉森都会病上一场，全身疼痛。艾莉森常与巫师、占卜者及读心者交往，因而结交了许多朋友、同事。依靠"灵媒"这个职业，她的日子混得还不错。"灵媒"和"疯子"完全是两回事。灵媒可以成为特定治疗专家，给那些老弱病残、鳏寡孤独带来精神上的诊疗和慰藉。

活人和死灵都来让艾莉森传话。助理科莱特想把她的传话录下来，好赚点钱。然而死灵们的干扰声、喧闹声和抱怨声实在是太多，很难录音。艾莉森对科莱特说："请把录音关掉好吗？莫里斯（Morris）已经在威胁我了，他不让我谈论他以前的生活。他不想被录音（Mantel，2005：174）。"莫里斯是艾莉森的通灵媒介，更是她心理沉重的负担。他脾气暴躁，肮脏恶臭，粗

俗不堪，令人讨厌。休息时，他总是栽倒在艾莉森卧室那面墙上，摆弄着他那只恶心的苍蝇。虽然和艾莉森住在一起，但科莱特根本看不到他，只是偶尔从空气中飘过的污秽气息中感受到他的存在。艾利森经常抱怨这位头发斑白、牙齿奇特、穿着古怪的莫里斯。她很想知道，为什么别的灵媒可以和高贵冷漠的药物大师或古老的波斯圣人进行精神沟通，而她却只能和莫里斯这样的恶鬼相通呢。

借助强大的意念，艾莉森可以让莫里斯离她远点儿。而她一旦这么做，全身都会难受起来，就像正经受一点一点的折磨一样，直到她屈服并听到他说话，症状才得以缓解。所以当真正想要休息一下的时候，艾莉森就幻想着用一个大锅盖拍到莫里斯头上。这种做法有一定的效果，有一段时间里，莫里斯的声音显得低沉空洞，就像从一个高深莫测的大铁桶里发出来一样。短时间内，她可以忽略他的存在，但渐渐地，他会把压在身上的盖子一点一点地挪开（Mantel，2005：221）。

莫里斯周围也有朋友和支持者，他们活着的时候就是一群鸡鸣狗盗、杀人越货之徒，这些人在艾莉森成长过程中无恶不作：他们强奸她，折磨她，给她造成身体和精神上的双重创伤，留下终生难忘的痛苦回忆。如今他们死了，成了恶灵，却依然竭尽所能凌辱她，祸害她，报复她。即使在艾莉森小时候，这些恶灵也没有放过她：他们抓住她的手在试卷上潦草地写下一些淫词秽语，她的考试永远也没有及格过，她的生活状态总是悲惨不堪。

艾莉森永远不能单独安静一会儿。在加油站，科莱特一离开座位，马上就有一个女鬼滑进来坐到她身边，开始抱怨她那恶心的脚趾囊肿。而如果加油站有莫名其妙的事情发生，如车轮盖突然掉下来，或者架子上的杂志莫名地散落一地，那肯定是莫里斯干的。

这就是小说《黑暗之上》的有创意、有吸引力、有颠覆性的叙述。故事也有许多严肃沉重的描述，如那个荒地传说，那些不幸与丑陋的事情等。在曼特尔笔下，整个伦敦郊区都在闹鬼，阴风阵阵，而活人却心惊胆战。灵媒们声称来访的死灵中还有伟大的作曲家贝多芬（Beethoven）和李斯特（Liszt），他们可以应活人所求作出新曲，只是在这个阴暗的时刻，在这样令人心慌的环境里，人们感受不到那些曲子的美妙，他们甚至觉得这些曲子是令人惧怕的,是催命符。炼狱无处不在,并正朝着城市的中心蔓延。《黑暗之上》故事单薄,情节简单,仅仅描述了鬼怪的咆哮及两个女人之间的互相折磨,最终艾莉森成功摆脱那些令人生厌的鬼魂和操控她的精神指导者莫里斯。小说致力于揭露国家现实问题,同时探索迷失和身份等曼特尔作品中惯常表现的主题。曼特尔以超强的信心和智慧进行周密布局,描绘了一幅充满丑陋和阴暗的图景。图中有怪异的小镇,畸形的多层停车场,还有排队质问养老金下落的鬼魂们。作者还用黑色幽默的手法描写了她们所居住的新建居民区的情景,令人啼笑皆非。

这是一部"原始"的作品,近乎粗鄙,没有音乐、灯光、屏幕,只有读者、灵媒还有那些死灵。死灵们也许会施恩帮忙,也许不会,也许会误导你,嘲笑你,也许会在你耳边骂出一串串脏话,也许还会跟踪你,捉弄你。很多人都不相信鬼魂、灵媒等超自然现象的存在,但曼特尔却用她独特的方式领着人们进入了一个奇异的世界。该小说的意义不仅在于作者对灵异世界的描述,更在于其对"灵媒"这一角色的塑造和理解。在曼特尔看来,"灵媒"是"作家"的隐喻,灵媒的工作过程实际上就是作家写作过程:死灵们虽然坦率但不易沟通,灵媒们要召唤他们出现,要运用精神控制、哄骗夸张等手段,作家创作也需要运用想象夸张等技巧,才能随心所欲地与作品中的人物进行沟通交流。总之,《黑暗之上》是一部滑稽奇异、神奇可怕、残忍恶毒的当代小说。

2.3　家庭小说

1982 年,曼特尔随丈夫来到沙特阿拉伯。生活空间的改变也使作家的创作观念发生改变。曼特尔决定把手头在写的作品先放一边,并尝试写一些更具商业潜力的当代作品。"我的确只想写一本书。我认为自己更像是一个纪实作家而非小说家。但我逐渐意识到我还可能写点别的东西(Richardson,1998)。"这个"别的东西"正是黑色喜剧《每天都是母亲节》,取材于曼特尔 1974 年当社工的亲身经历,涉及病人探访、病例查询及病例缺失等重要片段。不久之后,《每天都是母亲节》的续篇《空白财产》也随之

完成。两本小说分别于 1985、1986 年得以出版,成为曼特尔最早出版的两部作品,并大受读者欢迎。

2.3.1　孤女寡母的世界——《每天都是母亲节》与《空白财产》解读

和她的历史小说不同,《每天都是母亲节》《空白财产》是典型的家庭类型小说,充满家庭问题、精神压力,甚至是残忍的情景——这一系列主题也贯穿于她的其他当代小说中。两部作品内容上令人毛骨悚然,因为均对鬼魂有所涉及,而在布局上,情节跌宕起伏,充满了残酷的趣事及深刻的讽刺。小说不仅仅是精良的恐怖小说,更是意义深刻的社会政治作品,一出出闹剧意在直指当下包括慈善事业在内的诸多社会问题。

《每天都是母亲节》的中心人物是生活在 20 世纪 70 年代英国的一对母女,寡妇女巫伊芙琳·阿克森和她患有精神障碍的女儿穆里尔。她们住在一所偏远的老房子里,过着与世隔绝的生活。房子破败不堪,但精巧的设计和精致的结构暗示着它曾经的辉煌。母女俩与世无争的生活实际上是疏离扭曲的。许多福利机构试图让女孩穆里尔融入社会,回归共同体,但最终都被其母伊芙琳阻碍破坏了。伊芙琳对福利院及社工们提供的帮助置之不理,还把他们写来的那些没有拆封的信件藏在成堆的旧报纸破盒子里,使得屋里更加凌乱不堪,而房子的窗户已经积满了厚厚的灰尘。母女俩生活空间的脏乱与阴暗实际上折射出其扭曲变形的心理:伊芙琳觉得她家里住着许多鬼魂,不断地破坏家里的东西来骚扰他们母女的生活,而穆里尔表现出习惯性的顽皮狡猾,以母亲的担忧为乐。

小说伊始,伊芙琳发现她弱智的女儿穆里尔怀孕了。伊莎贝尔·菲尔德(Isabel Field)是照顾阿克森一家的社工,而控制欲极强的伊芙琳决定不让任何人打扰女儿穆里尔,因为她认为女儿身体的问题正是每周到精神病院看病而导致的。社工伊莎贝尔·菲尔德和伊芙琳的邻居福罗伦斯(Florence)的哥哥科林·西德尼(Colin Sidney)有暧昧关系。故事中这对男女的关系、伊芙琳和穆里尔之间的关系以及婴儿的出生三条线交织在一起,充满恶毒的幽默与恶魔般的快乐。曼特尔精心构建黑色幽默的开场氛围主要是为其怪诞的人物塑造做铺垫。

　　社工们对穆里尔表现出强烈的热情和兴趣,而伊芙琳对此不以为然。当伊芙琳和那些社工,包括少不经事的伊莎贝尔·菲尔德在内,都认为穆里尔有严重的精神障碍时,穆里尔实际上跟她母亲一样精明狡诈,爱玩弄人。小说的黑色幽默元素着重体现在穆里尔反常的心理活动中。当她表现出反常的时候,她其实就是在算计,她的头脑可不简单。能通灵的伊芙琳对女儿和其他人的嘲弄保持高度警惕。当西德尼老太太来拜访伊芙琳,希望与已故的西德尼先生交流一下时,一系列的巧合使伊芙琳深信,西德尼家的女儿弗劳伦斯指使社工们对她们母女进行监视。弗劳伦斯已婚的哥哥科林也因与夜校写作班里某一年轻女子有染而被卷入阿克森家庭漩涡中,由此引发了一些复杂的事情。

　　《每天都是母亲节》这个题目意味着每天都可以是母亲节,但讽刺的是,小说中的家庭并没有体现出如"母亲节"的节日内涵那般温馨和睦的伦理关系。柯林·西德尼和妹妹福罗伦斯一起把老母亲撺到一家养老院,不管不顾。与柯林有染的伊莎贝拉·菲尔德不情不愿地和父亲生活在一起,她总抱怨自己的父亲总是到外面弄得脏兮兮地回来,她还得给他捉虱子。柯林的妻子西尔维娅要照顾好几个孩子,都快被生活琐事压垮了,她这个母亲当得既痛苦又失败。在所有的家庭关系叙事中,伊芙琳和穆里尔之间的母女关系居于中心位置。他们是福罗伦斯的邻居,事实上,正是伊芙琳逼得西德尼老太太身体每况愈下,而伊莎贝拉被福利院指派来照顾她。伊芙琳完全控制着女儿的生活,几乎不让她与外界有任何接触。这位专横跋扈但又担惊受怕的母亲最终为她的所作所为付出生命的代价。穆里尔最终还是接触到了外面的世界,并且怀孕了,但这并没有让她的生活状况有所改善。

　　《每天都是母亲节》故事情节纵横交错,将小说引向一个戏剧性的结尾:随着母亲伊芙琳的不幸去世,智力迟钝的穆里尔·阿克森不得不改变与母亲一起经历的与世隔绝的生活而被带到一家州立收容所里生活。西德尼老太太已经被伊芙琳逼疯了。柯林痛下决心,买下了阿克森家的房子,并让全家人——他的妻子西尔维娅和一窝孩子,都搬进去住。同时住进去的还有科林的情人伊莎贝拉·菲尔德,曾经被指定帮助阿克森家解决问题的社工,如今她把事情办砸了,不得不辞去社工的工作转而接手银行业务。

《每天都是母亲节》故事叙述的脉络不如预期那样的清晰，反而显得压抑和犹豫（显然是有意为续篇留有余地），显然曼特尔的重心不在于整个故事的讲述，而在于语言的描述、主题的表达等。小说中的描述和对话非常出色，清爽，简洁，明确，精致。一些场景的描写也很成功，如社工们处理阿克森家问题的信件，柯林和妻子参加的可怕的聚会等。小说中也有社会评论的内容，表达作者对当代一些黑暗腐败现象的不满。书中有大量的黑色幽默，也有许多精彩叙述。

《空白财产》作为《每天都是母亲节》的续篇，随着故事情节的进一步推进，黑色喜剧的讽刺意蕴得到更加淋漓尽致的体现。这部小说比前一部更荒诞，但意义更严肃，主人翁依旧是不可捉摸但已失去清白的小女孩穆里尔·阿克森。此时，她如恶魔般地操控着一切，逐步开始像那些认识和轻视她的人展开复仇，展开谋杀。

故事接着《每天都是母亲节》的情节展开。10 年后，即 20 世纪 80 年代中期，柯林和他的家人生活在穆里尔的旧居里。但从定居下来后，他们的家庭生活并没有变得更加和谐幸福，而是状况百出。伊莎贝拉不情愿地结婚了。穆里尔·阿克森这些年一直住在精神病院，但现在被放出来了。精神病院里的生活锻炼了穆里尔：

> 她观察别人，学习并练习他们的表情。她一直都在长本领。我刚来这里的时候什么都不是，她觉得，经过这么多年，我能成为一个什么样的人就不好说了（Mantel，1986：89）。

一旦出来，她的确开始扮演不同的人，利用不同的身份谋划报复。其中一个角色是莉齐·布兰克，并以此身份成为了柯林家的清洁工。同时，她还化装成另外一个人，来到西德尼老太太和伊莎贝拉卧床不起的父亲病床边进行报复。西德尼老太太认出了这个邻居的孩子，这使她那呆滞的眼光有些异样——但并没有明显到让其他人相信她就是穆里尔。伊莎贝拉的父亲也认出了穆里尔。科林将老房子翻新了，还请了古怪的女清洁工莉齐·布兰克来照看，这个房子还是闹鬼不安宁。科林数年前就与伊莎贝尔结束了情人关系,但他一直幻想重温旧情。妻子热心于公益事业,孩子们不停地问他要钱花。他被养家糊口的重担压得苦不堪言。最终通过他那十八岁大的幼稚的女儿,他的确重拾旧欢了。穆里尔通过恶毒的计谋成功地使那些原本日子并不好过的人的生活更加难过了。混乱(许多是自己造成的)和巧合越来越多,最糟糕的是,柯林的一个女儿怀孕了,孩子的父亲竟然是有妇之夫——伊莎贝尔的男人。当这些人各自独立的生活又再一次交织起来的时候,情况越来越糟,事情越来越复杂,结局更加惨不忍睹。

曼特尔惯用了她恶意的玩笑——在这些离奇的情节中有许多有趣的事情。黑色幽默依然是主基调。曼特尔再次强调普遍的家庭问题——恐怖的亲子关系。西德尼老太太,遭到家人唾弃,屈辱地活着。伊莎贝拉的父亲遭受得更多。柯林半大的孩子是非常麻烦的。可以想象他那个怀孕的女儿当母亲的过程将不会好受。

穆里尔·阿克森现在是一个丰满的反面人物,比第一部小说表现得更加彻底。小说中的其他人物似乎越来越不起眼了,尤其是伊莎贝拉,作者似乎对她失去了兴趣。小说中依然夹杂着有趣的社会评论,尤其是关于英国政府的医疗福利问题。曼特尔依然毫不费力地抨击了社会问题:家庭压力、不幸的婚姻、婚外情的短暂快乐、心理问题等。她是个相当聪明的作家,用高超的写作技巧和非凡的想象力创作了两部优秀的作品。

2.3.2　信仰,秘密,家庭——《变温》解读

曼特尔创作《变温》的灵感来自两件事情:其一,1977 年曼特尔来到博茨瓦纳,在此期间,看了许多法律方面的报道,从中初次了解了药物谋杀和拐卖儿童等犯罪事件。当时,她只是把这些信息记录并储存起来,还没有仔细想过如何利用;其二,某一天,曼特尔从朋友处听说了一个消息,一对幸福的夫妻在辛辛苦苦把孩子养大后却分手了,这事情令人百思不得其解。随后,曼特尔把这两件事情拼接在一起,便成了《变温》的主要创作素材。

1994 年,小说《变温》发表了。曼特尔将自己在博茨瓦纳的亲身经历投射在《变温》中,因而,该作品表现出浓郁的政治色彩和鲜明的个人观点。《变温》讨论的是错综复杂的个人与政治的关系,小说中涉及对不公正、丧亲

之痛以及信念丢失等方面的复杂精巧的描写，表达了作者对那些曾经发生过的悲剧的关注与唏嘘。《变温》聚焦一对传教士夫妇在年幼的儿子在非洲被谋杀后回到了诺福克的生活，他们的生活因此而变得支离破碎。悲剧发生在非洲，因此非洲这片令人难以理解的领域被看成是一个隐喻，表示还未被探索和开发之地，缺乏安全可靠性。

《变温》的主人翁是拉尔夫·埃尔德雷德和安娜·埃尔德雷德夫妇。故事主要讲述了从 19 世纪 60 年代到 19 世纪 90 年代，因为莫名其妙的灾祸，一个幸福家庭遭到毁灭的过程。在非洲做了 30 年的传教士后，悲剧降临在埃尔德雷德夫妇身上——儿子被害，家庭破碎了，幸福成为泡影。全家回到英格兰诺福克乡下的家里，将往事尘封不提。当丈夫拉尔夫再次陷入婚外恋时，妻子安娜压抑多年的愤怒和悲伤一发不可收拾，这一切毁掉了他们的婚姻、爱情、信仰以及他们曾经拥有的一切。

这是一个有警示性意义又值得同情的家庭故事。一开始，拉尔夫了解到艾玛医生（Emma）与已婚的费力克斯（Felix）长期保持着不正当关系，如今费力克斯死了。一直都做"好人好事"的拉尔夫对这种缺乏自知之明的事情感到很震撼。拉尔夫富有而专制的父亲逼他放弃地质学事业，转而到市中心做传教士。为了摆脱父亲的掌控，在叔叔詹姆斯的帮助下，拉尔夫接受了一份去南非的工作，并娶了和他一样有正义感的安娜，两人一起来到南非做传教士。此时是 20 世纪 60 年代早期，南非的种族隔离制度正处于白热化阶段。尽管明白个人的力量不足以促成政治体制的改变，但一向循规蹈矩的拉尔夫和安娜对当地治安警察的野蛮与腐败行径实在感到义愤填膺，便积极投身相关抗议活动。他们努力想证明所做的一切是符合宗教教规教义的，却发现他们所做的事情为当地社会制度所不容，并因此身陷囹圄，最后被迫离开南非，来到博茨瓦纳，在那里生下双胞胎儿子基特（Kit）和马修（Matthew）。夫妇俩在博茨瓦纳找了一份不太重要的工作，然而在这里他们再一次成为社会动荡和政治偏见的牺牲品，悲剧发生了——一个恶毒的仆人用利器刺伤了拉尔夫，劫持了双胞胎。最后，基特被找回，而马修则已经遇害，身体器官被卖到黑市。最后夫妇俩不得不返回诺福克的乡下以求平安。此后他们陆续生下了更多的孩子，而那个遇害的孩子再没有被提及，过去的一切被尘封起来。然而，如今已经是大学生的基特依然经受着南非噩梦的困扰，家中的小儿子朱利安（Julian）也无所适从。安娜一直处在悲痛与愤怒中，对拉尔夫也渐渐疏远，拉尔夫则觉得自己的慈善工作毫无意义，为了发泄自己的郁闷，他与别的女人有了暧昧关系，并为此付出了惨重的代价——虽然情感上得到某种宣泄，但保守多年的秘密遭到揭露，深藏多年的伤疤再次被揭开。埃尔德雷德夫妇的爱情和信仰遭到毁灭。

　　小说题目"变温"是作者曼特尔通过一个简短的对话而设计的一个巧妙隐喻。拉尔夫的妹妹爱玛问道："这些恐龙怎么了？"拉尔夫回答到："他们变换了栖息地，因为气温变了。"爱玛笑着说："我们父母的问题就在于他们不肯改变惯常的思维模式，因此很难让他们接受新思想（Mantel，1994：56）。"显然，在反抗父母亲的专制管理和教育时，兄妹俩并没有被正统派基督教思想所左右，而是都有各自的想法和决定。为了摆脱父亲的控制和要挟，拉尔夫决定远走他乡，携带妻子去南非工作，从而不得不改变自己的生活环境和生存空间。而正是这一生存环境的改变推动着故事情节的展开。

　　从南非的暴力小镇到诺福克多风的乡村，《变温》是一部史诗般的家庭长篇故事，重点叙述的是当信任丢失，当秘密被深埋，当生活变得支离破碎之后所发生的事情。故事开篇时，埃尔德雷德夫妇居住在诺福克的大红楼里，供养着四个孩子，致力于慈善事业。然而，这却是一个"好人得恶报"的故事。当他们把孩子从东伦敦大街的污浊不堪的环境中搜出来，到乡村呼吸新鲜的空气时，殊不知家里已经隐藏着巨大危机：孩子即将丢失，婚姻即将破碎。他们在南非和博茨瓦纳当传教士，以及非洲那些可怕的悲剧深深影响着他们以后的生活。这些创伤记忆不仅困扰着故事中的人物，也引发读者对一些问题的思索，如是否存在让人永远无法原谅的事情？有人活该遭遇悲剧吗？谁能摆脱过去的阴影呢？《变温》无疑是一部既富有哲理又让人对这些哲理一再进行质疑的小说。曼特尔意在提醒人们思考那些让世界发生巨大变化的问题。

2.4 女性小说

对于英国维多利亚时期文学史的发展而言，众多女性小说家跻身于一向被认为是由男性主宰的英国文学领域，是世界文学史上空前绝后的文学现象。勃朗特三姐妹（The Brontës）、乔治·爱略特（George Eliot）和盖斯凯尔夫人（Mrs. Gaskell）等享誉世界文坛的杰出女性小说家们逐渐关注社会发展中面临的问题，在作品中针砭时弊，惩恶扬善。这些女性作家通过文学适时地表达自身的观点，为女性争取平等权利做出了巨大努力。希拉里·曼特尔作为当代英国女性作家，和那些女性先辈一样，积极关注社会问题，关注男性意识主宰下"女性意识"这一社会命题。她的多部小说涉及对女性意识的价值及意义的探索，她尤其重视多元文化语境中的女性书写。她的小说创作在一定程度上实现了与时代精神的接轨，表征着英国当代女性作家对女性生活和价值观做出了深入探索。女性意识的发展对保持文化生态群落的多样性和活力有着不可估量的积极意义，就这一层面而言，曼特尔的女性小说是英国作家尝试构建当代民族共同体的重要途径。

2.4.1　一个西方女性的自白——《加沙大街上的八个月》解读

小说《加沙大街上的八个月》直接取材于作者曼特尔在沙特阿拉伯的生活经历，取自一幢城市公寓楼里邻里之间的价值观冲突，由此折射出伊斯兰国家和西方国家间的紧张关系。1982 年至 1986 年，和丈夫一起生活在沙特阿拉伯期间，曼特尔习惯于将自己的生活点滴记录下来。在沙特阿拉伯的西部港市吉达生活中，她觉得无比压抑，时刻盼望能离开。当地令人窒息的政治环境，再加上曼特尔自身当时还未确诊的身体状况，都使她感到异常苦痛。她有时整夜无眠，在房里来回踱步，临近早晨才能小睡一下。这种噩梦般的生活带来的混乱和焦虑都被曼特尔详细记录下来，并最终在 1988 年发表的《加沙大街上的八个月》中主人公身上得到疏泄。

该小说以年轻女子弗朗西斯·肖恩在沙特阿拉伯八个月的悲惨生活为叙事主线。弗朗西斯跟随工程师丈夫安德鲁（Andrew）来到吉达，正如曼特尔自己那样,租住在一个远离侨民社会生活的公寓楼里。很快,她就发现自己身处于一个幽闭恐惧的环境里,这个环境敌视侨民尤其是女人。他们那个孤立的住所似乎也隐藏着不详的秘密。弗朗西斯努力去适应穆斯林邻居的生活,但周围恐惧的气氛深深困扰着她。故事以高超的水准重构了死气重重的城市公寓楼里令人害怕的孤寂生活。邻居们神秘怪异的行为暗示着通奸和谋杀的活动。小说是以一个西方女人的视角来写作的,因此不可避免地会对沙特的文化进行批判。

弗朗西斯·肖恩刚来到吉达时,她的思想和心态还是乐观的。她相信凭借自己的生活常识和开放包容的心态可以帮助自己与穆斯林邻居和睦相处。但在昏暗沉闷的公寓楼里,丈夫出门了,邻居也互不来往。她独自一人,整天记着日记,听着楼上水管里的哭咽声,看着楼梯井里晃过的人影,以此度过孤独的日子。但这些都是她自己的想象。邻居们告诉她,楼上房间空着,没有人住。弗朗西斯虽然知道那是真的,但还是忍不住去幻想那里发生的一切。日复一日,她的这种感觉越来越强烈,甚至到了自我分裂的程度。

在去沙特阿拉伯之前,有朋友曾提醒过弗朗西斯要当心这个体制不一样的国家。在前往吉达的行程中,弗朗西斯和沉默寡言的丈夫一起,尽量不去理会那些耸人听闻的说法——在那里,女人受到严格的道德约束,不能开车,不能喝酒,不能单独出门。尽管已经有了一些心理准备,弗朗西斯还是被飞机乘务员离奇的说法吓倒了,因为他说:"沙特人不爱给人指路,而且沙特的街道没有几周就会发生变化(Mantel,1988:20)。"果然,弗朗西斯住在新家的第一个早晨就遭遇到了与她原先预想不一样的情景:丈夫出门了,屋内没有电话,前门堵上了,后门也锁上了。据说这样做是为了阻止女人出门,防止女人与其他男性交流接触,这种情况在吉达是很常见的现象。之后的几天情况也没有改善,弗朗西斯一直在无聊和恐惧之间摇摆——只有晚上因为有无聊的商业晚餐而显得不一样。当她可以出门时,也受到官方警示——高速公路指示牌标明:你开车速度快,但危险来得更快;图书馆的传单上也写着:如果你必须要匆忙离开这个国家,请一定把书还回来。到处都有诡异的现象,还有声音从据称是空着的房间里传出来。

《在加沙大街上的八个月》描述了一个令人惊恐的专制独裁社会。弗朗西斯·肖恩发现,在那个周围都是阿拉伯人的国家,那悬挂着百叶窗的窗户里和紧闭着的房门后面都潜藏着谋杀的恐怖。丈夫安德鲁是一位土木工程师,和弗朗西斯在非洲相识结婚,后来接受了一家国际建筑公司提供的工作,于是带着妻子来到吉达——那里正值酷暑,建筑丑陋,还处处隐藏着危机。肖恩夫妇居住的公寓就归属于那家建筑公司,凑巧的是公寓周边住的都是阿拉伯人,于是弗朗西斯就生活在孤立的环境中。她开始写日记,记录她的感觉,她和两位年轻的已婚穆斯林女人成了朋友,对楼上那间据说是空着的房间感到好奇。透过那间房,她确定听到了断断续续的哭咽声。两位年轻的穆斯林女人虽然接受过西方教育,但穆斯林思想仍根深蒂固,她们告诉弗朗西斯,那间房属于一个有权有势的沙特男人,他让自己的妻子住在里面。在随后的数月里,弗朗西斯试着去适应这个女性被歧视的社会。她目睹街上的男人都手持来福枪,确定两个邻居都说了谎——当他们的一个英国访客被谋杀,而邻居的丈夫被枪杀,邻居们各自隐藏着可怕秘密的时候,她所有的怀疑都得到证实。从这个角度看,《加上大街上的八个月》也可以被视为一部政治惊悚小说。

2.4.2　欲望和理想——《爱的考验》解读

1995 年,曼特尔《爱的考验》出版了。小说从某种程度上来说是自传式的,以 20 世纪六七十年代的英国为背景,取材于曼特尔在伦敦学习法律的那段经历,记录了三个女孩离家去伦敦读大学的历程。该故事是曼特尔为数不多的以女性为主角的重要作品之一。

在其上部小说《变温》中,希拉里·曼特尔赞颂了新教徒的使命与正义的传统美德,同时也揭露了该美德的不足之处。她家庭中那些好心且固执的圣公会信徒发现,她父母的宗教信仰与道德信仰在关键时刻不起作用。在滔天罪恶与丧子之痛面前,这些信仰显得力不从心。从这个层面上讲,《爱的考验》与《变温》有着相似的主题。小说中心人物卡梅尔·麦克贝思是家中独女,其父母居住在英国北部,一家人虽不富有但却勤劳度日。卡梅尔勤奋好学,凭借奖学金,先在圣救赎主教堂学习(因为麦克贝思一家信奉天主教），然后去伦敦大学学习。

故事发生在 1969 年 7 月查帕奎迪克事件（Chappaquiddick）之后的那一年。整个春天，卡梅尔都在思考着那场灾难。如今，她和卡琳娜（Karina）以及朱利安娜（Julianne）正逃离沉闷乏味的英国北部乡村，前往伦敦大学的住所。故事主要描写了卡梅尔的大学生活、她对童年的回忆以及她和老朋友卡琳娜之间的紧张关系。小说主要探讨的是女性的欲望和理想，暗示她们经常承受巨大的压力和沉重的打击。

"转变"是曼特尔努力表达的主题之一。在她笔下，许多人物都通过自身的毅力和努力不断成长，并最终实现与众不同的"质变"：《一个更安全的地方》中的普通小伙子卡米尔·德穆兰靠自身的奋斗转变成了历史上的革命领袖卡米尔·德穆兰，《狼厅》中的托马斯·克伦威尔凭借努力和才智从地位低贱的铁匠之子攀升至荣宠一时的王室重臣，而《爱的考验》中的卡梅尔也如此，通过自身的毅力，追求自己的理想生活。小说中，卡梅尔的母亲专横粗暴，对卡梅尔的生活横加干预。受母亲所逼，卡梅尔一路挤过优胜劣汰的独木桥，最终成了伦敦大学一名学生，获得了她母亲梦寐以求的身份。母亲坚持认为，卡梅尔要想成功就必须要严格抵制青春期性冲动。她曾写信警告女儿不要在男友家过圣诞节，如果违背她的意愿，从此就别想再踏进家门一步。此时的卡梅尔意志力变得顽强起来。读大学期间，她和医学专业学生朱丽叶合住一室，并像着魔似地研究法律。由于吃不起学生食堂的饭菜，又没钱买食物，她常常饥寒交迫，营养不良。母亲的苛刻和疏远让她深感痛苦，生活和学习的压力令她举步维艰，但她通过自身的努力和坚持最终经受住了各种考验。

卡梅尔就读大学之际，正是十八岁的花样年华，也正值女权运动兴起的年代。女权主义思想对于年轻女性，尤其是来自天主教家庭的年轻女性来说，既是问题也是希望。卡梅尔心路历程反映了一代女性的思想和心态：在追求女性独立自由的过程中，必然会遭遇许多困难和阻碍，她们渴望得到男性的支持和保护，但又害怕失去自己渴望的东西。当这些聪明又迷茫的年轻女子来到 20 世纪 60～70 年代的伦敦时，她们面临着一系列新的困惑——性、政治、食物和生育以及她们自己的荒诞悲剧。

  曼特尔在小说中直面女性对自己身体的关注与认同。卡梅尔的故事是一个"关于肉体"的故事，但这个肉体里还容纳了女性的思想。一直以来，女性受到的教育都令其相信"身体是一种累赘，是一种罪恶"。然而，随着妇女解放运动的兴起，有关女性性欲和渴望以及行使自由权的新思想出现了。新思想要求女性改变对自己身体和心理需求的看法。在这种压力冲击下，卡梅尔得了厌食症，并以此引出关于"欲望"的故事：各种各样的欲望，有曲解的，有堕落的，有重复的，也有被拒绝的。对于一个女人来说，故事是以悲剧告终的。但对于卡梅尔来说，她最终活下来了，她拯救了自己，获得了新生：可以去爱，去坚持，并获得成长的快乐。

  作为一名讽刺作家，希拉里·曼特尔常被拿来和穆里尔·斯帕克做比较，因其作品中精妙的情节、其暗藏的暴力与背叛、超自然主题和斯帕克的经典有一些共通之处。同时却又有点像大卫·洛奇(David Lodge)的风格，尽管他那本令人捧腹的研究天主教徒困境的小说《你能走多远》(*How Far You Can Go*)根植于 20 世纪 50 年代的乐观主义思想。现实社会在曼特尔的《爱的实验》中变得更加凄凉和残酷。小说的高潮部分是一场可能涉及谋杀的致命大火，但当卡梅尔的秘密被渐渐揭开时，人们会发现它和大火一样恐怖至极。作品的风格幽默讽刺，人物形象生动，曼特尔擅长于塑造尖酸刻薄的女主角，编写充满讽刺意味的对话。同时，它也是一部悲剧小说，曼特尔惯常的喜剧思维，以及比喻的灵敏又给这个故事的悲剧性增加了悲剧味道。

  《爱的考验》紧紧围绕故事中的那个动荡时代展开，充斥着不安定的气氛，让人感觉改变不可逆转。那个时代的女性是如何一面为工作和地位打拼，一面又将其绝大多数的精力耗在男人、家庭与孩子上的？女人的欲望是否该获得重视？女性在复杂的阶级社会和等级制度中如何承受压力？这些问题正是曼特尔要借助《爱的考验》提醒当代人们思考的问题。曼特尔无疑是个杰出的人类动机解剖家。她讲述了一个黯淡的故事，故事却透射出睿智哲理的光芒。

第3章　伦理道德批评与共同体形塑

■
■
■
■

　　"文学就是人学",高尔基这一著名定义突出强调了文学人文关怀的核心精神和最高使命。古往今来,一部作品价值的高低往往取决于该作品对人类生存叙事的表征力度强弱,以及是否对人类生存的现状与未来表达出严肃的审视与思考。作为英国当代著名的小说家,希拉里·曼特尔在其作品中从不同叙事角度对人类行为进行解读——理解、肯定和赞赏等,同时又对人类行为进行了深刻的审视和反思,敏锐地警示文化发展的歧误与偏颇,守护人类心灵的崇高关怀和正义诉求。在其涉猎的众多文类中,"都铎系列小说"《狼厅》与《提堂》由于"选择历史人物克伦威尔作为共同体的认同对象……给当代民族文化和精神共同体里的人们留下更多的认识和思考(严春妹,2014)"而备受关注。

　　虽然很多批评家注意到曼特尔作品内容的丰富性和深刻性以及小说叙述形式的独到与奇特,但较少有人把两者结合起来,阐释叙事技巧的使用对挖掘主题意义的独特作用。文学是特定历史阶段伦理观念和道德生活的独特表达形式,文学在本质上是伦理艺术(聂珍钊,2010)。本章节以曼特尔的代表作《狼厅》与《提堂》为研究文本,以小说人物所处的伦理环境及人物与人物之间的伦理关系为重点研究对象,以热

拉尔·热奈特(Gérard Genette)、伍茂国等人的叙事学原理及叙事伦理理论对小说文本中出现的叙事技巧进行细读和分析。小说作者对叙事视角、反讽结构及伦理乌托邦的构建这三个方面的精心安排显然是为了更好地服务于主题,也更好地表达了自身的意图。曼特尔用她非凡的文学想象表达着自身的愤怒、哀伤抑或欢乐,兼顾表达自身感受的同时,她从未忘记自己作为作家的现世责任,促进了当代文学的道德批评的自觉性。

3.1 叙事伦理批评与曼特尔的伦理情怀

3.1.1 叙事伦理及叙事伦理批评

叙事伦理,顾名思义,就是指叙事中的伦理。从文学诞生的那一刻起,只要有叙事,伦理就无可避免。目前,文艺理论界对叙事伦理的理解一般包括两层含义:第一层含义就是叙事伦理是叙事文学的一个特征,只要存在叙事,伦理问题就是主题之一;第二层含义强调叙事伦理是一种研究方法,是针对文学作品中的叙事伦理进行分析和研究的一种批评方法。第一层含义是一直就存在着的,后一层含义则是随着时代的发展,人们对叙事伦理的内涵理解发生变化而出现的。叙事伦理批评方法的出现不是一个偶然的现象,而是与伦理批评自身发展的困境、文学观念的变化、现代审美批评的冲击以及现在人们伦理思想的转变有着极为密切的关系。可见,叙事伦理是伴随着各种应用伦理研究的兴起而出现的一个伦理学的分支学科,主要探究如何有效地运用叙事达成必要的伦理效果。对文学研究而言,叙事伦理批评的研究和发展为伦理批评开辟了一条新的道路。

"叙事伦理"一词由"叙事"和"伦理"组成,这两个词组合在一起是近几年的事情,叙事伦理的研究离不开对这两个词的理解。"叙事"有不同的词源:在拉丁词源中,"叙事"既可以看作一个事实存在,即名词,也可以当作行为存在,即动词,同时还暗含判断、阐释、复杂的时间性和重复等因素。在希腊词源中,"叙事"被当作"陈述证词的行为"及"纯粹的叙述"等意。在词源含义的基础上,法国结构主义批评家热拉尔·热奈特将"叙事"理解为故事

(story)、叙事(narrative)及叙述(narrating)三层含义。故事指承担叙述一个或一系列事件的叙述、陈述、口头或书面的话语,叙事指真实或虚构的、作为话语对象的接连发生的事件,以及事件之间连贯、反衬、重复等等不同的关系,叙述则强调讲述某事的事件(热奈特,1990:6)。在热奈特的叙事三分法基础上,荷兰著名的文化理论家和批评家米克·巴尔(MiekeBal)将叙事分为本文、故事、素材(巴尔,2003:3-4)。美国叙事学家西摩·查特曼(Seymour Chatman)从亚里士多德的《诗学》(*The Poetics*)中得到启发,将叙事文本分为"故事"和"话语",故事指叙事内容,话语即叙事方式或形式(Chatman,1978:9)。俄国学者鲍·托马舍夫斯基(Tomaszewski)把叙事区分为故事和叙述,这种划分比较清晰明了地显示出将现实(真实的或虚构的)迁移至小说中的方式和轨迹(伍茂国,2013:6-7)。加拿大学者安德烈·戈德罗(André Gaudreault)则把整个叙事看作故事和故事的讲述(戈德罗,2010:56-60)。安德烈对于叙事概念的界定已经基本接近现代人们对于叙事的理解。当前西方学界比较一致的理解是:叙事就是讲故事,尤其强调故事内容和讲故事的形式之间的关系。叙事无处不在,文学中的叙事不同于生活叙事,生活叙事是真实的、零碎的、分散的,而文学叙事则是用话语虚构的,有开头、中间、结尾,是集中的一系列按时间顺序发生的事件。通过什么样的叙事方式或形式来讲述故事包含了作家个人太多的感受,也许是悲伤或是喜悦,也许是安详或是恐惧。这些感受、情绪、内心冲突,总是会贯穿于他的话语之中,读者在读这些故事的时候,就会不自觉地受感于作家的生命感悟,甚至会沉迷于作家所创作的生命世界不能自拔,这种方式下的讲故事就成了叙事。

与叙事概念对应的是"伦理"。一般而言,"伦理"与"道德"总是难分难解。事实上,在黑格尔(Hegel)之前,两者经常互用,几乎不作区分。到了黑格尔之后,西方伦理学界才相继有人提出区分观点。其中包括黑格尔的主客观区分法、保罗·科利(Paul Collier)的目的与规范区分法、威廉姆斯(Williams)的广义与狭窄系统区分法(伍茂国,2013:8-9)。无论如何,"伦理"与"道德"还是存在细微差别:"伦理"比"道德"更加书面化,道德是人们在社会生活实践中形成的关于善恶、是非观念、情感和行为习惯,是那些依

靠社会舆论、人们的内心信念和社会习俗来维持、完善和调节人与人、人与社会、人与自然的规范体系；伦理则倾向于说明人在社会生活和人际交往中的道德实践问题。伦理的基本问题是确保以某种方式在行为中有效地相互考虑与尊重，这是伦理学真理的核心，也就是说，在社会生活中越来越个体化的人，必须要有一种道德机制能够使之相互沟通，相互承认（龚群，2003：70）。可见，道德告诉人们在与他人及社会的关系中应当采取何种行为，可以超越具体生活视野而具有普遍性，而伦理则是对人们面对他人、社会的道德判断和道德选择的事实描述与可能性的设想，包括人们之间应当如何、人们之间事实如何等生活领域的问题。最为重要的一点是，道德倾向于道德中的确定成分，而伦理则重在讨论道德的不确定性，这与本专著中强调的"叙事伦理批评中研究的就是道德的模糊性"思想是一致的。

无论是柏拉图（Plato）还是亚里士多德都认为艺术具有不可分割的道德属性，因为艺术引导人类的情感，而情感一般看作广义上的道德构成要素，所以艺术自然而然内含着道德那样的价值功能，影响我们看待世界的方式，同时也影响我们与世界的联系（舍勒肯斯，2010：13）。显然，对道德的陈述和探究是艺术的一个主要功能，而作为艺术一翼的文学的伦理功能，相比较而言，则显得更加丰富与多姿。本雅明（Walter Benjamin）这样总结叙事基本伦理关怀：第一，有用性可能寓于一种伦理观念；第二，可能寓于某种实用建议；第三，可能寓于一条谚语或警句。在每一种情况下，讲故事的人都向读者提出了忠告（陈永国、马海良，1999：294）。本雅明的观点印证了文学叙事的伦理功能。叙事与伦理的结合有着传统理论基础可循。

在西方，第一个将"叙事"与"伦理"联系在一起的是美国当代著名的文艺理论家韦恩·布斯（Wayne Booth）。他认为："作者对非人格化、不确定的技巧选择有着一个道德尺度，一位作者负有义务，尽可能的澄清他的道德立场（布斯，1987：434）。"布斯的观点不可避免地带有传统道德批评的烙印。随后，美国学者亚当·桑查瑞·纽顿（Adam Zachary Newton）在热奈特、布斯等人方法、观点的基础上，提出"叙事伦理（narrative ethic）"的概念。纽顿不仅对叙事伦理的哲学背景进行了必要的梳理，从而奠定了叙事伦理的理论立场，而且集中阐释了由叙述行为所引起的论述者、倾听者、读者和文本之间的相互关系与伦理对话。纽顿的观点尊重他者的不同性和差异性,关注结构和形式分析的伦理结果。他把叙事中的道德看成一种艺术和技巧,而不是对自然道德法规的反映和折射。这是对传统道德批评以既定的道德标准为核心手段的颠覆。纽顿的观点具有创新性。

　　国内学者较早关注并使用"叙事伦理"的当属学者刘小枫。他在《沉重的肉身——现代性伦理的故事纬语》的引子"叙事与伦理"中第一次明确提出"叙事伦理学"。他将伦理学划分为理性伦理学和叙事伦理学,且认为前者是探究一般伦理道德规则,关心道德的普遍情况,后者通过个人经历的叙事提出生命的感觉,营构具体的道德意识和伦理诉求,关心道德的特殊情况。同时,刘小枫还把叙事伦理的诞生看作是一桩现代性事件,叙事伦理是现代性伦理,体现伦理选择和伦理判断的偶在性、当下性和自由性(刘小枫,1999:1-11)。受刘小枫观点的启发和影响,此后越来越多的国内学者开始关注文学叙事伦理现象。谢有顺在发表的有关文学叙事伦理的批评文章中反复强调一种用灵魂用心抒写人类已经和潜在的多重生存境遇的叙事伦理,并提出"将生命关怀、灵魂叙事作为写作中必不可少的精神维度,以生命的宽广和仁慈来打量一切人和事(谢有顺,2005)"。伍茂国在《从叙事走向伦理——叙事伦理理论与实践》一书中,从基础理论与批评实践两方面聚焦叙事伦理,既有全面的理论阐释,又涉及切片式的文本分析,为当代叙事伦理研究的进一步深化提供了有益资源。耿占春、聂珍钊等学者也分别从不同视角探究文学叙事伦理的批评及研究。显然,国内从"叙事伦理"这一维度展开的文学研究基本呈两种走向,一种是以刘小枫、谢有顺为代表,通过对文学作品进行文本解读来探寻个体生命的伦理感受,一种是以伍茂国为代表,通过对叙事和伦理的交叉研究,探讨叙事伦理作为伦理批评新的发展方向。两种走向前者偏重于伦理学,后者偏重于叙事学,但皆为文学批评研究提供了更为开阔的思路。

　　至此,叙事和伦理的概念已经基本明确。"叙事"和"伦理"绝不是偶然结合在一起的新造词,二者的结合有其必然性和内在的逻辑性。现代社会宽松的政治环境,人们思想意识的开放,使文学叙事不再是道德规范的附庸。读者、作家、作品,都不再把文学转变为道德的求助,而是转向对道德不

确定性的诉求。叙事是作者或者叙述者通过想象性的语言、虚构的话语讲述故事,该故事可以是对社会生活的改造或是再改造,包含了人在其中的道德实践,也包含了生活领域的伦理问题。叙事并不是单纯地讲述一个故事,把一系列具有丰富性、生动性、复杂性情节的事件按照一定的因果关系、逻辑顺序组织起来,不单纯是给出一组话语、一种叙事行为。叙事是个体的,它是个体的言说,言说个体,在故事、叙事、叙述的构成下,讲述在社会这一大背景下个体的生活遭遇和他们的生命感觉。它的伦理意义就在于:在深刻故事的背后开启一个可以无限阐释的意义空间;在于面对故事中个体的生活遭遇和生命感受,人们必须承担的伦理责任,在于置身于他者的故事中,人们各自的伦理取向和相互间的伦理对话。

综上所述,叙事是用话语虚构社会生活事件过程,叙事伦理是用话语虚构的伦理,而叙事伦理批评就是通过虚构的话语,探究其背后和其中深隐的身体性灵和个体伦理经纬,以及作者、读者和人物之间的伦理遭遇。叙事伦理批评与其他文学批评的不同之处在于它更加注重个体的生命感受,凸显道德评判的困境,把形式与内容结合在一起,挖掘作者、读者、人物和文本之间的伦理学对话与交流。叙事伦理评论可以从三个方面加以理解:一是叙事文本讲述的个体或群体的伦理遭遇,以及叙述故事伦理;二是叙事语言的伦理性,以及叙事话语伦理;三是叙事文本在被创作和阅读过程中,存在着作者、读者、人物之间的伦理对话交流,即阐释伦理。传统的伦理批评在"文学是对现实生活的反映"这一占统治地位的文学观念的影响下,夸大文学的传声筒作用,总是以现实理性的规范伦理和道德风俗评价文学中的道德意义,总是想要以正统的思想给文学一个明确的道德立场。而叙事伦理批评走的是主体间平等的对话路线,文学本身就区别于生活,它甚至拒斥现实,以一种反对话语的姿态出现,如果以现实的规范伦理和道德风俗作决定性的批判标准,那只会扭曲文学,从这点上看,叙事伦理批评是尊重文学的批评方法。叙事伦理批评将叙事学和伦理批评相结合,既弥补传统道德批评的缺陷,又在文本形式和内容上深入挖掘作品的伦理思想,在尊重个体生命感觉的基础上,有助于深入分析、理解和批评当下伦理道德危机。

3.1.2　希拉里·曼特尔小说的叙事伦理

希拉里·曼特尔是一位很会"讲故事"的作家,在英国当代文坛的作家中可谓技术高超,成绩斐然。自 1985 年发表处女作至今,出版的长篇小说已达 11 部,其中有 2 部已经成为布克文学奖获奖作品。更为难得的是,曼特尔的小说时常会给文坛带来不同于以往创作的审美体验,这种持续且多变的创作风格引起了国内外当代文学研究学界的广泛关注。总体而言,目前学界对曼特尔小说的创作研究大致可分为两个阶段:布克奖前和布克奖后。2009 年获得布克奖之前,曼特尔已经有较多的创作,其中不乏获得温尼弗雷德·霍尔比纪念奖、切尔滕纳姆奖、英国南部文学奖的《弗勒德》,获得周日快报年度小说奖的《一个更安全的地方》,获得霍桑登奖的《爱的考验》等优秀作品。然而,彼时国外文评界更多的是针对曼特尔相关单个作品进行点评,书评中主要有"恶毒的幽默"、"错综复杂的个人和政治关系、人性、迷失和身份等主题"、"超自然现象的存在"、"道德的模糊性"等评语,系统的研究并不多见,而国内对曼特尔的研究始于其获布克奖后。2009 年,曼特尔凭借小说《狼厅》摘得布克奖桂冠,2012 年她又凭借《提堂》再度获此殊荣。至此,研究者对其作品的研究已经渐渐深入,批评方法和切入角度呈现多样化的状态,主要从人性、超自然现象、叙事技巧以及文化与民族身份建构等视角进行研究评论,但更多的笔墨篇幅主要用来展现布克奖作品《狼厅》和《提堂》的精彩之处。相关的研究成果本书已经在前面梳理探讨过了,此处不再赘述。所有国内外关于曼特尔作品的研究为本书研究曼特尔提供了宝贵的资源。

显然,尽管研究者们所选取的批评方法和切入角度越来越多元化,但是以"叙事伦理"这一学术理论为切入视角的学术论文并不多见,只有少许的文学评论认为曼特尔的作品涉及"道德的模糊性"、"第三人称的叙事视角及新历史主义视角"等叙事伦理的一些特点。叙事伦理关注的是特殊的道德行为,并拒绝社会规范的伦理判断。读者通过阅读故事所产生的感受就是一种伦理反应,是叙事让故事参与到人的生活、精神中,并使个体的命运被关注、被呵护。当故事成了叙事,叙事成了一种伦理时,现代意义上小说的

叙事伦理才算是真正诞生。

小说作为一种叙事，它关怀个体命运，研究生命展开过程，也说出生命的希冀和慰藉——而生命的在与如何在，正是叙事文学最为重要的伦理关切（谢有顺，2010：11）。从总体上看，曼特尔小说所呈现的文学特征还是比较明显的，如关注人性、家庭问题、女性生存状态等等，这些特征为"叙事伦理"这一批评方法提供了丰富的研究资源。米兰·昆德拉（Milan Kundera）认为小说发展的过程是一条从无限广阔的外部世界缩小到内心世界的过程，这是现代性的根本征兆之一。小说的道路就像与现代平行发展的一部历史（昆德拉，1992：16）。小说作为人类现代性意识的产物，不可避免地会产生"私人的痛苦"，这种感受就是一种伦理。不难看出，曼特尔的作品侧重于个体的伦理感受，从伦理角度切入曼特尔的小说无可厚非。小说的内容与叙事不可分割，曼特尔总是有意或无意地通过各种叙事形式在叙述过程中展现自己的伦理感受。现代小说的叙事伦理有两种呈现方式，要解读曼特尔的伦理思想和伦理姿态，必然无法脱离对这两种呈现方式的阐释：其一是故事层面的叙事伦理，它关注小说的文本内容，是对"为什么如此"的阐释评价，这一层面体现着作家主体性的叙事目的、文化选择、道德价值判断等文化精神。在叙事原则上，它关注叙事文本中集体伦理向个体自由伦理的精神主题变迁，个体是如何应对因现代性而随之出现的诸多问题，比如个人存在、价值虚无、道德沦丧等。其二是叙述层面的叙事伦理，它关注小说的叙事形式，是对"怎样进行叙事"的阐释评价，它和小说主题学之间具有密切的直射关系，通过各种叙事技巧和策略让故事结构、叙述方式、时间安排等发生协同作用，也从另一方面反映出作者的思想感情、信仰和价值观念。围绕曼特尔的小说进行细读分析，不难阐释曼特尔所要呈现的伦理态度。小说表现了生活的丰富性，却证明了人生的深刻困惑。一方面曼特尔的小说叙事内容，即叙事的故事层面从未放弃对伦理话题的关注，另一方面，曼特尔的小说在叙述过程和叙述形式的夹壁中暗含着无穷的伦理实像。曼特尔的小说在关注个体生命感受、凸显道德批评的困境过程中，凸显了叙事伦理的价值和意义。

第一，曼特尔的小说叙事关注个体的生命感受，凸显对生命意识的尊重与包容。叙事伦理是一种生存伦理(谢有顺,2010:6),因而它关注的是个体的存在状态。如果按照昆德拉对存在的理解就是把存在看成是人的可能的场所,从而使"可能性"成为理解人的生存与存在的重要维度,那么小说叙事伦理就是发现人们这种或那种可能性。从这一维度来考察曼特尔的小说创作,可以发现,曼特尔正是以尊重个体生命感觉为根本出发点而创作小说的。"小说的魅力就是要唤醒读者的责任意识,如果读者去审视词语本身,他就丢失了意义,只剩下令人生厌的为使句子均衡而花的心思(施康强,1991:100)。"曼特尔通过她的小说叙事,使每一个在场者走进她所设定的独特人物的独特生活中,尤其是他们内心的各种经历。每一个生命都值得仔细审视,都有自己的秘密和梦想。曼特尔的小说呈现出的是人类丰富而复杂的"生活世界"本身和存在的多种可能性。

《每天都是母亲节》、《空白财产》中的伊芙琳·阿克森和女儿穆里尔、《弗勒德》中的安格温神父和弗勒德神父、《变温》中的拉尔夫和安娜夫妇、《狼厅》和《提堂》中的"他"托马斯·克伦威尔、亨利国王、安妮王后、托马斯·莫尔等等,每部小说都让我们感受到了一个个鲜活而平凡的个体存在。曼特尔并不仅仅为了塑造一个个典型的人物形象,而是透过这些形象,揭露人类当前的生存现状和困境。"那只是一个角度、一个作家、一个个体,对某个现象的思索,对人性、自然或社会的理解(荒林、张洁,2005)。"小说中的人物及其感受,他们对事物的情感意志的总体取向,并不是一开始就拥有纯粹审美形式,而是首先受到作者的认识和伦理的界定,换句话说,作者在对小说做出形式上的直接审美反应之前,先要在认识伦理上做出反应,然后再把认识伦理(指道德上、心理学上、社会学上、哲学上等)经过判定的人物,从纯粹审美方面最终完成。当然,曼特尔的作品关注个体生命感受的同时,也关注社会背景和时代氛围。美国哲学家理查德·罗蒂认为小说人物是具体的和社会的植入,因此小说人物鼓励我们对照他们的行为反思我们自己的选择和行动(Larson,2001:8)。《每天都是母亲节》和《空白财产》中,社会福利事业和现代官僚政治的黑暗,导致小女孩穆里尔·阿克森意外怀孕,并在其母亲死后,从福利院回到老房子,展开一系列复仇行为。同时,在这样的社会背景中,婚外情常有发生,幼女怀孕并不少见(除了穆里尔,科林 18 岁

115

的幼稚女儿也怀孕了),小说标题《每天都是母亲节》意味着每天都可以是母亲节,但讽刺的是,小说中的父母亲过得并不好,柯林·西德尼和妹妹福罗伦斯一起把老母亲撵到一家养老院,而伊莎贝拉·菲尔德总是抱怨辱骂自己的父亲。小说展现了男女老幼形形色色的个体和他们的生活,不遗余力地挖掘人类生存的可能性。《变温》中,不同的社会环境表现出一样的生存困境:埃尔德雷德夫妇来到南方的暴力小镇生活,在那里儿子被劫持,并且惨遭杀害,身体器官被秘密卖到黑市;而当他们回到英国的诺福克小镇生活时,等待他们的是婚外情及家庭破裂等问题,由此引发人们思考这样一个问题——让世界发生巨大变化的问题到底是什么呢? 对漠视生命的恶行进行无情的揭露不正表达了作者对生存空间的无限渴望吗? 小说呈现出了人类丰富而复杂的"生活世界"本身和存在的多种可能性,如婚外恋情及家庭不幸,这难道不是作者对生命的道德悲悯吗?《加沙大街上的八个月》中,在沙特阿拉伯这样一个专制的社会环境中,女性受到严格的道德约束,不能开车,不能喝酒,不能单独出门,大街上男人们可以自由携带枪支,枪杀随时可能发生,整个社会都处在紧张恐怖的气氛中。在这样的背景下,生存是何其艰辛与不易,任何"可能性"都可能发生。在《狼厅》与《提堂》中,权力人物托马斯·克伦威尔在政坛上表现出阴险狡诈、诡计多端的一面,而在生活里,他则表现出忠君爱国、爱护妻儿、忠义两全的一面。曼特尔通过展示克伦威尔生活的细枝末节使得读者为这个角色所吸引,去关心他的计划、他的希望和恐惧,并试图和他一起去面对生活的压力与困惑。社会潜在的思想观念和伦理观念一直都在默默操纵着不同人生经历的形形色色的个体。"偶在的个体命运在按照历史进步规律设计的社会制度中,仍然是一片颤然随风飘落的树叶,不能决定自己飘落在哪里和如何落地,无论在多么美好的社会制度中,升和落都是及其伤人的(刘小枫,1999:227)。"曼特尔的小说关注个体生命,但其叙事离不开社会大背景,它要讲述的正是在社会大背景下形形色色的个体和他们的生活。它绝不是要图解历史情景,而是要发掘人类生存的可能性。叙事是人类行为和道德的结合点,叙事一旦执行,其中必然包含叙事人对世界的基本秩序的理解,他把散碎的生活事实组构成事件时,叙述就完成了规范与描述的自然转换。叙事和伦理在追求秩序的过程中,生活是其共享的素材。叙事让生活的意义和价值在生动的细节中展示出来,而伦理则是从规范出发提炼生活的意义和价值,二者是一致的关系。对像曼特尔这样的作家而言,在小说叙事中,真正重要的不是叙事中如何表达伦理观念,而是如何组织那些"偶然",使偶然成为秩序。正如英国著名文艺理论家维奥莱特·佩基(Violet Page)所言,小说叙事要实现其伦理教诲作用,必须由作家将收集到的生活素材按照事物本质重新组合,素材只是碎片,如果小说叙事只是重现这些碎片则无法实现伦理教诲功能,小说叙事只有重新排列生活碎片才能反映生活的本质、典型和普遍意义(殷企平、高奋、童燕萍,2001)。曼特尔具有很强的洞察力,她的小说志在挖掘个体与社会之间的错误与差异,以及个体命运的偶在性和不可预测性。只有掌握了叙事伦理这个研究视角,才能深刻了解现代人孤独、困顿及紊乱的生命,才能体验曼特尔探索和表达自己对世界和人生的感受和认识,体味曼特尔对个体生命的谅解和宽容。

第二,曼特尔的小说叙事具有道德模糊性,凸显道德批评的困境。就叙事伦理批评而言,对个体生命感觉的关注往往会导向道德评价上的悖论判断,伦理取向上的左右为难(焦晓燕,2007:18)。曼特尔的小说热衷于个体生命感觉的独特与例外,其深刻之处正在于一般情况下,个体在选择与社会与他人是走向融合还是分离时的两难境地和伦理困境,以及个体根深蒂固的"真理"面对强大的权威和铁定的现实时是该被否定还是坚持不懈。随着社会不断发展进步,现代伦理观念的构建伴随着传统伦理观念的逐步消解而行,因而现代小说叙事呈现出的是模糊叙事的特征,它往往不判断是非,不决断善恶,不给生活下结论。米兰·昆德拉说过:"将道德判断延异,这并非小说的不道德,而正是它的道德(昆德拉,1995:4)。"这种道德与人类无法根除的行为相对立,这种行为便是迫不及待地、不断地对所有人进行判断,这样的现行判断并不要求理解。显然,这种随时准备进行判断的热忱态度,从小说智慧的角度而言,是极度可憎的。换言之,如果作家进行小说叙事时将自己建立在自己的道德之上,根据预先存在的真理而设计人物,并急不可待地对所有人物进行判断,而不是真正去理解每个人物的内心感受和人生变故,那么这种行为是极不明智的。世上没有绝对的善与恶,也没有绝对的

美与丑，如果人们总是要对一个人或一件事情做出绝对的明确的善与恶、正与邪的评判，那这个世界将是恐怖的，无情的。这种绝对的道德判断行为不但不能做出正确的公正的评判，有时候反倒会扭曲、误解更多的人和事，使事实变得更加复杂。当然，小说家并不是绝对反对道德判断的合法性，而是暂时把它逐出小说之外。在小说空间里，终止道德判断是极为有意义的。恰恰在道德终止的地方，美学产生了作用（杨和平，熊元义，2015）。

　　"去理解，而不是去决断"（施康强，1991：8）是曼特尔小说叙事的重要伦理。曼特尔小说的艺术正在于使读者对作品中的人物产生好奇，并教他们试图去理解与自己的真理所不同的真理。不管是历史人物如克伦威尔、托马斯·莫尔、亨利八世、罗伯斯庇尔、丹东、德穆兰，还是普通人物如穆里尔·阿克森、伊莎贝尔·菲尔德、拉尔夫·埃尔德雷德和安娜·埃尔德雷德夫妇、弗朗西斯·肖恩，曼特尔笔下的个体既不是被自己完全掌握，也不是被社会完全操纵，而是在二者的中间地带艰难而又执着地勇往直前。小说中主人公的生命或许是脆弱的，但也是英雄的。这些个体的命运绝不是普遍的社会规则可以以一论十地加以解释、理解、判断的。小说突出欲望膨胀的"反常"个体的行为，通常在其背后隐藏着"正常"的社会规范伦理的权力操作，它表现在关系之中：自我的监督、自我与他人的对话、他人与社会的监督等。显然，曼特尔的小说空间有一个独立的"他者"世界存在，其作品中道德的模糊性特征所表达的价值判断信息表明作者放逐了确定和统一的伦理判断，而是选择在叙事的运作中摆出事实，让每个个体自行疗伤，自我品味，并做出对现行体制或是社会规范的一种质疑的态度，引发读者的深度思考。《狼厅》是关于都铎王朝的历史小说，里面涉及两个重要人物，托马斯·克伦威尔和托马斯·莫尔。在集体伦理视角下，一直以来，克伦威尔代表着邪恶，是反派人物，而莫尔则代表了正义，是正派人物，这一伦理态度可以从两幅肖像画中淋漓尽致地体现出来。在纽约弗里克博物馆（The Frick Museum）主厅墙壁上，挂着一幅幅恢弘的肖像画，任何来此参观的人，都会目睹一件件珍贵的馆藏陈列品。在庞大的壁炉两边，分别悬挂着德国著名的画家汉斯·霍尔拜因所作的两部肖像作品。左边是托马斯·莫尔的正面像，眼神仁慈温和，坚定的目光望着永恒的方向，貌似面对暴君亨利八世的迫害凛然无畏,右边则是托马斯·克伦威尔的侧面像,那是一副丑恶的嘴脸,贪婪的泡泡眼和宽大的鼻子,此时静坐在椅子上,犹如潜伏在某个角落里,佩戴玉器的手里抓着一本匿名的文件,他的目光看似透过中间的壁炉,永远地锁定在对面的摩尔身上,犹如一头饿狼在思索着如何处理面前的羊羔一般,不怀好意。从肖像中可见,霍尔拜因把克伦威尔妖魔化,同时对摩尔进行美化(圣人化),俩人的形象对比鲜明。这是一对静止在艺术作品里的敌人,他们的斗争暗示了都铎王朝那段混乱的历史故事:教会的死敌、亨利国王的走狗克伦威尔对坚持信仰、慷慨大方的圣人莫尔施加迫害,使其以背叛国王的罪名被处死。然而,这一集体伦理态度却遭到了曼特尔的质疑。文学理论家刘再复指出:"对文学作品中的人物性格,我们的观察的确需要一种开放性的审美眼光。所谓开放性,就是应当超越狭隘的、封闭式的世俗眼光。例如,在一般道德范围内,惩恶劝善的眼光是合理的,但是,在审美范围内,如果还仅仅是这样的眼光,那势必要求文学作品中的种种人物要么是善,要么是恶,非此即彼,可是,这样人物形象就会变成抽象的寓言作品。而开放式的审美眼光,则要求作家既站在现实的地上,又要站在比现实更高的审美观察点上,把人看成审美对象。一旦将人看成审美对象,那么不管是什么人,其内心世界都可以具有审美意义(刘再复,1999:122)。"作为当代优秀的小说家,曼特尔走进叙事,触摸个体,运用大量的艺术和技巧为读者展现了极为不同的两个托马斯的故事,让那些对这段历史坚信不疑的读者重新对两个人物进行了一番审视。《狼厅》中,克伦威尔出身卑微,但精明老练,他小心翼翼地侍奉残暴的亨利国王,利用自己的厚颜无耻和天生的小聪明,成功攫取了地位与财富,并拥有了前所未有的权力,在他周边的人相继落马丧命的时候,他却节节攀升,官运亨通。就克伦威尔臭名昭著这一伦理尴尬而言,曼特尔对这段吸引人的历史进行修正本身就是一次极大的文学突破。另外,她对莫尔的反转刻画也是一次相当成功的尝试。她推翻了受人爱戴的圣人莫尔形象,将他重塑成一个顽固的清教徒和虚伪的道学先生,他对亨利国王违抗教皇教谕的做法进行抵制,其动机包含了骄傲和虔诚两个因素。相比莫尔表面上的美德,克伦威尔所背负的罪恶似乎是明显的自我保护,是对人类务实精神的想象和憧憬。细读《狼厅》文本,读者不禁会对

曼特尔笔下的克伦威尔深表同情,而对莫尔则产生一些反感。这一新的伦理态度体现了文学思想的深刻性和人类情感的厚重性。对于两个托马斯,我们不能简单地用善恶、对错做出评价,每一个人都有自己独特的生活境遇,都有情有可原之处,我们所能做的是尽量对每一个独特的人所处的独特环境进行"同情的理解"和"理解的同情"。曼特尔塑造的人物形象超越了真正的道德判断,表现出了对个体生命的谅解和宽容,使现代人的伦理困境和伦理危机得到缓解,这是其形塑英国当代民族共同体的重要途径。

显然,在曼特尔的小说中,我们看到,无论是在问题家庭长大的复仇女孩穆里尔·阿克森,还是为了自身发泄郁闷与痛苦而陷入婚外恋的柯林·西德尼和拉尔夫·埃尔德雷德,亦或是为了自身生存而成为杀害圣人托马斯·莫尔和王后安妮·博林的刽子手克伦威尔,在他们身上都有着与传统伦理道德相违背之处。然而,叙事伦理学是一种模糊伦理学,它拒绝进入明确的道德世界,关注的是个体的命运和生命展开的过程,并传达出生命的希冀与慰藉。小说是道德审判被悬置的疆域,悬置道德判断并非小说的不道德,而是它的道德,没有明确的答案,本身就是作家及其作品负责任的表现。曼特尔创作一个道德审判被悬置的想象领域本身就是一项伟绩,不管是复仇女孩,婚外恋人,还是杀人魔头,人们都很难说清他的道德界限。穆里尔·阿克森从小和母亲相依为命,过着与世隔绝的生活,母亲守寡,且又是个女巫师,对她管教严苛,她所生活的社会环境又充斥着福利事业和现代官僚政治的黑暗,结果,在偶合与不可测的情况下,穆里尔身体和精神都遭受巨大的创伤:这个貌似弱智的女孩怀孕了。而实际上,她有自己的思想和秘密,从福利院逃出来后,她对曾经嘲笑和欺负过她的人展开了复仇。这样的故事,这样的人物,根本不能用传统的伦理规范来判断。而对于历史人物克伦威尔形象的重塑也正是如此。克伦威尔是个铁匠的儿子,从小生活贫困,父亲粗暴凶狠。他从小就离家逃命,凭借自身非凡的才能在欧洲大陆游历,参加战争,学习狡诈的法国人和虚伪的意大利人的语言和习俗,并最终带着满腹知识回到英国侍奉喜怒无常的国王,周旋于阴险凶狠的贵族圈,如履薄冰。这样的克伦威尔深受具有民主精神的现代读者所欢迎。曼特尔叙事虚构语境中的道德考量引导我们颠覆了对于穆里尔或克伦威尔等人的日常理性伦理判断。叙事伦理中的人物绝不能简单地用"善"或"恶"来定义,生活伦理中的"性善论"与"性恶论"无法涵括穆里尔或克伦威尔等人在独特的生活境遇中的伦理归罪。作者曼特尔显然也不想对作品中的这些人物做出明确的道德判断,她把这个任务留给了读者。正如英国后现代叙事理论家马克·科里(Mark Cory)所指出的那样,如果我们所进入的人物的内心世界是一个病态的心灵,或是一种扭曲的动机,或是一种邪恶之类的东西,它与我们已有的道德价值相违背,其结果就不会是同情,然而,正是通过对道德上令人生厌的人物表示同情而引起对作品的道德之争(科里,2003:23)。因此,从个体生命的感受出发,我们不能以道德或不道德来决断曼特尔小说中类似的故事情节。好的作品就应该是混沌的,不应简单做道德裁判的,不同的人能够被不同的点触动(孙小宁,严歌苓,2006)。正是由于优秀的小说具有"是非模糊"的特点,才能够使小说中的人或事具有无限的可能性,从而丰富了小说的内涵。小说叙事本身所具有的道德模糊性正是叙事伦理的本质特征,也是曼特尔小说叙事伦理的重要特点。曼特尔小说叙事的伟大之处正在于它包含了这样一种叙事伦理:"它高于人间的道德,关心生命和灵魂的细微变化;它所追问的不是现实的答案,而是心灵的回声;它不是回到社会学和道德意义上的问题,而是通过一种对人性深刻的体察和理解,提出它对世界和人心的创见(谢有顺,2005)。"

　　作为当代较有成就而又别具一格的小说家,曼特尔将小说题材基本锁定在家庭及家庭故事、鬼魂及超自然小说、历史及权力人物、女性及女性书写等方面,并试图表达个体、相对和多元的伦理感受,因而其作品的叙事伦理内涵在于,以人性为底蕴表达对生命意识的尊重和包容。"人道主义"是文学艺术王国中一面永远不会褪色的旗帜(徐岱,1990:46),它以人类生存需要为前提,而文学正是因为对人类命运的无限关怀而赢得了尊重。曼特尔小说叙事思想的生命本体从来没有离开过人道主义的语境,以人为本的创作宗旨一直伴随着曼特尔的创作生涯。曼特尔从小就和母亲与继父生活在一起,生父下落不明,这种不正常的家庭成长经历可能不像克伦威尔的家庭那样在身体上施暴,但却是造成了精神上的伤害。另外,曼特尔小时候是个天主教徒,后来却放弃了宗教信仰,尽管她和克伦威尔一样,不再像小时

候那样相信天主教,但在很多方面,宗教依然深刻影响着她的心灵。曼特尔大学毕业后,跟随丈夫到过南非,后来因为身体原因回国,还和丈夫离过婚,并且终生无法生育。这些坎坷的生活经历打开了曼特尔认识和体验复杂人性的大门,为她的文学创作奠定了坚实的基础。当下,由现代性引发的伦理困境、伦理焦虑深刻影响着人们的生活。曼特尔也加入了"文学是人学"的旗帜下,"借助于想象的翅膀实现对生命自由的体验(徐岱,1990:377)。"曼特尔以多样的笔触去描写人、揭露人性的阴暗面,讴歌人性中高贵美好的成分,这种坚守和信仰正是人文精神的内涵。当下社会中人们道德伦理思想的变化、自我意识的增强和思维方式的转变,要求在纷繁复杂的生活中张扬自己的个性,在普遍的道德规范与特殊的自我道德冲突中,体味自己的苦痛与无奈,抒写个体道德在悖论中选择的艰难,因而人文关怀首先是具体的对人的道德伦理关怀,其次才是对形而上的生命、自由、精神的关怀。人文文化的意义在于为人类"应怎样"生活提供了一种生存的智慧,从此出发,我们才真正能够寻找到意义的踪迹(徐岱,1999:93-124)。而曼特尔对这种踪迹的回应是,一方面阐明"文学作品所赋予我们的生活感是什么",并就小说文本所包含的、但未曾得到探求的价值观提出有关的伦理问题;另一方面,通过叙事加深人们对于"人应当如何生活"这一问题的理解。艺术的主要功能是对道德的陈述和对道德的探索(基维,2008:106),而文学叙事的伦理功能更加丰富多样,正如本雅明指出的那样,古典的故事是为了传承社群和氏族的伦理规范,促成共同体的历史与经验交流,让人们在时间链条或想象的秩序中取得身份认同(陈永国、马海良,1999:294),以人性为底蕴表达对生命意识的尊重和包容的文学叙事表达了曼特尔对当下社会思想多元化、行为多样化的宽容与理解,并最终体现其塑造共同体的思考维度。

3.2　谁之立场,何种伦理:《狼厅》与《提堂》的叙事视角研究

希拉里·曼特尔凭借历史小说《狼厅》和《提堂》,相继摘得英国布克文学奖桂冠,成为迄今为止英国历史上两获此项殊荣的唯一一位女性作家,跻身当代英国优秀历史小说家之列。《狼厅》和《提堂》是以英国都铎王朝为题

材的历史小说的姐妹篇,从托马斯·克伦威尔的视角出发,围绕国王亨利八世的婚姻危机,展现克伦威尔从普通的铁匠之子成长为权倾一时的政治人物的过程。曼特尔曾坦言,她最早从小学课本里认识克伦威尔,他一直被刻画成严肃、冷血、恶毒的"讨厌先生"的形象,和高贵儒雅的"好好先生"(Mr. Nice)托马斯·莫尔的形象形成鲜明的对比(Preston,2009)。然而,曼特尔对这一对比却不以为然。当某人遭到集体一致恶语中伤时,人们不禁会质疑其背后的原因。十二岁之前曼特尔一直信仰天主教,因而对于和她一样有宗教背景的托马斯·莫尔的"圣洁形象"表示深刻的怀疑。长大以后,曼特尔放弃了宗教信仰,并产生了从反向视角审视事物的心理。于是,创作《狼厅》时,她本能地对换了视角,引领读者以局外人的身份感受原本处于历史边缘的人物和不起眼的历史小事件,重塑克伦威尔这一英国文化传统上总是处于反面配角的历史角色,并颠覆莫尔的正人君子形象。可以说,伦理立场的逆转与叙事视角的转换为众所周知的历史输入了新鲜的血液,给读者带来了耳目一新的阅读体验。

或许因为这两个托马斯的形象在历史的宏大叙事中早就根深蒂固,或许因为小说里涉及了比较浓厚的政治色彩,如"完美政治家的多面性"、"权力的颠覆与抑制"、"政坛名臣,王室重臣"等议题,所以在伦理立场与叙事视角上,学界未能给予足够的重视。严格说来,叙事视角是一个叙述的立场问题,从叙事伦理的角度看,则是道德立场的问题,使用什么样的视角,很多时候决定了作者、叙述者或读者具有或秉持什么样的伦理观念和道德理想(伍茂国,2013:19)。小说家选用叙事视角时必定有其独特的创作意图指导。无论叙述者站在什么角度叙述故事,背后总是由实际意义上的作者在决定。作者所作的视角选择,暗含着希望传给小说读者意义价值的维度(伍茂国,2008:152)。曼特尔的视角选择是如何承载作者自身意识形态和价值观念的? 小说代表了谁之立场,表达了何种伦理?

3.2.1　故事层面的"隐含作者＝叙述者"及"主人翁＝聚焦者"叙事视角

法国著名电影理论家阿尔贝·拉费(Albert Ralph)对电影叙事进行界定时指出:"叙事是按照严密的决定论安排的(戈德罗、诺斯特,2005:14)。"

该观点表明了叙事世界的虚构性质,同时也暗示了叙事的主观性和与生俱来的立场性。叙事立场的体现离不开主体在叙述时观察和感知故事的角度及所涉及的视域——叙事视角。视角是"感知或认知的方位,被叙的情境与事件藉此得以表现(普林斯,2011:173)",亦即故事的叙述者站在何种角度给读者讲故事,因而叙事视角的研究离不开叙事文本的故事结构、叙述者的话语和人称、与故事和话语相关的意识形态层面的内容等方面。因而,在具体文本分析中,叙事视角可从三个层面来理解,即故事层、修辞层和意识形态层。就叙事伦理的角度而言,前两个层面具有一定的伦理意味,而后一个层面则更能体现文学的教诲功能和道德意义。

在《狼厅》和《提堂》中,主人翁托马斯·克伦威尔的想法有时候以第一人称、有时候以第二人称,大部分时候则以第三人称进行叙述,这是一种卓越的叙事技巧。一部结构复杂的长篇小说,具体叙述视角可以不止一种,而是多种视角的灵活转换和彼此配合(郜元宝,1990)。曼特尔选择聚焦小说主人翁克伦威尔,并设计以第三者的客观视角展开叙述。此处的第三者是故事叙述者,也是"隐含作者",贯穿整部作品,控制全篇的思想和立场,并附身在聚焦人物克伦威尔身上,随着克伦威尔一起生活在都铎王朝,说都铎话,看都铎人,这种"隐含作者=叙述者"及"主人翁=聚焦者"的叙事视角使叙述者更具有历史感,更利于用当代的方式传递历史的声音,同时也易于引起读者对主人翁的情感共鸣。故事《狼厅》一开始的时候,曼特尔就表明了自身的视角选择:

> 他顿时喘不过气来;他觉得自己可能要断气了。他的额头重新贴在地上;他趴在那儿等着,等沃尔特跳到他的身上。他的狗——贝拉——被关进了厕所,正在汪汪叫。他心里说,我会想念我的狗的。院子里有一股啤酒和血腥味。有人在河岸那边叫喊。他没有痛的感觉;不过也可能是全身都痛,他反而说不清具体痛哪儿了。但是他感觉到了凉意,仅仅是一个部位:是他的颧骨,因为颧骨正贴在鹅卵石上(曼特尔,2010:3)。

这是一段描写"他"正在遭受"沃尔特"毒打的画面。叙述者与人称、作者、人物的关系既是小说叙事视角研究的关键问题之一,也是理解故事内容的重要途径。段落里出现频率较高的"他"正是主人翁克伦威尔,也是小说的聚焦者,故事之外的叙述者(隐含作者)就附在"他"的思想中,正表述着从"他"的视角观察到的视觉体验。在叙事作品中,"聚焦"还具有视觉含义以外的意义,具有不同的侧面,如感知侧面涉及聚焦者的感官范围,心理侧面涉及聚焦者的思想和情感和意识形态侧面(姚锦清,1989:134)。因而,即便此处没有提及叙述者(常用第一人称"我"表示)的情感态度,读者也可以基于叙述者叙述的方式和语言特点形成一个关于"隐含作者"的立场态度。一段叙述中频率高达 11 次的人称代词"他"此时透露了叙述者的焦虑和担忧,"喘不过气"、"断气"、"贴"、"趴"、"全身都痛"等字眼揭露了故事主人翁克伦威尔作为平凡个体的存在所面临的生存现状与困境,暗示了叙述者的同情和悲伤。由于"隐含作者"的存在,即使叙述者和作者不是同一个人,也可以有及其相似的个性、人生阅历、阶级立场、价值观念。曼特尔的文学作品注重个体生命感受的叙事伦理特征在此可见一斑。

热奈特提出用"聚焦"调节和控制叙事,聚焦者则充当叙事视角的眼光。热奈特将聚焦分为三类:第一类,"零聚焦"或"无聚焦",即叙述者所知道的事情比人物知道的都多,用"叙述者>人物"表示;第二类,"内聚焦",叙述者只知道某个人物所知道的,用"叙述者=人物"表示;第三类,"外聚焦",叙述者所知道的情况比人物所知道的少,叙述者只描写人物的对话和行动,而不会揭示人物的思想感情,用"叙述者<人物"表示(热奈特,1990:122-133)。在《狼厅》和《提堂》中,曼特尔选用了"内聚焦"视角,即"叙述者=人物"视角,叙述者所描述的一切事情都是基于故事人物克伦威尔的角度进行的,因而克伦威尔知道的东西,叙述者也知道,克伦威尔不知道的,他也不知道,选用了某类叙事聚焦,也就选择了信息数量,叙述者的信息数量来自聚焦者克伦威尔。作者选用克伦威尔为叙事聚焦者行为本身已经向读者传达了作者情感色彩和态度立场,她选择从克伦威尔的视角来观察事件,不论这个视角是多么主观化和不可靠。

3.2.2　修辞层面的展示型视角与第三人称有限视角

修辞是一种表达技巧，是追求最佳表达效果的手段和方法。小说修辞强调作者如何用一整套技巧来调整他与读者、小说内容之间的三角关系，包括文本外的创作构思和文本内的遣词造句（浦安迪，1996：102）。叙事视角是作者实现小说故事表达效果的基本技巧，选择何种视角是讲故事的基础。托多罗夫认为："构成故事环境的各种事实从来不是'以它们自身'出现，而总是根据某种眼光、观察点呈现在我们面前的（寅德，1989：65）。"显然，故事是被叙述的内容，话语是表达故事的方式，"事实"必须经由叙述者的叙述才能够成为故事。叙述则离不开某种眼光和观察点，即视角。叙事视角的修辞意义既体现在整体的叙事层面的表达方式，如叙事作品是采用讲述的方式还是展示的方式呈现故事，又体现在具体修辞格在小说语言中的运用，如人称、时态等形式的使用（李建军，2003：105）。曼特尔在《狼厅》和《提堂》的创作中发挥了自身高超的展示技巧，并选用第三人称有限视角来增强叙事效果。作品中历史事件与作者自由发挥想象力的巧妙融合使曼特尔的展示技巧得以充分体现。曼特尔把展示焦点更多地是定位在主人翁托马斯的意识活动方面，通过人物的意识来描写生活，呈现伟大恢弘的英国都铎王朝，她甚至将克伦威尔直接当作事件的记录员和摄录机，读者知道的仅仅是克伦威尔知道的。

他知道国王很虔诚，害怕变化。他想改革教会，想让它回归本色；于此同时，他还想要钱。不过作为一个巨蟹座的人，他朝着自己的目标迂回前进：侧着身子，缓缓横行。他注视着亨利浏览那些交到他手上的数据。算不上是财富，对国王而言算不上：不是一大笔财富。但不久之后，亨利可能会考虑大修道院，考虑那些只关注自己利益的胖修道院院长。我们暂且先起步吧。他说，我在许多修道院院长那儿做过客，看到他们细细品味葡萄干和枣子，而僧侣们吃的却总是鲱鱼。他想，如果按我的意思，我会将他们全部遣散，去过另一种日子。他们声称过着使徒的生活；可你不会发现使徒们抚摸彼此的下体。那些想走的就让他们走。已被任命为牧师的僧侣可以被授予圣职，在教区里做些有益的事情。至于

二十四岁以下的、无论男女,都可以让他们还俗。他们还太年轻,不能用誓言将

他们束缚终生(曼特尔,2014:41)。

　　这一段通过"他知道"、"他说"、他想"等视角,表达了克伦威尔的意识活动。作者在描写和展示的过程中,尽量避免对故事的介入,更没有摆出作者个人的主观性话语,而是让故事自己在讲述。克伦威尔就像一部记录机器,他的思想意识里记录了 16 世纪初英格兰政治、宗教、经济的一些图景。现代小说,可以称作是无我的艺术,要呈现而不是讲述(维姆萨特、布鲁克斯,1987:630 - 631)。曼特尔引领读者进入克伦威尔的思想意识,聚焦克伦威尔,从他的视角、行为、心理活动出发,推动故事情节向前发展。然而,即便是"展示"故事而不是"讲述"故事,即便强调修辞的描写和展示技巧,让人物更加客观地呈现自己,作者的主观介入在叙事作品中几乎是不可避免的,只是可以选择不同的方式进行。没有作者视点的小说是不存在的(李建军,2003:119)。曼特尔选择历史小说创作,就意味着已经选择了自己想要的方式创造和讲述故事。在卢柏克(Percy Lubbock)看来,小说技巧无论如何都体现和暗含了小说家的某种价值倾向,叙事视角既是故事得以呈现的手段,又是作者间接表达价值判断、立场的途径(陈思羽,2011:12)。叙事中,选择聚焦主人翁克伦威尔展开叙述的行为本身就体现了曼特尔主观性与目的性的介入。如前文所言,曼特尔因质疑克伦威尔"阴冷残酷"的历史形象而产生创作《狼厅》的动机,她独辟蹊径,透过克伦威尔的视角带领读者重新审视历史事件和人物。站在克伦威尔的立场讲述故事已经表明了作者的态度:克伦威尔做事细致,为人处事坚守自己的为臣之道,他审时度势,密切关注国王的情绪与心情;他精于算计,对宗教改革面临的困境了然于心,并早就构思了解决之道;他尊重人性,对僧侣表现出强烈的人文关怀。曼特尔笔下的克伦威尔具有残酷的狼性,但他的利爪和残酷是对这个"人对人是狼"的世界的防卫武器,读者能从故事展示技巧中感同身受地体会到他在艰难的环境中,以狼的面目奋力生存,同时也体会到他内心涌动的人性的力量。

　　作品的叙事视角与人称的使用关系密切。在热奈特对叙事视角分类的基础上,申丹对人称和视角的关系进行了分类:第一类,零聚焦,即传统的第

三人称全知叙述视角;第二类,内聚焦,包括第三人称人物的有限视角和第一人称的经历型有限视角;第三类,第一人称的外聚焦,包括第一人称叙述者追忆往事的回顾型视角和处于故事边缘的第一人称见证人视角;第四类,第三人称外聚焦,即外部观察者的视角(申丹,2004:218)。就《狼厅》与《提堂》故事、人物与视角的关系而言,曼特尔选用了第三人称人物的有限视角。通常而言,第三人称应该以全知的视角进行叙述,但当叙述者是故事中的某一人物时眼光就受到了限制。《狼厅》和《提堂》的叙述者不是克伦威尔,却是附身在其身上的"隐含作者",这样的叙述者只能从克伦威尔的视角了解故事的进展,因而叙述的内容就受到了限制。视角的本质就是对信息的限制(热奈特,1990:126)。作者选择了克伦威尔为叙事视角就意味着排除了托马斯·莫尔、亨利八世、安妮·博林等其他视角的信息和所观察的内容,因而《狼厅》与《提堂》虽然也探讨了权力攫取的阴险残酷、对男性继承人的强烈渴望、欺诈敌对的夫妻关系等问题,却更多是为了增强克伦威尔这个第三人称有限视角的表现效果,制造更多的故事悬念。

> 他读信写信。有什么东西引起了他的注意。他站起身,透过窗户,朝下面的小径望去。窗格很小,玻璃还有些模糊,因此他得伸长了脖子,才能看个究竟。他想,可以把我的玻璃工人派来,帮助西摩家更清楚地看世界。他有一帮荷兰人,负责维护他的各处房产。在他之前,他们曾经效力于红衣主教(曼特尔,2014:25)。

引文里的"西摩家"正是指狼厅,此时,亨利八世正在狼厅度假。吃过晚饭后,亨利和简·西摩正在花园里散步。这一幕正巧被克伦威尔透过窗户看到了,读者只好跟着克伦威尔的视角,克伦威尔不知道的事情读者也就无从得知,从而为小说制造了悬念。此时的克伦威尔再精明能干,也只是预感到亨利国王对简·西摩有点意思,因而想着要未雨绸缪,拉拢西摩一家,却怎么也想不到对男性继承人的强烈渴望会促使亨利很快处死安妮·博林,迎娶简·西摩为第三任王后,他更想不到,随着安妮·博林的垮台,他的权力到达顶峰,却也迎来了自己的末日——在狼厅被斩首。第三人称人物的有限视角更好地传达了作者的创作思想。

除了第三人称"他"的魅力，《狼厅》和《提堂》的呈现故事的技巧还体现在时态的运用上。除了大胆选用处于历史边缘的小人物克伦威尔的视角来讲故事，《狼厅》和《提堂》区别于其他历史小说的一个显著特点便是它的时态——它采用现在时、而不是过去时来叙述故事。通过现在时的叙述，曼特尔把读者带入了都铎王朝历史现场，就好像这些并不是发生在五百多年前的、已经尘埃落定的往事，而是一个动态的发展过程，由个人命运、意志及社会的变化共同形塑，具有偶发性和不可预测性。读者随着克伦威尔一起观察、判断、行动，用"正在经历"的眼光来叙述，从而产生强烈的体验效果，将作者的主观意图潜移默化地表现在叙述中：历史就是微不足道的事件变成重大事件，就是边缘人物以不可预知的方式变成中心人物。曼特尔以克伦威尔的视角，将人们熟知的历史转向审视，她选取历史记录中的鲜活场景，通过克伦威尔的视角重新诠释，因而使外在的历史事件获得了内心的角度，变得与史书所述迥然不同。

3.2.3　意识形态层面的"内聚焦"视角

视角的叙事伦理意义集中体现于意识形态层面。一般而言，意识形态既可以作为整体社会的观念系统的指称，也可以是某个个体在特定历史、社会条件下产生的独特观念体系，是关于理性判断和价值评价的概念（陈思羽，2011：40）。就文学叙事而言，意识形态不仅存在于叙述者的叙述中，还存在于作者的叙事行为中，不仅存在于作品内部还存在于作品之外。英国学者马克·柯里（Mark Currie）认为，叙事中的意识形态是确立主体身份的重要途径（柯里，2003：15）。尽管从主体角度看，叙事视角包含了作者视角、叙述者视角及人物视角，但无论叙述者站在何种角度叙述故事，最终的选择主体还是作者。叙事视角是承担叙事中意识形态内容的重要载体，换句话说，叙事中的视角具有意识形态的意义，视角的选择，暗含着选择主体所欲传达给受者的意义或价值选择，对视角进行分析既是对作者意图的揭示，也是对读者影响的研究。

热奈特将视角分为零聚焦、内聚焦、外聚焦，其中现代叙事更为常见的

内聚焦叙事视角使得伦理判断呈现更多的可能性。在克伦威尔系列小说中,作者曼特尔选择"内聚焦"视角,由叙述者来传达她的伦理意图与目的,小说中的叙述者依附在故事中的特定人物克伦威尔的思想意识中,并随其一起融入故事进程中,叙述者的视角受到克伦威尔视角的限制,其伦理态度和道德判断也因而具有更大的主观性。从意识形态层面分析《狼厅》和《提堂》的"内聚焦"视角,实际上就是分析叙述者视角如何在作品中评价并在伦理价值上接受他所描述的世界。《狼厅》和《提堂》的"内聚焦"视角的伦理意义首先是通过调节叙事角度,从而控制与人物的距离实现的。这种距离控制除了直接的伦理价值调距,有时对信息流通量、信息来源及信息表达方式的精心控制也会影响读者的伦理判断。曼特尔笔下的克伦威尔野心勃勃,冷酷无情,阴险狡诈,但读者却还是义无反顾地对他产生伦理同情,主要原因有三:首先,将克伦威尔作为聚焦者拉近了读者与人物的距离,因为故事虽然由第三人称叙述,但事情却透过克伦威尔的眼睛看到,通过他进行思索和聚焦,读者会不由自主地和他站在同一面而不是对立面,会忽视他的缺点,对他产生理解和同情。内聚焦视角可以创造一种不受中介的阻碍而直接接近克伦威尔的幻觉,因而对他的性格评价直截了当而不受任何限制。持续的内聚焦视角导致读者希望他们认同的人物有好命运,而不管其实际的道德品质如何。通过克伦威尔进行聚焦,读者就不会接受可能对他产生隔膜的别的视角,而如果采用另一人物托马斯·莫尔的视角进行叙事,读者肯定会更喜欢他而不是克伦威尔了。可见,对内聚焦视角的控制保持了读者对克伦威尔的理解和同情,不至于对他先入为主地进行判断,同时读者也清楚地看到了克伦威尔的不足之处,叙述者就不必对他进行道德判断了。

《狼厅》和《提堂》的内聚焦视角达到伦理意义的第二种方式是通过克伦威尔的自省方式表达一般视角所无法表达的伦理态度。正如现代小说中经常出现的"傻子视角"(也称"白痴视角",包括其变形类型,如"儿童视角"、"疯子视角"等等),自省状态中的克伦威尔是典型的特殊人物,常常表现出迷茫、困惑、发呆、自言自语、自我思考等典型特征。选择自省状态中的克伦威尔作为视角人物主要是为了通过非常态的"呆傻"(思考状态)造成与常态社会伦理的不协调性,从而引导读者达到另一种更本真的伦理理解。小说中,作者塑造了一个自我怀疑与自我反思并存的克伦威尔形象,犹如莎士比亚笔下的哈姆雷特王子,总是自我内省、自我质疑。看着汉斯为其所作的肖像画时,他感叹到,"天啊,我看上去就像个杀人犯,"他的儿子格利高里说,您难道不知道吗(曼特尔,2014:6)? 一般人不会承认自己是"杀人犯",除非是傻子或是疯子。父子的对话显示克伦威尔内心对自身所作所为的伦理思考与担忧,而聚集这种非常态的克伦威尔更能让读者产生伦理怀疑与思考。在大多数都铎文化作品中,克伦威尔都被刻画成一个十足的恶棍,而曼特尔的克伦威尔则具有现代人所欣赏的素质:吃苦耐劳,敏锐的政治才能,超强的工作能力。

> 半夜时分,府里的人全都休息之后,他却没有入睡,脑海里思绪万千。他想,我从来没有为了爱而彻夜难眠,尽管诗人说这很平常。现在,我却为了截然相反的感情而毫无睡意。不过话说回来,对安妮,他并没有恨,而只有淡漠。他甚至不恨弗朗西斯·韦斯顿,就像你不会恨一只叮人的蚊子一样;你只是想上帝为什么要创造它。他可怜马克,但回头想想,我们都当他是孩子:我像马克这么大的时候,已经漂洋过海和穿越欧洲诸国的边界。我曾经躺在沟里叫喊,并艰难地挣扎出来,让自己踏上漂泊之路:不是一次而是两次,一次是逃离我父亲,还有一次是逃离战场上的西班牙人。我像马克或弗朗西斯·韦斯顿这么大的时候,已经崭露头角,而早在我像乔治·博林这么大之前,就已经在处理欧洲的生意了;在安特卫普,我干过破门而入的事情;而回到英格兰,我已经改头换面。我一直在使用别国的语言,让我欣喜和意外的是,我的母语说得比当年离开时还要流利;我向红衣主教毛遂自荐,与此同时,我娶妻成家,并在法庭上表现不凡,我会走进法庭,朝法官们微笑示意,讲起话来有理有据,条理清晰,而法官们很高兴我跟他们笑脸相对,而不是咄咄逼人,所以往往会支持我。人生中许多看似灾难的事情其实并非灾难。几乎任何事情都可能有转机:出了每一条沟,都会有一条路,只要你能看得见(曼特尔,2014:262)。

此处克伦威尔的内心意识活动主要采用了第一人称叙事方式,视角人物"我"兼有两个主体,一是"叙述主体",即故事讲述者;一是"体验主体",即体验故事者。作为叙述主体,聚焦的是话语层,作为体验主体,聚焦则属于

故事层（申丹，2004：209－210）。克伦威尔一方面作为叙述者，正在追忆经历过的事件，另一方面，他作为体验者，是过去正在经历事件的亲身感受者。双重的聚焦体现出叙述者不同视角对伦理的不同意识，构成了两个时空的伦理对话关系。铁匠的儿子克伦威尔是如何一步一步爬上权力的最顶峰，最终成为一人之下万人之上的艾萨克斯公爵的呢？上面这段克伦威尔的内心思想活动不仅仅为读者回答了这一问题，同时也为克伦威尔的伦理形象进行了辩解。读者能够随着克伦威尔的追忆和体验感受到他那仿佛身陷狼穴的处境：他伴随的是喜怒无常的君王，周围是虎视眈眈的王公贵族，稍有不慎，他便会万劫不复。对于历经千难万险但顽强活下来，并一步步崛起的克伦威尔来说，生存、保全自我，几乎是一种本能，他所做的一切仅仅是为了"找到一种更容易的生活方式"（热奈特，1990：39）而已。当年那个遭受父亲毒打的少年早已深谙这是一个冷漠残酷的世界，他伸出无情冷酷的利爪以保护自己：他在逆境中成长，经历了常人难以想象的艰难困苦；他心思缜密，冷酷理性，对待对手与敌人毫不手软；他善解人意，对待亲人朋友慷慨大方，细心周到。这种自省中的克伦威尔视角选择显得克伦威尔更富有同情心和人情味，使得人物的塑造更加立体化，使得小说的情节更加令人信服，也体现了作者对人物的同情与赞赏之情。

任何叙事都离不开叙事视角，对视角的选择决定了小说叙事的情节结构和人物塑造，代表了作者对故事的评价，表明了作者的态度，"观看一个事件的角度就决定了事件本身的意义（劳逊，1961：466）。"美国学者华莱士·马丁（Wallace Martin）通过对小说家的创作进行分析后指出："很多情况中，如果视角被改变，一个故事就会变得面目全非甚至无影无踪。……叙事视角不是作为一个传送情节给读者的附属物后加上去的，相反，在绝大多数现代叙事作品中，正是叙事视角创建了兴趣、冲突、悬念乃至情节本身（马丁，2005：129－130）。"《狼厅》和《提堂》聚焦主人公克伦威尔，以克伦威尔的所见所闻所思及其亲身经历的事件展开叙事，引领读者深刻体会他那"狼性"与"人性"交织的复杂个性。残酷的现实、血腥的政治斗争造就了他的"狼性"，但"人性"的力量也同时驱使着他，让他舐犊情深，同情弱者，推行宗教政治改革，完成历史使命，成为英国新时代的推手。曼特尔通过文学想象

为读者呈现出一个独特的都铎王朝,而选择克伦威尔为叙事视角则是这种
想象的基础。读者在阅读小说的时候会受到故事呈现方式的影响,从而更
便于接收到作者的创作意图甚至接受作者的道德判断和价值判断。在小说
中,曼特尔抛弃了绝对的集体价值观念,重新评价过去世界以及自己所处的
现实世界的价值。曼特尔的都铎系列小说让读者重新审视克伦威尔的政治
人生和内心世界,使现代人感同身受地体会到他在艰难的环境中所体现出
的狼性和人性,让读者和作者一样,对其产生更多的伦理理解和同情。

3.3 《狼厅》与《提堂》的反讽叙事与伦理乌托邦建构

文学作品是在作者对世界感受的基础上构思和书写出来,并在与外界
的传播与交流中实现它的意义,因而文学作品绝不是一个独立自主、与世隔
绝的结构模型,而是在精神层面和内涵蕴积中所建立起来的与世界的关系
模式。研究《狼厅》与《提堂》,不能仅仅停留在文本的安排方式、技巧层面
上,而应当由它们对世界的表现方式深入到作者对世界的感受方式,探索它
们的深层结构,研究它们与世界错综复杂的关系模式,从而进一步认识和理
解它们的意义和价值。从作品与世界的关系来看,历史小说《狼厅》与《提
堂》指涉了两个时代:都铎王朝与英国当下社会。都铎王朝的历史素材来源
于作者所了解到的英国历史的文本知识和民间记忆,而对这些素材进行选
择、整理、改造和书写则基于作者当下的个体感受,也即曼特尔对英国都铎
王朝历史记述的当下关照与再次书写。曼特尔的感受方式成为小说书写过
程的决定性因素,而这种感受方式的独特性则造就了作品结构面貌的独特
性。在表征历史上,英国当代小说家表现出了惊人的相似性——其创作大
多是"从现时的眼光,并用不同的历史纬度观照历史,从而赋予历史事件以
新的内涵"(杨金才,2009),因为在他们看来,"历史从此不再是一个文本,也
不是主导文本或主导叙事,而是需要借助某种文本形式或叙事模式来体现
的历史话语,即意识形态阐述的一种形式,或一种虚构的阐述(张文杰,
1984:16-17)。"在书写都铎王朝历史及塑造克伦威尔形象时,曼特尔就曾
在采访中直言:"但我觉得没有人能够像我这样去写。倒不是说我的写法就

最好,但这是我的独特的写法(恺蒂·格,2014)。"除采取了上述的新历史主义伦理立场外,曼特尔的独特"感受方式"还在于有意采用后现代小说家惯用的反讽叙事技巧。小说中的反讽叙事暴露了文本真实与历史真实之间的语境压力,从而拓宽与加深文本肌理,激发读者对过去历史的反思。

3.3.1 小说的标题呈现有力反讽

随着现代社会的发展和成熟,现代化进程中的各种矛盾、悖论和异化现象也充分显现出来,面对人与自然、人与社会、人与自身之间的种种尴尬关系,反讽日益成为人们认识和描述自我生存状况的一个实用概念,同时也成为人们从观念上应对和把握这个错综复杂的世界的一种有效方式。在文学艺术领域,反讽的概念逐渐从修辞手段、写作技巧,发展到作品的结构方式。在小说写作中,由现实真实所构成的语境和创作主体所叙述的文本真实之间往往存在明显的差距和间隔,从而构成语境(现实真实)对文本真实的压力,使读者从中悟出文本中所言非所是的讽刺意味,这便是反讽。美国学者帕特里克·哈南(Patrick Hanan)认为:"如果叙述者对他所讲到的人物或事件抱有讥讽的态度",反讽"也就可以构成作品整个结构或概念的一部分(哈南,1981:313)。"曼特尔两部布克奖小说中,反讽首先体现在书名设计上。在小说《狼厅》里,"狼厅"字眼并未有过多提及,只是在小说结尾部分有暗示,表明国王亨利八世准备前往狼厅度假,而到第二部《提堂》开篇处,故事接着《狼厅》的情节顺序发展,此时亨利八世正在狼厅和简·西摩花前月下,卿卿我我。至此,读者才大致明白"狼厅"乃是西摩一家的居所。反讽是自然而然发生的不协调现象,它主要是产生一种与艺术家表面上做出的努力完全相反的效果(米克,1992:28)。显然,《狼厅》小说文本越是淡化"狼厅",它的意义越重要。《狼厅》的标题至少有两层反讽含义。在狼厅,亨利八世正和简·西摩在花园里散步,这是一段新感情的开始,本应是美好与幸福的,然而,在这幅貌似温馨和谐的图景后面,却蕴含着对男性继承人的强烈渴望、失去孩子的悲痛、欺诈敌对的夫妻关系,甚至是死亡恐怖的气息。平静的面相背后是激流,美好的面相背后蕴含着阴谋和死亡。但见新人笑,不见旧人哭。亨利八世狼厅之行结束之后,现任王后安妮·博林就渐渐失宠,并不可避免地犯下克伦威尔为其设定好的"淫乱叛国"的罪行,最终被送上断头台。另一个层面,反讽正视和承认世界的非理性、易变性和多重性,放弃了决定性观念和整体性企求,表达了一种更为深刻的理性精神。"狼厅"表面上表示在伴君如伴虎的年代,在尔虞我诈的残酷政治斗争中,在"人对人便是狼"的世界里,克伦威尔具有残酷的狼性,他沉着冷静、心思缜密,对待对手与敌人毫不手软,他利用利爪和冷酷保护自己,并在亨利八世的冲动狂野、安妮的野心勃勃和贵族权臣的虎视眈眈中幸存下来,并大获全胜。然而"狼性"背后涌动着浓烈的人性,作者曼特尔赋予克伦威尔狼性更是为了突出他隐藏于心的鲜活人性。不管是点点滴滴的生活细节,还是那高瞻远瞩的革命理想,都展现了克伦威尔的人性关怀:他善解人意、舐犊情深、慷慨仗义,他忠君爱国、同情弱者、敢于担当,"狼性"与"人性"交织的复杂个性体现了曼特尔对他的同情与赞赏,这正是反讽明贬暗褒的基本作用。《提堂》的书名来自当时审判王后安妮·博林"淫乱叛国"罪时的一道法庭命令,通知负责关押皇亲国戚的伦敦塔监狱中的护卫将安妮的"同党"们"提堂"候审,实际上故事尾声表明这不过是国王为了摆脱与安妮的这段婚姻而指使克伦威尔设计的一个阴谋。反讽的深层结构隐含某种否定或矛盾,同时也暗示着批评(曾衍桃,2004)。小说中,"提堂"、"审判"都显示出明显的矛盾性,尽管安妮和她的同党们都被判了死刑,且"所有的程序都正当合法,取证时没有对任何人刑讯逼供(曼特尔,2014:343)",但是"没有什么是确定无疑的,国王的意愿⋯⋯够了,任何辩解都是徒劳(曼特尔,2014:344)",国王的意愿对"正当合法的提堂程序及刑讯过程"构成了有力的反讽。小说家的才智在于把一切肯定变成疑问(艾略特等,1999:76)。小说《提堂》的书名揭示了事物的模糊性,突出了对史实资料阐释的多种可能性,显示出较好的反讽效果。

3.3.2　两个托马斯的反转对比实现人物与情境的反讽式呈现

在人物塑造上,两个托马斯的反转对比实现人物与情境的反讽式呈现。小说中的人物性格通过作品所提供的情境来呈现,性格和情境相互作用推动小说情节向前发展,人物性格的特点、人物与情境的关系模式就在一定程

度上影响着作品的整体结构。曼特尔在都铎系列小说中,通过对主要人物性格的反讽式描绘和对人物与情境关系的反讽式呈现,将反讽提升至小说叙事的结构高度。《狼厅》与《提堂》中的人物与情境的反讽式呈现主要通过两个托马斯的反转对比得以实现。托马斯·克伦威尔是英国 16 世纪有名的政治家,一向声誉不佳,小人、恶棍、刽子手是大部分史实资料对他的描述;而他的对手托马斯·莫尔则一向极受礼赞,圣人君子、仁慈善良是他的写照。这样一对小人与圣人在小说文本中有怎样的性格和行为呢?其行为与动机对环境造成了怎样的影响呢?作品中,作者将小人与圣人进行多方面对比。克伦威尔出身卑微,从小生活贫困,父亲是粗俗的铁匠,整天酗酒,对儿子疏于管教,叔叔是当时的红衣主教约翰·莫顿的仆人,常给侄儿弄点剩菜剩饭吃,小克伦威尔偶尔会去莫顿家客串仆人以混口饭吃。莫尔的家庭背景在小说中没有明确的描述,但当克伦威尔在莫顿家当低下的仆人时,少年莫尔以学者的身份出现在那里,并有权享用仆人送上的睡前点心,足以说明莫尔家境不错,才能在红衣主教家做客。且克伦威尔还是粗俗的文盲时,莫尔就已经是彬彬有礼的学者,两者天生就存在巨大差距。人物性格和情境的相互作用推动故事发展。如今,克伦威尔仁慈善良,性格顽强,莫尔残暴冷酷,性格固执。克伦威尔同情那些落难的人,对遭到遗弃的贫穷女人和小孩施以援手,真心收留,在寒冷的冬天,把家里的肉和粮食拿去分给隔壁的穷人,对那些异教徒也表示理解和同情,并尽自己最大能力予以帮助,而莫尔则当众鞭打仆人,毫不留情地折磨并处死那些异教徒。克伦威尔谦恭有礼,孜孜不倦地辅助国王处理国家事务,不习惯为自己辩解,不习惯谈论自己的成就,相比较而言,莫尔就显得高傲自大。当年在莫顿家时,当小时候的克伦威尔问他在看什么书时,他笑着敷衍到:"只是一些文字(曼特尔,2010:109)。"后来莫尔受审时,克伦威尔劝说他宣誓支持国王来保全自己,得到的答案依然是莫尔式傲慢的回答:"文字,文字,仅仅是文字而已(曼特尔,2010:577 - 578)。"克伦威尔思想进步,与时俱进,他关注国家的命运和发展,推进宗教改革,同时审时度势,争取更好的未来,而莫尔思想僵化,固执守旧。作为高傲的知识分子,他依然用古典语言来培养自己的女儿,儿子连简单的主祷文都念得皱皱巴巴,作为顽固的基督徒,他反对革新,极力抓住过去已逝的东西。克伦威尔重视亲情,疼爱妻子,宠爱孩子,努力培养家族的后代,让他们接受良好的教育;莫尔专制无情,让女儿学习古典语言只是为了展现自己过人的才能,他反感文盲妻子,并在公共场合对她进行羞辱。《狼厅》小说结尾时,小人克伦威尔过得风生水起,而圣人莫尔则被送上了断头台。曼特尔在《狼厅》中借用克伦威尔之口提出了对"历史"的质疑:

> 你引历史为证,但对你来说,历史是什么呢? 是一面美化托马斯·莫尔的镜子。但我还有另一面镜子,我举起它,里面出现的却是一个爱慕虚荣的、危险的人,当我转动它时,还可以看到一个凶手,因为你会把不知道多少人拖下去,他们原本只会受受苦,而不用满足你那殉道的欲望(曼特尔,2010:553)。

通过鲜明对比,小人克伦威尔的形象变高大了,而圣人莫尔的形象则越来越渺小,这就暴露出史料的记载即人们对历史记忆的不确定性,颠覆了"恶棍克伦威尔,圣人托马斯·莫尔"的历史观,两个托马斯的反转刻画正是对这一历史观的有力反讽。

3.3.3　小说的伦理乌托邦建构

一部好的小说,其情节发展的驱动力往往来自贯穿作品内在结构的反讽基调(殷企平,1995:8－9)。调侃的叙述、嬉笑的态度、悖理的情境等往往隐匿着小说家对世界的认真思考,对自我的深刻反省。其智慧性的戏虐、嘲讽中,也往往深藏着对人生的艰难、沉重和苦涩的理解。著名的文学批评家卢卡奇(Ceorg Lukacs)认为小说整体反讽结构的最终旨趣在于创造现实中不存在的上帝,即乌托邦(卢卡奇,2004:63)。乌托邦一词源于托马斯·莫尔的《乌托邦》(*Utopia*),其原词是由希腊词根 ou(没有或好的)和 topos(地方)组成,表示"没有的地方"或"好地方"。作为政治概念,该词可理解为:(1)对当下政治批判的主导力量;(2)一种想象的并不存在的人类共同体;(3)对于现在和未来政治可能性的一种救赎行为(Hayden P, El-Ojeili C,2009:1)。如今,"大同世界"、"桃花源"、"理想国"、"共产主义"等词逐渐成

为"乌托邦"的代名词,表示"虚构的、美好的地方"。西方马克思主义把"乌托邦"当作一种赋予世界意义的功能手段,并且突出"乌托邦"构想对"异化"世界的批判功能(伍茂国,2013:151)。詹姆逊(Frederic Jameson)指出:"在目前环境下,人类生活业已被急剧地压缩为理性化、技术和市场这类事物,因而重新伸张改变这个世界的乌托邦要求就变得越发刻不容缓了(詹姆逊,1997:34-35)。"在他看来,人类生活最终的伦理目的是乌托邦,而小说叙事是这个乌托邦世界的最佳建构方式(詹姆逊,1995:147)。由此可见,作为对人类存在种种可能性的探究,小说叙事的基本面相之一就是伦理乌托邦的建构。在两部小说中,曼特尔正是通过反讽结构进行了"颠覆"与"重造",虚构了一个人伦乌托邦世界,表达了自身对整体社会伦理的重造理想。《狼厅》和《提堂》的情节主线清晰,故事主要讲述克伦威尔从乡野草民到国王宠臣的成长及发展过程,其中涉及的主要史料包括亨利八世的婚姻、处死托马斯·莫尔、处死安妮·博林等历史事件。都铎王朝是英国民族发展史上最重要的阶段之一,曼特尔为那段尘封的历史注入了新的活力。《狼厅》和《提堂》一方面以个性鲜明的人物、丰富的历史事件,编织了一张反映16世纪初英格兰政治、宗教及经济图景的巨网,另一方面,也论及了几乎每个民族都会产生共鸣的普遍问题:君臣之道、夫妻关系、家庭问题、亲情友情等。对历史的想象也是对现实的再现,对丑与恶的揭露和批判正是对美与善的向往和追求。曼特尔选择克伦威尔为叙事视角,通过其对君王、家人、朋友甚至是敌人的态度,突出表现了那个重要的历史阶段人与人之间的道德关系,探索了现代英格兰的形成根源,为读者构建了一个特征鲜明的伦理乌托邦世界,是作者形塑当代民族共同体的重要思路。

曼特尔的父母是虔诚的天主教徒,从小安排女儿就读罗马天主教小学,且每月会带她去教堂接受信仰熏陶。成长于这样一个家庭环境,曼特尔不可避免会在精神上受到压制,尽管后来她选择放弃了宗教信仰,但根深蒂固的天主教思想依然在很多方面深刻影响着她,她甚至总是相信鬼魂的存在,并且擅于通过小说创造一个"死者不逝"的超自然世界,审视和反思那股神秘的力量。而按照伊恩·瓦特(Iain Watt)的考察,西方现代小说的产生本来就是清教伦理的真实写照。个人主义的内省或称反思精神,是清教对小说作者影响最为深刻的一面。他认为,小说作者们把日常生活中的每一件事都看作是提出了一个内在的道德问题——在采取正确的行动之前,理性和良心一定是被发挥到了顶点;他们都凭借内省和观察试图建立他们道德确定性的个人关系;他们都以不同方式体现了早期清教徒的自以为公正善良、有点生硬的个人主义(瓦特,1992:88)。曼特尔的都铎系列小说《狼厅》和《提堂》质疑了历史,颠覆了集体绝对性的观念,通过整体反讽结构建构了伦理乌托邦世界,让读者体味到一种对难以解决的矛盾进行思考而产生的痛苦和困惑。正如"理想国"、"桃花源"等社会乌托邦建构一样,这两部小说可以说是现代小说叙事所建构的独特的乌托邦,其所展示的乌托邦世界是通过主人公克伦威尔内心所涌现的人性的力量得到建构的,具体主要体现在以下三点。

首先,作者构建了忠君爱国的公共理性精神。小说中,亨利八世脾气暴躁,喜怒无常,他的大部分时间都在宫廷内外闲逛,写情诗、打猎、比武,更多时候是忙着摆脱不能为他生下继承人的安妮·博林,并且渴望新的爱慕对象简·西摩能对他早点许以芳心。服侍这样一位君王,怀有政治家眼光的克伦威尔依然以"忠君爱国"作为自身处世的道德规范,一方面竭尽所能迎合君王的要求,另一方面兢兢业业帮助君王处理国家的内政外交事务,就算被误解,受委屈,也能客观理性地发扬忠君爱国精神。他效忠国王不遗余力,把国王当成是一本叫做"亨利的书",对他了如指掌,只要事关国王的安适,他都亲力亲为,确保万无一失:国王要甩掉安妮,迎娶简·西摩,他便设计了"通奸叛国"的罪名除掉了安妮;在狼厅,国王忙着抓住少女的芳心,而他则忙着处理平常的事务,处理战争与和平、饥荒、对背叛行为的纵容、民众顽固、瘟疫等事情,还要操心国王玩牌输得精光的善后问题。他从早到晚埋头工作,再伴着烛光伏案至深夜,他总是睡得最晚,起得最早。他忧心国家政治局势,担心民众受苦受难,说服国王不要轻易发动战争。他的理想是建立统一的国家,统一的货币,统一的度量衡,特别是所有人都能使用的统一的语言。他对英格兰最大的期望是:国王与他的国家和谐一致;每个人都知道自己该做什么,并且安安心心地去做。作为 16 世纪都铎王朝忠君爱国的臣子,克伦威尔为当时社会作出了巨大的贡献,为现代英格兰奠定了较好的

基础。历史是对现实的强烈观照,随着现代社会的发展和成熟,忠君伦理由于失去了效忠对象而自然消散,但面对现代化进程中的各种矛盾与异化现象,克伦威尔的忠君爱国精神自然可转化成坚守、有担当、忠诚、诚信等公共理性思想,为现代社会公共文化建设提供重要参考。

其次,作者构建了由自然人性形成的健康婚姻与家庭关系。《狼厅》和《提堂》还原了恢宏而富有质感的 16 世纪的英国都铎王朝,亨利八世的婚姻是主人公克伦威尔荣宠衰一生的主要原因。就思想根源而言,当时社会占主导地位的是基督教意识形态下的婚姻观,因而,婚姻被看成是一种由双方意愿所达成的共同生活状态,是在受耶稣基督洗礼的两个男女之间所设立的神圣制度,其目的首先是生育和培养后代。基督教倡导一夫一妻制与婚姻忠诚,反对离婚,这些都有利于婚姻的维护与稳定(邹柳,2006)。在小说中,英国都铎王朝在推行宗教改革之前,还是奉行罗马天主教,以罗马教皇为教会最高统治者。故事情节就是在这些历史事件的基础上得以发展。亨利八世继承王位后,迎娶寡嫂阿拉贡的凯瑟琳为第一任王后,后来凯瑟琳年老色衰,更重要的是她未能诞下男性继承人,亨利八世喜新厌旧,想抛弃她而迎娶她的侍女安妮·博林为第二任王后。然而,这一想法却遭到罗马教皇的强烈反对,离婚再娶为教会法所不能容忍。尽管如此,在克伦威尔的精心组织策划下,亨利还是如愿摆脱凯瑟琳,得到了安妮。凯瑟琳与亨利二十多年的婚姻被宣布无效,并且被赶到金博尔顿的废宅栖身,不久就凄苦死去。亨利的第二次婚姻也好景不长,安妮·博林只生下一个瘦弱的女儿伊丽莎白公主,也没能满足国王对男性子嗣的强烈渴望,因而很快就失宠了。花心又无情的亨利国王又急欲摆脱安妮,而迎娶她的侍女简·西摩为后。这一次的离婚颇费周折。在严格的教会法规约束下,婚姻的本质特征被界定为一夫一妻和不可解除。分居或解除婚姻的合法理由只有通奸,有血缘、姻亲、教亲关系,性无能和进修道院,再婚的条件只有血缘或姻亲、教亲关系,一方性无能以及假定一方已死(薄洁萍,2005:198)。野心勃勃的安妮不愿放弃后位进修道院,夫妻关系进一步恶化,最后还是克伦威尔出谋划策,给安妮冠上"通奸叛国"的罪行,并将其送上断头台。对王室婚姻的精细描写不仅仅是因为它是小说情节发展的主线,还因为它与作者虚构的人伦家庭形成鲜明的对比,如果说亨利八世的婚姻是政治婚姻,缺乏夫妻之间最基本的人伦情感,那么主人翁克伦威尔的婚姻和家庭是美好的伦理乌托邦世界。这是一段朴实的婚姻,克伦威尔虽然能力超群,但却出身卑微,白手起家,三十几岁时,娶了羊毛商的女儿丽兹为妻,也算是门当户对。丽兹是个寡妇,前任丈夫刚死去不久,婚后,她为克伦威尔生下了儿子格利高里、女儿安妮和格蕾丝。相对而言,这是一桩幸福美满的婚姻,这是一个温馨、和睦的家庭,丈夫游走于商人、权贵之间,努力奋斗,养家糊口,妻子在家相夫教子,夫妻互敬互爱,子女乖巧讨喜。早晨克伦威尔出门,妻子送到楼梯口,为他整整衣衫,并细声叮咛;晚上克伦威尔回家,妻子宽衣解帽,嘘寒问暖。儿子学习骑马射箭,女儿学习读书识字。一家人互相理解,相守相伴,感情浓厚,即使面对困难与不幸,心中依然充满情和爱。在遭遇瘟疫侵袭之后,妻子和女儿们相继死去,克伦威尔并未放弃自己的婚姻和家庭,带着儿子一心一意筹划家庭未来的发展,只是夜深人静时,他总感受到妻女的气息,孤独与怀念之情体现了自然而深刻的人性。

其三,作者构建了以义和善为核心道德原则的人伦关系。人伦关系是围绕人伦展开的人与人之间的关系,是人类社会最普遍、最常见的一种关系。它随着人类的起源而同步产生,并随着人类社会的发展而日趋复杂日显重要。人伦关系状况是衡量一个社会现状的重要指标。在《狼厅》和《提堂》中,义和善是克伦威尔立身处世的人伦基础,是作者对现实社会人伦关系的审视与反思。对于老主人红衣主教托马斯·沃尔西,克伦威尔有着亦父、亦师、亦友的人伦情感,他亲眼目睹沃尔西垮台的过程,对他不离不弃。沃尔西死后,他的一生都在为这个老主人悲伤,即使后来取代了沃尔西的位置,占据了权力的中心地位,他仍深刻感受到那份缺憾与忧伤,及至最后他将曾经侮辱嘲笑过沃尔西的人都送上了断头台,以自己的方式报答沃尔西的恩情。朋友关系是最契合于人自然本性的一种人类关系,朋友伦理中包含了解、欣赏、信任、容忍、牺牲等诸多美德。小说中,克伦威尔的主要朋友有两位:坎特伯雷大主教托马斯·克兰默(Thomas Cram)和才智过人的绅士托马斯·怀亚特(Thomas Wyatt)。对待朋友,克伦威尔侠肝义胆,慷慨仗义,只要是他的朋友,就决不会遭罪(曼特尔,2010:324)。当克兰默冒着

杀头的危险带着怀孕的妻子向他求助的时候,他毫不犹豫提供援助,并顶着名誉受损的危险亲自照料孕妇;当安妮"通奸叛国"案牵涉到怀亚特时,他频频到牢中探望,并竭尽全力帮助怀亚特摆脱危机。克伦威尔不仅重义,而且始终保持一颗善心和爱心,他同情弱者,关爱民众:看到有人囤积粮食,有意抬高粮价,他但愿能绞死那些不法商贩;看到几个伦敦人为了争抢救济面包被活活踩死,他忧心忡忡;他从修道院解救出十多个小男孩,让他们在自己府上无忧无虑地学习音乐;他将家里的肉汤和啤酒拿出来分给那些挨饿受冻的穷人;他甚至对自己的对手托马斯·莫尔也不失温情,在他看来,莫尔是那种思想上固执、道德上缺乏良知的卫道者,他宁愿被捕受罚也不愿向国王宣誓效忠,即便如此,克伦威尔也对他关心有加,不厌其烦亲自前往伦敦塔监狱劝说莫尔,并嘱咐看守人善待莫尔:"他晚上呼吸很吃力,给他那些枕垫、靠垫什么的,只要你能找到的东西,让他垫高舒服点。我希望他有足够的机会,能活着反省自己的立场,向国王表示忠诚,然后回家(曼特尔,2010:579)。"莫尔是他前进过程中的障碍,从政治斗争角度考虑,他必将除之而后快。但出于人性的思量,他又不愿意看到这样一个有才华的人遭受伤害,痛苦死去。因此他不遗余力地解救他,以至于连摩尔都觉得克伦威尔是他"最特殊最贴心的朋友(曼特尔,2010:554)"。

显然,《狼厅》和《提堂》中对克伦威尔忠君爱国精神、健康婚姻、和谐家庭及其表现出的义和善为核心道德原则的人伦关系等的生动刻画都是对伦理乌托邦追求的体现,正如王德威所言,在一个嘈杂、堕落的现实中引入理想的人生模式,其目的在于达到"对伦理的启悟"。鲜活的人性,和谐的人伦关系,义和善为核心的道德原则都是美德伦理的基本特质。现代资本主义的发展用精密的技术和计算把一切都理性化,把人变成了机器、金钱和官僚的奴隶,在这种"理性化导致非理性化的生活方式(苏国勋,1988:241)"中,曼特尔赋予克伦威尔的世界这样的伦理特质有着特殊的意味:在现代性伦理规则主义和非理性的情感主义的双重面相渐行渐近之际"追求美德"。现代社会主要强调"美德"的道德性质和个人性格,现代性带来的人心秩序的根本转换对美德伦理的破坏无法从社会一般层面上得到救赎,这正是曼特尔在"克伦威尔"的世界里重建美德伦理乌托邦的深意所在。文学艺术作为激进的思想形式,直接表达现代性的意义,它表达现代性急迫的历史愿望,为那些历史变革呐喊助威,同时,它又作为一种保守性的情感力量,不断对现代性的历史变革进行质疑和反思。曼特尔通过《狼厅》和《提堂》的小说叙事构建伦理乌托邦的努力恰恰体现了作家对于现代性伦理的思考。

3.4　空间化历史、斯芬克斯因子与王权伦理——《狼厅》的文学伦理学解读

20 世纪七八十年代以降,"英国文坛出现了一个引人注目的现象——文学创作表现出一种强烈的重述历史的欲望,越来越多的作家开始将他们的笔触伸向历史,伸向过去(曹莉,2005)。"当代作家拟写历史的主要目的在于发掘被历史宏大叙事压制之下的他者历史,以此重审过去与反思当下。几个世纪以来,作为重要的历史转折与过渡时期,亨利八世统治之下的都铎王朝一直都是众多文学作品表征的对象之一。究其本源,都铎王朝时期"面临的诸如社会流动性、宗教自由、人际矛盾与政教纠纷等问题并没有随着时间的流逝而得到解决(Laing,2009)",相反,这些问题一直以不同的面目反复隐现于历史洪流之中,且在当下多元文化社会语境下大有愈演愈烈之势。而作为这一系列问题的始作俑者——国王离婚案,自然更是倍受文学创作家的青睐。早在文艺复兴时期,莎士比亚就以此为背景创作出了历史名剧《亨利八世》(*Henry Ⅷ*),该剧"以既悲又喜的传奇剧模式演绎国家历史(Cohen,2008)",再现离婚案背后的政治图谋。同样是书写这桩离婚案,2009 年希拉里·曼特尔的布克奖获奖作品《狼厅》(*Wolf Wall*)另辟蹊径,从伦理而非政治的角度解读离婚案始末。该小说戏仿编年体史书的叙事方式,将一度被他者化的历史人物托马斯·克伦威尔的发迹史依照时间顺序呈现在读者面前。小说的叙事时间始于 1500 年,止于 1535 年,三十多年的历史叙事中又夹杂着大量的心理独白、闪回与倒叙,使得原本直线式发展的扁平历史演变成一个充满褶皱的空间。由于"文学在本质上是伦理的艺术(聂珍钊,2010)",曼特尔的这一时间叙事策略自然就有其伦理指涉意义。与《亨利八世》质疑历史的宏大叙事相比,《狼厅》中空间化历史叙事更在意

从被压制的他者历史记忆中重构离婚案的伦理现场,抽离离婚案中的政治元素,以他者的视角将之还原为一场由斯芬克斯因子失衡所致的伦理事件。离婚案的最终解决使王权暴力在伦理道德上合理化,并确立"王权至尊"的伦理秩序,进而开启了近代英国民族国家的建构之路。

3.4.1　重构伦理现场:空间化的历史记忆

文学伦理学批评认为,"不同历史时期的文学有其固定的属于特定历史的伦理环境和伦理语境,对文学的理解必须让文学回归属于它的伦理环境和伦理语境,这是理解文学的前提(聂珍钊,2010)",这就要求解读文学作品时要同时兼顾文本中历史与历史中文本。前者指的是作品中历史维度,而后者则指代作者创作作品的历史语境。只有将这两种历史现场结合,才能正确把握作品中伦理指涉。《狼厅》聚焦于 16 世纪初期的英国,此时的英国正值宗教改革与文艺复兴前期,王族与贵族、神权与人权以及教权与王权等各种矛盾处于不断激化之中。如何既完整地展示这一复杂的历史片段,又使其作品"和其他小说一样文学性与历史性兼备(Higgins,2012)",这成为曼特尔创作的首要问题。早在 20 世纪 70 年代,曼特尔就涉猎历史小说创作,其处女作《一个更安全的地方》聚焦法国大革命,但由于"总体而言当时并非历史小说的黄金时期(MacFarquhar,2012)",该小说并未受到出版商青睐。多年以后再次触碰相似体裁创作,曼特尔自然得心应手。《狼厅》继承《一个更安全的地方》的叙事风格,将事件的发展依照时间顺序推演,再现克伦威尔伦理身份即铁匠的儿子——红衣主教的得力助手——国王的宠臣的演化过程。这种线性的时间叙事模式增加了作品中历史叙事的真实性与合理性,但"由于过分突显事件间的连续性、完整性和逻辑性,实则造成了对历史事件存在状态中的简化与遮蔽(谢纳,2010:22)",从而遮盖由意识形态话语操纵的历史"真相"。在未创作该小说之前,曼特尔就认为,"过去与当下并存,它们看似是彼此相邻的空间,但总有些我们还未触及的空间(Mantel,2005)。"曼特尔在其历史小说中所要书写与展现的正是这些横亘于历史中"未触及的空间"。随着后现代主义思潮的涌现,越来越多的批评家将历史视为一种权力话语建构,从而解构唯一、客观及本质性的历史宏大叙事。美国当代文学批评家海登·怀特(Hayden White)就认为,历史叙事中充满了被建构的元素,"事件被锻造成故事,是通过排斥或贬抑其中某些事件,突出其他一些,通过描述、基调的重复、声调和视角的变化、交替的描述策略等等(White,1978:84)。"由此可见,所谓的历史只不过是被权力阉割过的元叙事,而曼特尔所言的"未触及的空间"其实就是被"排斥或贬抑"的"另一段历史"。克伦威尔就曾对亨利说:"几百年来,僧侣们握着笔,我们以为他们写下的是我们的历史,但我觉得其实并非如此。我认为他们删掉了他们不喜欢的历史,而写下的是有利于罗马的历史(曼特尔,2010:213)。"为书写"我们的历史",《狼厅》的叙事框架宏观上按照时间发展顺序推演,而在具体微观时间片段之处则采用时间与空间杂糅并存,以颠覆线性历史叙事与暴露"未触及的空间",进而达到重构历史现场之意。

《狼厅》中,除突出克伦威尔身上"忠善"外,曼特尔还有意强调他身上的另一种品质,即超强的记忆力。在该小说第二部末尾处,曼特尔插入了一段关于记忆术起源传说的叙述。西蒙尼得斯去参加一场希腊显贵的夜宴,就在他离开大厅时,房子突然倒塌,压死所有宾客。有人找西蒙尼得斯辨认尸体。他做到了,成功地回忆起每个围坐在餐桌边的宾客的位置。可以说,记忆术就是把空间表象与对象联系起来,而曾在意大利学过记忆术的克伦威尔也认为,"如果想用平常的物品和熟悉的面孔来帮助记忆,根本就没有作用。我们需要令人惊讶的并置(曼特尔,2010:210)。"因此,克伦威尔"并置"的记忆叙事就是一种重构之法:将原本线性记忆转变为在空间上对事件进行重新编排,从而揭开"未触及的空间"。这种编排主要体现在两类时间的并置上,一是过去与当下的并置,小说虽以现在时为叙事时态,但期间穿插着大量的碎片化回忆,从而将过去、现在,乃至未来并置在一起。另一种则是神话与现实的并置,小说虽以亨利八世统治下的都铎王朝为历史背景,但却杂糅了不少关于英国起源神话及当时广为流传的都铎神话。两类时间编排共同指向该小说中的核心事件——国王离婚案。由于亨利的国王与基督教徒的双重身份,历来史学家们对国王离婚的缘由存有争议,有评论家认为,"亨利的婚姻奠定在英国与西班牙政治联盟的基础上,这一政治联盟失去了意义,这场婚姻便没了约束力(姜元奎,王平贤,2002)。"亨利八世早年

继续执行都铎王朝对抗法国、联合西班牙的外交政策,因而娶寡嫂凯瑟琳自然有其政治意味,而婚姻的另一端西班牙王室也将"凯瑟琳正式委任为亨利宫廷的使者……维持凯瑟琳丈夫与父亲之间的政治联盟(Pollard,1902:140)。"通过联姻所结的英西联盟只是表面坚固,到了1526年西班牙国王查理五世宣布解除与亨利之女玛丽的婚约后,两国关系彻底恶化,来自西班牙的凯瑟琳自然成为众矢之的。由此观之,这桩婚姻从始至终都是一场政治买卖,因而,离婚案现场是一个权力关系更替的政治角斗场。《狼厅》中,曼特尔却有意打破这种认知,转而借沃尔西之口道出历史的另一种面相。

小说开篇不久后,1527年国王决意离婚并将此案交付于沃尔西处理。于是,沃尔西召回在外办事的克伦威尔,与之商讨对策。从1527年至1529年,小说共有三条明显的时间线,一是现在时间,叙述沃尔西由于处理离婚案未果而被免职直至郁郁而终;第二条是过去时间,碎片式地叙述国王与凯瑟琳婚姻往事;第三条则是神话时间,叙述英国起源于都铎王朝神话。这三条叙事线彼此交织,共同将国王离婚案始末的伦理现场呈现出来。在现在与过去时间叙事中,国王迎娶凯瑟琳的政治意图被颠覆。在沃尔西的记忆中,他认为"亨利娶她时,才十八岁,是个心无城府的年轻人(曼特尔,2010:28)",这就暗示亨利并不会从这桩婚姻中考虑太多东西。沃尔西甚至这样揣测亨利当时的内心:"我娶了位处女……我以我的婚姻与她的西班牙亲人结了盟;不过重要的是,我是为了爱而娶她(曼特尔,2010:29)。"此外,老国王亨利七世也并不是出于对国王未来出路的担忧而一手策划这桩婚事。沃尔西甚至认为,老国王也曾动过邪念,想据凯瑟琳为己有,但由于"在嫁妆问题上他们谈不拢(曼特尔,2010:28)"而放弃。因此,沃尔西断定国王之所以离婚是因为子嗣问题,是为了娶"任何一位他觉得可能为他生儿子的公主(曼特尔,2010:22)。"在沃尔西看来,国王此时的良心问题,即由于娶了寡嫂凯瑟琳而认为自己"有十八年的罪要赎(曼特尔,2010:25)",只不过一种为延续香火而找的说辞罢了。如果说该时间叙事线揭示了离婚案发生表面原因——子嗣之说,那么在神话与现实时间的交替叙事中,离婚案的本质原因则被解开。

打破文本中历时发展的叙事结构,在《狼厅》第二部的"不列颠秘史"这一章显得尤为突出。该章叙述时间为 1521—1529 年之间,而前一章"灾祸突至"为 1529 年。作者颠倒因果发展的逻辑时间,除对沃尔西被革职的历史"真相"挖掘外,其用意更在于进一步阐释离婚案的根由。克伦威尔认为,"每段历史的下面,都有另一段历史(曼特尔,2010:64)",沃尔西的失败是有其历史根源,而绝非由于开罪博林家族那样简单。沃尔西认为,要对英国有所了解就必须"返回至凯撒军团到来之前,返回到久远以前的年代(曼特尔,2010:90)",这其实就是暗指要考量还未被基督教化的英国。因此,克伦威尔对历史的审问一直追忆至英国的起源传说。英国最初的人类是被希腊国王放逐的三十三个女儿,后来她们又与岛上的魔鬼交媾生下巨人,而巨人又接着与其母亲交媾生出更多的同类。随后,特洛伊奴隶首领布鲁图(Brutus)流亡至该岛并打败了这些巨人,成为第一任英国国王。该传说虽然有些荒诞不经,但至少反映两件事:第一,在未被罗马攻占前,英国文化与古希腊文化有着密切关联,甚至可以说英国文化源于古希腊文化;第二,巨人和国王虽然形态各异,但其体内都充斥着肉欲与乱伦等兽性因子。《狼厅》中称这三十三个女人上岸后"非常渴望男人的肉体(曼特尔,2010:64)",于是出现类似于盖亚女神传说中的乱伦现象。尽管布鲁图的到来带来了较为开化的文明,但也出现了人兽乱伦的现象。沃尔西指出,当时国王犯下的罪孽——"他们骑在马上打着亚瑟的破旗或者娶了来自海里或从蛋里孵出来的身上有鳞和鳍或羽毛的女人(曼特尔,2010:90)。"显然,在未受基督教文化洗礼前,英国可以被视为古希腊文化的一个分支,而"肯定人的原始欲望的合理性,是古希腊文化的本质特征(蒋承勇,2005:34)。"都铎王朝时期,都铎神话广为流传——都铎家族宣称是亚瑟王的后代,这样亨利便从其先祖那继承了兽性与乱伦的基因。最终,在梳理完这些神话后,克伦威尔得出结论:"我们国王的祖父娶了一条蛇……在国王身上彻底查一查,你就会找到他的带鳞的祖先:找到他那温暖、结实、蛇一般的肉体(曼特尔,2010:94 - 95)。"由此,曼特尔以神话的形式阐发了亨利身上欲念的来源——先祖遗留的兽性。然而,为何亨利的兽性一直隐而不发,主要原因在于其兽性被身上另一种因子所控制。罗马征服不只是政治意义上,更是精神上的。基督教作为一种伦理准则伴随罗马的征服而来,其"原罪说"强调对原欲的扼制。

从某种意义上说,在拥有双重身份的亨利身上体现了两种文化的对立与持衡——古希腊文化的纵欲与基督教文化的禁欲。时至都铎王朝,一度主流化的基督教文化面临着巨大的危机,与此同时,一度被边缘化的古希腊——罗马文化开始复兴,兽性与理性之间建立的平衡关系也就随之被打破。因此,神话与现实的交替叙事中,离婚的深层缘由被揭示出来,亨利身上的原欲缺少理性束缚而变得日益膨胀,直至敢于违抗基督教伦理——否定教皇认定凯瑟琳为处女一事。

在以上两种交替叙事的时间线上,曼特尔并非没有注意到政治因素对离婚案的影响,但她选择有意避开。克伦威尔认为:"英格兰不可能会有新事物。会有旧事物以新的形象出现,或者新事物假装成旧事物(曼特尔,2010:113)。"两类时间叙事中,过去和神话可以视为"旧事物",而现在与现实则可视为"新事物",前者将离婚案视为亨利婚外情的必然结果,而后者则从伦理上将离婚案视为亨利身上两种因子组合失衡的产物。可以说,新旧事物其实是彼此交错渗透,共同将离婚案的现场编织成一个伦理而非政治的存在,从而完成作者书写"未触及的空间"的创作初衷。同时,离婚案的公开审判也正式宣布亨利身上两种因子间平衡关系的破裂,这不仅为亨利本人也给整个民族带来了危机。

3.4.2 斯芬克斯因子失衡:伦理恐惧与民族身份焦虑

文学伦理学将人视为一种由斯芬克斯因子——人性因子与兽性因子不同组合而成的伦理存在,其中"人性因子即伦理意识,主要是由人头体现……兽性因子与人性因子相对,是人的动物性本能……是人在进化过程中的动物本能的残留,是人身上存在的非理性因素(聂珍钊,2011)。"都铎时期的英国正处于中世纪与文艺复兴的交接之处,斯芬克斯因子则体现为古希腊-罗马文化传统与希伯来-基督教文化传统的组合,前者为兽性因子而后者则对应人性因子。作为中世纪主流思想,基督教用神学理性的方式阐述世界,其本质是"是人的借助于幻想把自己的本质异化为上帝、神灵并对之加以膜拜顶礼思想意识的反映(刘建军,1997)。"可以说,基督教思维模式的出现,即强调人的精神对人的巨大作用,说明人开始脱离本能之欲转而走向理性。由于此种理性强调抑制人的自然情感与感性欲望,因而,在中世纪晚期"深受压抑的欧洲人厌弃上帝而去寻找人间的'上帝',也即失落的人性的另一面(蒋承勇,2005:117)。"这里的"另一面"实际上指的就是人身上被压制已久的兽性因子。亨利八世统治之下的英国,两种文化传统彼此交汇冲撞,其焦点在于对"人"本质的认知差异,即"原欲与理性的分野(蒋承勇,2005:116)。"亨利的离婚诉求是这一冲撞的必然结果,也是人对其"另一面"追求合理性的肯定。随着文艺复兴的开始,作为理性意志代表的基督教伦理秩序在欧洲崩裂,亨利身上生存繁殖等动物性本能得以迸发。斯芬克斯因子组合的失衡虽然暂时满足了亨利内心被压制的欲望,但却使他由于伦理关系混乱而一度陷入伦理恐惧之中,并且英国民众也由于国王的选择而面临身份的焦虑。

《狼厅》中,本是离婚案主角的亨利却成了他者的存在,其大部分言行与内心都是透过小说中其他人物的观察而被展示。当沃尔西告诉克伦威尔,他将设立法庭审理离婚案时,克伦威尔认为,亨利"可能会忘记最先感到不安的是他自己(曼特尔,2010:26)。"良心上的不安由此成为小说探究亨利内心状态的切入口。亨利一面将其离婚案交托于沃尔西处理,一面又派出自己的心腹出使罗马与教皇秘密协商。这种"模棱两可的处事方法(曼特尔,2010:181)"正是他良心不安的最佳体现。如果他真的相信自己由于娶了已婚的凯瑟琳而背负罪恶,那么他就会全盘接受沃尔西安排的法庭审判,从法律上解决此事,而不是采取两面派的做法,企图从法律与宗教两个方向同时进行。因此,克伦威尔认为,在亨利思想中,"他已经让自己相信他从未结婚,所以现在能随意婚娶……他的意志相信了,但他的良心没有信服(曼特尔,2010:113)。"在长达数年的离婚过程中,虽然良心不安,但亨利的欲望并没有因此受到约束。他一方面对安妮保持热情,因为他觉得他"所追求的只是一头小雌鹿,一头胆小而野性的奇特的鹿,她带领我离开了其他男人走过的路,让我独自进入了树林深处(曼特尔,2010:355)。"而另一方面,由于安妮"像士兵一样使用自己的身体,保存着她的资源(曼特尔,2010:384),"他从未在此段婚外情中获得满足。他曾向克伦威尔吐露道,"想到安妮时如何因为欲望而浑身颤抖,他如何试过其他的女人,想用她们来排解一下欲

火……但这些都没有用(曼特尔,2010:354)。"无节制的欲念使亨利陷入伦理关系的混乱之中,进而触碰伦理禁忌——在确定娶安妮为妻的前提下继续与其姐姐玛丽发生关系。由乱伦引发的伦理恐惧可能被自己的那套说辞所压制,因而亨利才会如此恬不知耻,但这种恐惧却会在伦理无意识状态下得到释放。弗洛伊德认为,梦是进入人类无意识的最佳途径,潜意识在受到压抑和制衡时,是不会在常态意识下下显露自身的,但通过梦则可以。

1530年圣诞节期间,亨利梦见亡兄亚瑟,"看到他的脸,还有他的身体,白得发亮(曼特尔,2010:267)。"弗洛伊德认为,"梦必然存在着一股力图表现某物的力量,同时又存在着一股企图阻碍其表达的力量。作为显梦[指的是未经解释的梦,笔者注],便是这种冲突的结果,它包括了这种冲突的所有结果,而且,这种冲突是以凝缩的形式存在于这些结果中(弗洛伊德,2004:10)。"那么,亨利的"显梦"隐藏着何种冲突?亚瑟在世时,基督教伦理秩序并没有像亨利此时这样四面楚歌,教皇在政治和宗教生活中依旧发挥着权威作用,甚至当时的亨利也笃信上帝并被视为大主教的接班人。如果亚瑟未去世的话,英国王权与基督教之间的联盟必然将进一步加强。因此,可以将亚瑟视为基督教伦理秩序下的代表,他出现在亨利梦中,像道德幽灵一般审问亨利破坏基督教人伦。亨利在娶凯瑟琳时也曾怀疑过凯瑟琳的处子之身,尽管凯瑟琳坚持说她与亚瑟并未圆房。最终,教皇下令宣布承认凯瑟琳的处子身份,亨利才欣然迎娶凯瑟琳。亨利最后以凯瑟琳非处子为理由要求离婚,这实际上违背了教皇当年的圣谕,也破坏基督教的伦理秩序。所以,亨利醒后难以释怀,认为亚瑟是来质问与羞辱他。据此,他推断亚瑟"似乎在说,你抢走了我的王国,还有占有了我的妻子。"然而,亚瑟的话语权却在亨利梦中遭到阉割。据亨利对克伦威尔的描述,亚瑟只是回来看他,并没有同他讲话。亨利对自己梦中景象的阐释表明,一方面他想尽办法遮蔽亚瑟的话语,抗拒亚瑟背后的基督教世界;另一方面他又以"盗窃者"身份自居,难以压制内心的伦理恐惧。可以说,这种欲盖弥彰的说辞正是基督教人伦与其兽性欲念冲突后的余震,也是其内心道德恐慌的表现。亨利体内斯芬克斯因子失衡不仅使其自身饱受梦魇的折磨,也将英国民众对其民族身份的矛盾心理彻底暴露,进而使整个民族笼罩在焦虑氛围之中。

中世纪时,"大多数人认为自己首先是基督教徒,其次是某一地区如勃肯第或康沃尔的居民,只是最后——如果实在要说的话——才是法兰西或英吉利人(斯塔夫里阿诺斯,1996:354-355)。"西欧基督教普世主义与封建领主的封建主义完全割裂了英国民众对于民族和国家的情感,其思想中只有教条的"基督教大世界"意识而缺乏民族和国家的意识与概念。《狼厅》中,克兰默曾对克伦威尔说,"我们不必追问我们的家在何处,因为我们最终会回到上帝的怀抱(曼特尔,2010:295)。"这表明在基督教徒心中由民族和国家构成的世俗身份无关紧要,因为宗教才是其终极身份诉求。然而,英国民众这种终极伦理身份早在 14 世纪时就开始受到质疑。随着西欧近代民族主义思潮开始涌动,"教皇权已经成为民族主义怀疑的一个特别目标(Winks R. W. 1992:275)。"1375 年,英国市民阶层宗教改革家约翰·威克里夫提出较完整的民族教会理论,反对教廷干涉英国社会生活,主张英格兰独立,要求建立不依附于任何外国势力的"廉价的"英格兰民族教会。15 世纪下半期,玫瑰战争使英国封建贵族势力在自相残杀中几乎丧失殆尽。从某种程度上说,随着教会与封建领主的式微,英国民众的伦理身份面临消解与重构,正是在这种矛盾的选择中,一种由身份模糊导致的焦虑感弥漫在英国民众心中。小说中,由于离婚案进展受阻,亨利对于教士的身份开始表示不满并抱怨,"教士们到底是他的臣民呢,还只是他的半个臣民? 也许他们根本就不是他的臣民,因为既然他们宣誓要服从和支持教皇,又怎么可能是他的臣民(曼特尔,2010:330)?"国王离婚案由此渐渐成为一道为民众审思自身身份与排解焦虑感的切入口。克兰默认为,关于国王离婚案,要说服的"不是克雷芒,而是整个欧洲。是所有的基督教徒(曼特尔,2010:242)。"当国王还未正式宣布离婚时,克伦威尔的妻子丽兹就断言"全世界一半的人都会反对……全英格兰所有地方的女人(曼特尔,2010:36)。"而当国王离婚案已经众所周知时,民众依旧不看好国王和安妮的结合。1531 年,克伦威尔劝说凯瑟琳接受离婚无果后,在乘船途中,船夫塞恩这样评价亨利的行为,"他跟那做姐姐的也有一腿,不然当国王干啥? 但总得在什么地方打住。我们不是野外的畜生(曼特尔,2010:285)。"而当绝大多数基督徒都已经接受安妮为他们的新王后时,依旧有如托马斯·莫尔等人拒绝宣誓,以此抗拒

国王权威。正如延德尔所言,"一个基督徒可以评判另一个基督徒(曼特尔,2010:293)",在抵制国王离婚案中,民众的基督教徒身份得以彰显与强化。然而,并不是所有的民众都将基督教权威奉为圭臬。以克伦威尔为代表的新兴市民阶层就认为罗马教士贪污腐败,根本不理解教义,"语言与意思只是松松垮垮地系在一起,随便一拉就会断开(曼特尔,2010:121)。"在僧侣身上,他们"所看到的却是浪费和腐败……重复的都是些陈腐的东西(曼特尔,2010:213)。"因而,他们才会在庄严的宗教仪式中以戏谑的方法表示不满:

> 在教区举扬圣体的神圣时刻,神父正念着,"hoc est enim corpus meum"(拉丁文,意为"因为这是我的身体"),突然有人跟着念了起来,"hoc est corpus,hocus pocus"(魔法师咒语,这里表现出嘲弄与不敬)。而在相邻的教区,举行圣徒纪念仪式时,神父正要求我们记住我们与那些殉道的圣人之间的情谊,"记住乔安娜,斯特芬诺……"有人大叫了起来,"也别忘了我和我的堂姐凯特,还有把海贝桶放在肉类市场的迪克,以及他的妹妹苏珊和她的小狗波希特(曼特尔,2010:374 - 375)。"

除此之外,更有甚者敢于坚持并以死守卫自己的信仰。莫尔惩治异教徒时,一位名叫贝恩汉的律师由于受不了残酷的严刑折磨,宣布放弃自己的信仰,但自由之后"他的良心让他寝食难安……走进一座人群聚集的教堂……公开表明了自己的信仰(曼特尔,2010:351)。"在这一部分民众心中,固若金汤的基督徒身份正在慢慢消解。国王公开违背罗马教义某种程度上激发他们心中积压的对宗教的不满情绪,使得他们敢于表达与捍卫自己的信仰。同时,国王能在离婚案中达成所愿也与这些人的拥护与默许是分不开的。

除上述两类人外,小说还呈现了第三类民众,他们游离在基督教徒与国王臣子两种身份之间,努力地维持着平衡,但发现平衡最后还是要被打破。哈利·珀西由于宣称与安妮早有婚约而受到审判,博林家族及克伦威尔逼迫他在老主教渥兰面前发誓,从未与安妮有过任何关系。虽然知道他们是受亨利的默许或指使,渥兰对他们的行径依旧感到愤怒。他对亨利说:"我一直对你忠心耿耿,乃至于违背自己的良心……但是现在,我已经做完了我所要做的最后一件事(曼特尔,2010:371)。"相似的选择也发生在加迪纳身上,他身兼国王秘书与温彻斯特主教两种身份,但当亨利企图通过议会来摧毁宗教对其新秩序的抵抗时,加迪纳却"不得不带领他的主教同行们迎战(曼特尔,2010:330)。"小说通过这两人的伦理选择表明,亨利的离婚案最终让这一部分人只能在"忠心"与"良心"之间二选一,不可能出现鱼和熊掌兼得的伦理境况。总之,国王离婚案使得王权与教权之间暧昧不清的关系得以明朗化,让民众面临着两种伦理身份的选择。

亨利体内斯芬克斯因子的失衡对其本人以及英国民众来说,既是一场危机,又是一种机遇。失衡的主要原因在于旧的伦理体系逐渐崩裂,那么,其解读之道也在于建构一种新的伦理秩序来使亨利体内两种因子重回平衡状态,同时也使民众能在新的秩序中感到一种稳定感,继而消除身份模糊带来的焦虑感。

3.4.3　王权暴力合理化:重构王权伦理秩序与王权崇拜

中世纪时期,以教皇和教会为代表的神权阶级在人们日常一切生活中占据支配地位。他们凭着对《圣经》的唯一权威解释权,逐步将手中的权力神化、绝对化和极端化,最终使得神权凌驾于一切世俗权力之上。这种围绕上帝神权建构起来的人与上帝之间的伦理关系及其相应的权利与义务就是神权伦理,其核心理念就是神权至上。然而,至中世纪晚期,随着民族主义的兴起与基督教日益腐败,越来越多的西欧国家不满于此种伦理秩序与价值理念。在英国,亨利的离婚案使民众陷入民族身份焦虑之中,并由此引发种种伦理冲突。《狼厅》中,当亨利向法国大使查普伊斯解释娶安妮为妻只是为了满足其作为一名普通男人的权利时,大使对亨利说:"在国家的利益与都铎家族的利益之间,应该划一条界限(曼特尔,2010:431)。"正如渥兰主教所言"我看到你神化了自己的意愿和欲望(曼特尔,2010:371)",斯芬克斯因子的失衡让亨利自由意志无限膨胀,以至于王权成为满足个人意志的暴力机制。加迪纳就认为,亨利为了"爱情"会做"凡是他能想到的事情……没

有止境（曼特尔，2010：378）。"如果亨利继续一意孤行，那么在国内将会进一步激化身份焦虑所致的伦理冲突，同时也会使英国卷入与法国和西班牙的战争之中，但同时它也为英国挣脱罗马统治打开一道裂缝，从而开启了英国民族主权建构之路。在这场转危为机的神权与王权的博弈中，克伦威尔发挥了至关重要的作用。小说中，一方面，为了彰显王权，他打压教权树立王权的至高性，并且从民众的集体记忆中挖掘王权的神圣性；另一方面，他又以王权伦理来限定国王的非理性意志，框定亨利的权利与义务。这样，一度被欲望化的王权暴力逐渐变得合理与合法，王权伦理秩序得以重新建构。与此同时，大多数民众开始认可此种权力秩序，以宣誓的方式承认其权威地位。

王权的彰显首先体现在对教权的支配上。中世纪以来，神权伦理大行其道，上至君王下至平民无一不是受上帝主宰的"羔羊"。《狼厅》开篇不久，沃尔西就已经全面筹划国王离婚案。一方面他力劝亨利"忘记自己良心的不安（曼特尔，2010：26）"，接受现有的与凯瑟琳的婚姻；另一方面，他又认为，"国王良心上的不安必须得到关注（曼特尔，2010：26）"，设法证明其婚姻无效。但无论哪一种解决方案，沃尔西都将离婚案置于基督教话语体系内，企图在教皇与国王之间斡旋。他将亨利视为"基督教世界里最和蔼、最贤明的国王（曼特尔，2010：52）"，这说明他注意到亨利的两种平行身份，却有意忽略他后一种身份。在幻想自己成为教皇并与亨利共餐时，他猜想"国王是不是给他递餐巾，得先招待他（曼特尔，2010：136）。"可以说，本着教权大于王权的立场，沃尔西无法满足亨利多变的性情，而"灾祸突至"时他才意识到他所"拥有的一切，都来自国王（曼特尔，2010：48）。"在目睹与反思沃尔西倒台后，克伦威尔意识到王权的力量并认为，"国王是通过在议会中表达出来的人民的意愿，才得到他的王权（曼特尔，2010：520）。"这就从本源上否认了君权神授，驳斥了教权大于王权，为其彻底执行宗教改革打下思想基础。如果说亨利对沃尔西的惩治体现了王权对教权的威严，以他为代表的教会权力在英国已经变成"一个濒临死亡的怪物（曼特尔，2010：57）"的话，那么，处死莫尔则意味着对此"怪物"最后一击。抓捕莫尔之前，克伦威尔已经通过议会立法的形式确立了王位继承权，王权的合法性进一步得到确认和巩固。

1534 年,《至尊法案》被议会通过,王权最终取代了教皇的地位,成为英国教会的首脑。在这一过程中,克伦威尔强调宣誓的重要性,他以国家安全为叙事说辞,"所有神职人员和国家官员都必须按规定的誓言(不承认教皇的至上权威)进行宣誓,凡拒绝宣誓或批评该法案者均以叛国罪论处(程汉大,1995:155)。"然而,作为基督教世界里最为虔诚的人,莫尔却极力抵制这种道德味极浓的仪式,甚至当克伦威尔说"你背叛的是整个下一代……你简直不算英国人(曼特尔,2010:554)"这样的话语来劝说他时,他还是无动于衷。莫尔最终被处死了,他的下场象征着王权法令彻底战胜了"上帝的法律",王权至高性得到最大化的彰显。

在对王权至高性的书写中,曼特尔还有意加入关于亚瑟王的传奇叙事,借以彰显王权的神圣性。小说中,王权神圣性像是一条隐性的碎片式的叙事线,散落在教权与王权争斗的显性的直线式叙事线之中。在"不列颠秘史"这一章中,克伦威尔最早从沃尔西口中得知亚瑟王的故事,"至高无上的不列颠王亚瑟是康斯坦丁的孙子……他并没有真正地死去,而只是等待着卷土重来(曼特尔,2010:64)。"曼特尔在此后便中断该叙事线,直至小说中间部分才穿插格利高里阅读《亚瑟王之死》的故事。格利高里认为,"我们的国王的血统就来源于这位亚瑟。他从来就没有真正死去,而是等在森林里或哪一座湖中静候时机(曼特尔,2010:215)。"随后在英格兰边远地区加来,克伦威尔在总督的图书室里发现了亚瑟王传奇。总督说:"刚开始读的时候,我几乎读不下去。对我来说,它显然过于离奇,毫无真实可言。但是随着一点一点地读下去,你知道,我发现这个故事里蕴含着一种寓意(曼特尔,2010:412－413)。"总督并没有说出"寓意",但从其言行中可窥得一二。加来虽然属于英国,但这里讲法语和佛兰芒语却要多于英语,这在一定程度上反映该地区民族意识比较淡泊。虽然国王此行目的主要在于与法王商讨离婚案,但却意外地增加了民众的爱国情感。从某种程度上说,出行装配的奢华与随行人员的地位尊贵成为一种权力的巡演。在坎特伯雷,"每幢房屋都被挤得水泄不通(曼特尔,2010:385)",王权力量在表演与观看中得到彰显。当亨利到来时,总督"甚至已经把国王和侯爵安排在两个中间有一扇连着门的房间(曼特尔,2010:391－392)",这样,王权概念在与贵族的区分中得到

展现。由于亨利七世时流传着关于都铎家族的王权神话——"该家族自称是古不列颠末代国王 Cadwaladr（约 633—682）的后裔（Mackie，1962：47）"，那么，处在权力边缘的总督此时可能意识到，亨利的王权与亚瑟王之间存在着某种联系，尽管该想法听来"离奇"。小说末尾时，当国外学者以亚瑟王为虚构人物而未将他写入不列颠历史时，克伦威尔不以为然地说："理由不错，只要他能证实这一点（曼特尔，2010：633）"，进而否定国外对英国历史的篡改。在这些亚瑟传奇的碎片化叙事中，亚瑟王与都铎家族的血脉关系被书写出来。亨利由于离婚案而抗击罗马权威，验证了不列颠民族中流传已久的古老寓言，即"上帝不允许不列颠人统治英国直至梅林向亚瑟预言的那一刻来临……英国人将从罗马手中夺回英国（Geoffrey of Monmouth，1966：283）。"这样，"过去看起来好像又活了，至少体现在血缘上……过去从未死去（Schwyzer，2004：23）。"王权的神圣性从民族的历史记忆中被恢复和认可，从而抗击了教会鼓吹的君王神授观。

除彰显王权的至高性与神圣性外，克伦威尔还以王权伦理限制亨利的个人意志，强调国王肩负的历史责任。在成为枢密院一员后，莫尔就曾对克伦威尔说，"我希望你告诉国王他该做什么，而不仅是他能做什么（曼特尔，2010：274）"，这就暗示着不能毫无限制，任由亨利个人欲望横行，最终偏废了他作为一名国王的责任。克伦威尔也深谙此理，他一方面发誓拥护国王的权力，不断对自己的儿子说为人臣子的职责——"遵从国王的要求……为国王的愿望扫清道路（曼特尔，2010：283）"，另一方面他又想方设法引导亨利审视并合理使用其权力。亨利将国家视为其私有财产，一种实现其个人欲望的工具，因而他曾抱怨"国家如果不是为了支持其国王的事业，那还要国家干吗（曼特尔，2010：176）？"然而，克伦威尔曾在议会中反对国王发动劳民伤财的战争，反对亨利的那一套说辞。他将社会的构成看成是一种契约，"有赖于一种密切的关注，一方对另一方利益的密切关注（曼特尔，2010：329）。"这种契约与洛克（John Locke）的社会契约论如出一辙，其目的主要在于"创造一个权威，以适当地保护我们的自然权利（麦金太尔，2004：214）。"小说中，这个权威指以亨利为代表的国家权力，克伦威尔就曾对克兰默说："这些人需要一个好的权威……他们肯定会发现，服从英格兰国王……是件理所当然的事情（曼特尔，2010：505）。"可以说，这里的"好的权威"指的就是亨利能够履行契约，担当起保护民众"不受外来精神或物质上的侵犯，让他们享受自由（曼特尔，2010：329）"的责任。克伦威尔十分清楚，现在的亨利只不过是想迎娶安妮为妻，但时间一久他还会想要得更多，因而，有必要对其权力进行引导，唤起其内心的责任意识。都铎王朝是一个由神权向人权逐渐过渡的时期，脱离了神的庇护，作为凡人的一国之王必须要依靠自身的威严去统治国家。因此，国王必须要一手握权一手握德，这样才能使得人们由对神的崇拜过渡到对王的崇拜，最终消弭上帝退却后的身份焦虑。接受克伦威尔建议的亨利很快被其臣子与民众所接受。小说中的一个细节足可证明这一点：亨利由于身体原因不得不更换发型，随后他的新发型便在宫廷和民间流行开来，这说明人们已经开始认可甚至崇拜以亨利为符号的都铎王权。从某种意义上说，王权崇拜正是人们认可王权伦理秩序的必然结果，人们将国王视为至高权威，将其手中的权力让渡给他，为之服务且受之庇护。至此，一种围绕王权而建构起来的王权伦理渐现雏形，它使原本的王权暴力合理化：国王成为权力的核心，享受至高无上的权利，民众要忠诚于国王的意志，同时又要以维护和增进民众与国家利益为义务。

聂珍钊认为，文学作品的一个重要意义在于"为人类提供从伦理的角度认识社会和生活的道德范例，为人类的物质生活和精神生活提供道德指引，为人类的自我完善提供道德经验（聂珍钊，2010）。"曼特尔以新历史主义叙事手法趋避亨利离婚案的政治因素，从伦理的角度将之还原为一种斯芬克斯因子失衡所致的伦理事件。这种解读虽然看起来有些偏颇，但也不失为一种对历史多面性的还原。正如克伦威尔所言，"人们害怕的就是缺乏事实：你打开一道缝隙，他们便把自己的恐惧、幻想、欲望全部倒了进去（曼特尔，2010：349）"，曼特尔对离婚案的重新解读也好似打开了一道缝隙，为现代人们反思历史与当下提供了一种途径。

作为"当代最伟大的小说家"，曼特尔不仅继承了英国小说的传统，同时表现出了鲜明的现代主义特色和英国文学国际化的倾向。对于理解当代英国文学及西方文学、历史与政治、伦理与文化，曼特尔无疑具有重要意义。

作为一名小说家，曼特尔所关注的内容，前后具有极大差异，她从不写

一样的东西。权力、金钱、性,都是这位野心勃勃的小说家津津乐道的话题。她关注"革命",热衷于表现革命者的个人生活和政治生活;她乐于做出某些有趣的科学推断,尤其想阐释清楚人们在巨大压力下表现出的一些不合理行为;家庭关系、政治背景、文化背景是贯穿其大多数作品的重要元素,她的作品从来不会脱离社会和政治主题;她同情阿拉伯国家女性的可悲地位和不幸遭遇,批判西方国家女性安于现状的政治态度;她的小说在塑造人物形象、表现人物及政治的阴暗面以及处理人类生活中的一些现实问题等方面别具一格。尽管曼特尔的作品主题多样,内容丰富,但她始终如一关注着伦理道德问题和政治文化问题。在她的作品中,无论是对于历史人物还是现实人物,无论是对于个人生活还是政治生活,都存在着对道德模糊性和政治生活不确定性的关注和探讨。她的小说绝不仅仅是简单刻画了现代人所面临的种种生存困境,而是以一种更为积极的姿态表达她对社会政治生活的参与和认同,表现她对当代民族共同体的建设思路。

对于艺术家而言,要创作伟大的作品,就需要面对和接受偶合无序的外部世界,而不是把臆想中的形式强加于并非整齐划一的外部"崇高的"真实。当代小说常常不是落入"报刊体",就是"水晶体",在理想的小说中形式和偶合无序之间存在着必要的张力,小说既有足够的形式结构,又不剥夺人物的自由和偶合无序。这虽然是一项艰巨的任务,曼特尔却完成得很好。曼特尔特别擅于描述潜伏在作品人物日常生活中的重重危机。这些长期积累的张力和风险一旦爆发,人们就不得不面对生活和社会带来的沉重压力和恐慌,并由此产生了悲剧、喜剧,甚至是闹剧,因而,"黑色幽默"和"哥特式风格"成了曼特尔作品中的重要元素。曼特尔无疑是一位"恐怖作家",作品中较多的暴力、阴暗、恐怖的色彩表达了她对现代化的负面后果、价值观的变迁、人的异化等诸多社会、政治和伦理问题的深刻理解。

生活中,曼特尔常常思考道德问题,甚至产生过道德焦虑,由于自己无法生育,她尤其关切母子亲情。她总是担心婴儿在医院里被抱错,母亲们最后抱回家的不是自己的孩子,现实生活中,这类事情常有发生。她为此感受到了深刻的恐惧:人类永恒的天性之一就是孩子识别自己的父母,父母识别自己的孩子,就连动物也具有这种本能。这种父母和子女之间的血缘关系是一种自然属性,天生就有的。但从医院孩子抱错的案例来看,这样的事情一直都在发生着,有的人要好几年以后才发现弄错了,有的人甚至一辈子都不知道自己身边养着的竟然是别人的孩子。为了阐释和理解这种道德恐慌,曼特尔还专门写了作品《小孩子》,讲述一对长得非常不像的母女的故事,从而揭示了那令人心碎的意外。不仅如此,在小说《变温》中,主人公拉尔夫的风流韵事几乎让他的家庭分崩离析,这个男人周围已经危机重重,而真正令其生活发生不幸巨变的则是他为偷他孩子的恶人打开了方便之门。为善助人是拉尔夫一生都在追求的目标,他的善良使他不能忍受那些人留在暴风雨中,从而打开家门让他们躲雨,然而正是他的善举使得灾难降临,他们把他的儿子偷走,带到黑市上卖掉器官,并将其残忍杀害。曼特尔通过这个简单的故事展现了一种"复杂的道德情怀"。克伦威尔系列小说《狼厅》和《提堂》是以 16 世纪英国都铎王朝为背景的历史小说,聚焦于克伦威尔的个人生活与政治活动,展现给读者一幅家庭生活、社会生活及政治斗争盘根错节的复杂画面,在对忠诚、背叛、善举、恶行等道德伦理问题的探讨中表达了作者的伦理态度。

除了小说创作,曼特尔还是著名的评论家,曾在《伦敦书评》、《纽约书评》等杂志上发表相关评论。曼特尔在大学阶段并没有接受过文学写作的培训,更没有学习过批评理论,因为她主修法律,但她是个完美主义者,对自己的作品要求很高。她的创作常常是无意识的,只有当作品完成后,她才知道自己到底写出了什么。对她而言,创作是本能的。当评论员的经历对她的创作是补充和完善的过程。在评论他人的作品时,她发现作家们在创作中总是存在这样或那样的问题,她自己写小说时也不例外,如此,她就会是一个更有同情心和理解力的评论者;而作为小说家,洞察了他人的问题之后,她就有可能对其进行纠正或避免,从而创造出更优秀的作品。在探讨那些一直困扰着小说家的主题时,她的小说比其他作家更为间接地对我们时代的道德问题、政治问题和家庭问题做出反应。因而,以英格兰特性、叙事伦理和共同体形塑三个关键词为切入点,通过对小说文本尤其是《狼厅》和《提堂》的细读和研究,结合叙事伦理理论、共同体构建理论,进一步审视潜藏于文本中的作者的矛盾文化心态和道德伦理取向,具有重要的意义。

第4章 文化与共同体形塑

4.1 构建民族文化共同体

　　进入 21 世纪以后，英国作家们都不约而同地选择新颖与多样的叙事形式来表征社会现实，其中新历史主义小说就是他们惯用的叙事文类之一。当今英国文坛中，较为出彩的历史小说有麦克尤恩的《赎罪》(*Atonement*)、马丁·艾米斯《恐怖的科巴》(*Kobathe Dread*)、巴恩斯的《亚瑟与乔治》(*Arthur And George*)、希拉里·曼特尔的《狼厅》《提堂》，以及吉姆·克雷斯(Jim Crace)的《收获》(*Harvest*)等。两次荣膺布克奖使曼特尔的"克伦威尔"系列小说备受关注。"表面看来，小说似乎是在书写几个世纪前的英国历史，但实际上作品观照的是当代英国(尚必武，2015)。"曼特尔历史小说十分注重对诸如暴行、战争、天灾、疫病、政治婚姻、宗教改革、科技与异化等社会问题的关照与书写，其创作意图之一就是力求反映与再现英国当下社会现实：多元文化主义时代下人们对共同体的诉求之愿。

　　共同体作为人类持久的、真正的共同生活，不仅与特定的社会关系或纽带联结，包括生产力、生产关系或上层建筑中的任何一个领域,还像家庭和民族一样,既体现为一定的物质、经济关系,也体现一定的心理的、文化的和精神的关系。在鲍曼看来,共同体一直是一个象征着互助、和谐和信任的褒义词,其本质是传递出一种安全、愉悦和令人神往的满足感,意味着怀念一种传统的稳定生活,或者渴望重新拥有一个团结和谐的世界(鲍曼,2003:2)。当今世界,多元文化主义已成为一种不可逆转的趋势,但它并没有如其许诺的那般为人类带来差异与平等,相反,人们似乎看到了多元文化主义的某种衰退。民族国家开始重新主张国家、建构共同价值和认同、单一的公民身份,甚至"同化的回归"等理念,开始强调"整合"、"社会凝聚力"、"共同的价值观"、"共享的公民身份"等关键词(胡谱忠,2015)。正如英国学者鲍伯·杰索普(Bob Jessop)指出,"在当前全球化的以知识为基础的经济当中,民族国家仍然重要,它不是正在消亡,而是正在被重新想象,重新设计,重新调整以回应挑战(杰索普,2007)。"二战后,随着世界多元文化的冲击,英国"日不落帝国"的格局逐步瓦解,英国的民族身份面临着消解与重构的双重压力,越来越多的英国作家开始从不同角度审视英国民族性问题。在曼特尔看来,优秀的小说家应当通过自身的创作,将那些被遗忘的人和事呈现出来以引起当下人们的重新认识和思考(Gardiner,2009)。

曼特尔的作品表达了她对时下一些社会问题尤其是民族身份问题的关注和反思。作为人的社会属性的表现形式,文化认同和族群相关,也与国家政治生活相关,因而可以说,文化认同是民族国家认同的重要组成。通过小说创作,曼特尔与民族共同体文化进行了深层次的对话,表现出了构建当代英国民族共同体的努力和决心。齐格蒙特·鲍曼(Zygmunt Bauman)曾经指出,当现代性导致生活碎片化的时候,共同体只能作为一种价值理想而存在(Bauman,2001:102)。尽管曼特尔所追求的共同体只是一种想象的共同体,却是有助于缓解在全球化进程中新的现实问题的有力工具,为人类摆脱当代生存困境开辟出新的思维空间和新的对话方式。曼特尔的经典小说正是通过文化认同的方式对英格兰民族国家共同体进行重新想象和改造。

4.1.1 民族共同体

4.1.1.1 民族与民族国家

解读和定义"民族"（nation）是世界民族学、人类学等诸多学科长期关注的重要理论问题之一。"民族"一词源于古罗马时代，当时被用于称呼外部部落，是以地域或血缘关系为基础而建立的一种真实抑或虚构的联系。现代对民族的界定依然没有脱离上述框架。1976年出版的《牛津词典》将民族定义为"在血统、语言、历史"等方面具有基本共同的特点，通常居住在被明确划定的领土范围之内的大量民众（刘中民等，2006：17）。"斯大林在《马克思主义和民族问题》一书中提到："民族是人们在历史上形成的一个共同语言、共同地域、共同经济生活以及表现于共同文化上的共同心理素质的稳定共同体（王联，2002：2）。"斯大林的民族定义引起许多人的热议：有极力赞同的，也有持不同意见的。不可否认，斯大林的民族定义具有强烈的时代特点和明显的政治性，但却与当今社会现实之间存在一些差异。民族是人类共同体最普遍的存在形式，从其形成至发展成熟的不同阶段差异很大，因此很难作出全面的、公认的定义。但这并不是说没有共性的因素。上文提到的多种定义和解读表明民族有三大属性，即共同语言、共同地域、共同文化。由此可见，民族可以被看成是一个在统一的起源传说、主流历史、标志性文化符号基础上的利益共同体和具有自我认同意识的人们共同体。

"民族"一词具有多义性，其英文 nation，既有"民族"的意思，也有"国家"的含义。美国科学行为主义学派的主要代表人物卡尔·多伊奇（Karl Wolfgone Deutsch）认为：一个民族就是一群拥有国家的人民，表明了民族与国家的关系。"国家"这一概念已有 5000 余年的历史，而民族国家的产生是当今国家形态发展的一个终端。民族国家即国家的领土与某一民族所居住的疆域一致，由民族从它的自然状态转变为国家的政治形态（陈乐民，周弘，1999：84）。民族是具有共同社会特征的人们在历史发展过程中形成的人类共同体，是人类各种利益的实际载体。民族国家是"政治实体的最高形式，民族精神的政治外壳，民族意志和命运的物质体现"（Sabine，1961：306）。民族国家不断增强的民族凝聚力将民众对民族的热爱转换成为对国家的忠诚。尽管全球化进程加深侵蚀国家认同,但目前国家仍然是最具权威和组织能力的共同体。当代社会对真正共同体的强烈向往是人们对自由与安全失衡的心理反应,是由于人们在民族国家衰微之后拥有更多的自由但却又陷入社会的不稳定状态中。

民族国家不是单一的想象共同体,它还是一个政治共同体。民族国家的古典形式不是美洲殖民地民族国家,而是欧洲民族国家。欧洲民族国家的出现受到内、外两方面原因的推动。从内部看,在欧洲近代社会大规模转型,原有的国家功能受到挑战后,新的社会力量和知识分子开始反抗传统的宗教文化,并致力于形成自身的民族意识和民族认同。此时,"社会需要一种抽象的整合",一种能够使得散落在广袤领土上的人们感到在政治上负有相互责任的思想意识认同(Habermas,2007),从而为民族国家的建立准备了思想基础。从外部看,由于欧洲各区域发展的不平衡,国家间存在天然的竞争,而发展现代经济,无疑是在竞争中获胜的重要筹码。但满足现代经济发展的基本条件,只有在一个特定的政治与经济单位内才可能逐步实现,这就使建立民族国家成为欧洲现代化过程中的一个必须完成的任务。因此,谁要想在现代化的过程中不落后,就必须尽快地建立自己的民族国家(陈晓律,2006)。欧洲民族国家为后起的民族国家提供了效仿的样板。

在英格兰、苏格兰的土地上,由于英吉利海峡使岛国与大陆多了一个隔离带,使得不列颠"民族国家"成型最早,轮廓也较清晰。英格兰民族国家的形成经历了从"民族"到"国家"的发展历程。在从民族到国家的发展路径中,文学家、史学家等学者或相关知识分子都通过自身的学习和创作为构建民族文化共同体,加强民族意识和民族认同做出了巨大的贡献。

4.1.1.2　共同体

"共同体"的英文 community,是由拉丁文前缀 com("一起,共同"之意)和伊特鲁亚语单 munis("承担"之意)组成的。共同体经历了由自然形成的"原始共同体"到现代意义的"当代共同体"的发展历程。在这个漫长的发展历程中,对共同体的界定和内涵的理解也在不断发展变化。

把共同体(community)从社会(society)概念中分离出来作为一个基本的社会学概念,最早可以追溯到德国社会学家斐迪南·滕尼斯 1887 年发表

的《共同体与社会》(*Gemerischaft and Gesellschaft*)。Gemeinschaft 在德文中的原意是共同生活,滕尼斯用它来表示建立在自然情感一致的基础上,紧密联系,排他的社会联系或共同生活方式,这种社会联系或共同生活方式产生关系亲密、守望相助、富有人情味的生活共同体(赵健,2005)。随后,滕尼斯在与"社会"相对的意义上,给"共同体"下了一个经典性定义:"共同体是持久的和真正的共同生活,社会不过是一种暂时的和表面的共同生活。因此,共同体本身应该被理解为一种生机勃勃的有机体,而社会应该被理解为一种机械的聚合和人工制品(滕尼斯,1999:53-55)。"显然,在滕尼斯看来,共同体和社会是二元对立的关系,"共同体"关系才是人类关系的真正本质,"社会"只是一种表象。在此基础上,"共同体"的概念几经瓦解和重构,经历了共同体与语境(如科学共同体、学习共同体、实践共同体、知识共同体)、共同体与组织(共同体是指那些成员因为家族、地域、志趣等自然因素而结合,以满足成员需求为目的而产生的组织)、共同体与精神特质(共同体是一个充满想象的精神家园)的理解过程,最终发展到当代共同体的生成和理解。随着社会的不断发展,原始意义的共同体逐渐消失,取而代之的是当代意义的共同体。不同于血缘共同体、地缘共同体等原始意义上的共同体,当代共同体是自然产生和存在的,不以个人的意志为转移,它的形成经过了一个逐步建构的过程。当代共同体是一种方式,用以唤起民族国家共同的民族属性。对当代共同体的理解主要体现在共同的目标、认同与归属感等方面。

共同目标是共同体生成的前提。人们在追求共同目标中产生真正的协作,在此基础上,才有可能产生共同体这个协作系统。民族是人类社会中最基本的人们共同体形式,每个人都有自己的民族归属。在德国著名社会学家马克斯·韦伯(Max Weber)看来,"在明显的、模凌两可的'民族'背后,都有一个共同的目标,它清晰地根植于政治领域(王联,1999)。"共同体成员在不断追求共同目标的过程中,身份认同与归属感会不断得到加强。

随着全球化的发展,人们的流动和多元交流得到进一步加强,人们不得不时刻考虑自己的身份问题。身份认同(identity)作为共同体生成的基础,已经成为当下社会学研究和西方文化研究的一个重要概念,其基本含义是指个人与特定社会文化的认同。身份认同主要分为四类：个体身份认同、集体身份认同、自我身份认同及社会身份认同。认同问题实质上是哲学的基本问题，源于作为社会主体的个人对自身生存状况及说明意义的深层次追问：我（现代人）是谁？ 从何而来、到何处去？ 因此，不管"身份认同"这个概念如何定义和分类，对它的主要理解可包含两点：一是表明了生活在社会中的个体与社会的关系（孙频捷，2010）；二是表明了鉴别身份的标准已经呈现多重性。身份认同并不是恒定不变的。随着社会的发展，文化的变迁，政治的变动，身份认同总是一个不断变动的过程。

归属感是共同体维系的纽带，是个体对群体的认同，满意和依恋程度的情感体验。个体在群体中生活，必然与群体中其他个体具有一定的相似性，包括态度、情感、价值观和行为方式等，相似性高，就容易被群体接纳，得到其他人的认同，这时就会产生对群体的归属感（邹明，2007）。鲍曼认为，归属感是共同体成员的"共同理解"（common understanding），是一种"相互的、联结在一起的情感（周濂，2009）。"而现代意义上的这种"共同理解"已经被理解成共同利益、共同信仰、共同道德（王轶，2009）。共同体成员在追求共同目标过程中体验到一种归属感及对其他成员的信赖与安全感，这种情感维系着共同体更加稳固地发展。

4.1.1.3　民族共同体

近几年来，随着民族、共同体等术语的广泛运用，民族共同体一词已为民族学家和文学研究者们普遍使用，但对于这个概念的定义和理解，依然存在着较多分歧，特别是它与民族、人们共同体的关系及其"政治化"、"文化化"等方面特征都引起许多学者的激烈争论。

从宽泛的角度而言，民族是一个以某种认同为基础的人们共同体，其发展过程可划分为形成期、发展期和成熟期三个阶段。每个时期所表现出的内涵、特点及形态等表征差异较大。有些民族以被同化的方式消失，有些民族经过不断融合形成新的民族。显然，民族共同体的形成有两个最重要的因素：政治和文化。政治利益在民族形成过程中起着首要作用，政治利益的一致是维系民族共同体的纽带，是民族认同的基石。不同的人们共同体或不同文化的人们共同体可以通过政治利益熔铸成一个新的民族共同体；文

化在民族形成过程中则起着标识作用,由其流射出心理暗示,影响民族共同体的认同。因此,政治性和文化性都是民族共同体的重要属性,那些提倡"去政治化"或"弃文化化"的观点都是对民族共同体这个概念的片面理解。

多年来,我国的民族研究常常把"民族共同体"当作"人们共同体"的同义词,使用颇为混乱。其实这是两个不同的概念,在类型、来源、特征等方面都存在一些区别。人们共同体是根据一定的标准对人类划分成的若干个群体。每个群体的成员之间或者存在着明显的共同特征,从而使群体具有内在的同一性;或者结成一个稳定的团体,从而使群体内有着直接的联系。根据某个特定标准划出的各个人们共同体的总和,构成一种人们共同体的类型,每种类型都具有不同于其他类型的独特性质(贺国安,1988)。根据这个理解,阶级就是从经济角度确定的人们共同体类型,政党是从政治角度确定的人们共同体类型,而宗教团体则是从精神信仰角度确定的人们共同体类型,还有一些具有同一性和结合性兼有的其他共同体类型。从这个角度而言,每个民族共同体都理所当然的是人们共同体,但每个人们共同体却未必就是民族共同体。因而,要探索民族现象的本质,必须把民族共同体放到整个人们共同体系统之中。民族共同体可以与宗教共同体、语言共同体、文化共同体等具有较大的重合面,但宗教、语言及文化等因素都不足以成为分界民族的本质特征。斯大林民族定义中提到的"共同心理素质"可以理解成"民族性格、民族意识、民族感情"等。当下,"民族认同感"便是对民族共同心理素质的最恰当的回应,因为它是所有民族构成因素和民族区分因素的总和在心理上的集中反映,是民族诸多特性中最重要的系统结构。

显然,民族是具有自我意识的语言文化共同体。民族的这一本质恰恰表明了它的社会属性。民族是由具有社会性的人组成的,而这些人在作为民族成员的同时,又是其他各种社会共同体的成员,当然也不能脱离社会的政治与经济活动,况且语言、文化和群体意识本身就是一些社会现象。社会不是抽象的,它是各种人们共同体的总和。这些共同体作为社会的不同侧面,互相联系,互相影响。每一种人们共同体都从各自的角度介入社会生活,并发挥着自己的职能,而民族共同体作为一种具有自我意识的人们共同体,在社会舞台上的活动带有较强的自觉性。

民族共同体是人类脱离血缘关系的氏族和部落社会后必然的客观存在,是人类的必经阶段,其存在形态呈现多样性,有时与国家是合一的,即单一民族国家状态,然而随着时间的流逝,单一民族国家必将演变为多民族国家。民族共同体是不断变化的人们共同体,基于共同历史、文化、政治利益基础上的自我认同意识是其核心内涵。移民人群是民族共同体的一种变体,在经过较长时期的融合后,将形成为新的民族共同体。作为人类个体,不可能脱离民族身份而存在,民族身份和公民身份是每个人必然具备的社会符号。

4.1.2 "文化"与民族文化认同

"文化概念"和"文化观念"是两个既紧密关联又有区别的概念。"文化概念"是对文化一词的语义界定,而"文化观念"则是体现"文化概念"内涵与外延的、支配一个民族总体生活或行为方式的、涉及实际生活边边角角的多重思想观念。本书所强调的"文化观念",是指通过文学创作所反映出的一个广阔的领域,包括着一个民族的历史、文化、风俗、道德、思想、文字等多重文化观念。文化观念制约着共同体中人们对生活的全面理解,而文学作品是表达并交流这种理解的重要媒介。文化观念的变化和发展直接影响着文学作品的生成方式,而文学作品又反过来对文化观念的走向施加重要影响。就文学研究而言,只有将这种在历史进程中互为表里的关系纳入视野,才能拥有对作品的透彻把握,进而将文学研究提升至文化研究的高度。作家的文学创作行为就是一种文化传承与文化自觉,是一种社会实践,与社会生活密切相连。

4.1.2.1 "文化"的界定

当今世界,"文化"(culture)已经成为无人不知、无人不用的术语。然而,一说起它的定义,仍然令人生畏。恰如弗伊利(Patrick Feury)和曼斯菲尔德(Nick Mansfield)所说,"很少有比'文化'更成问题地词语了(Feury P and Mansfield N, 1997:18)。"究其原因,正如威廉斯(Raymond Williams)所说的那样,"部分原因在于它经历了好几种欧洲语言的历史演变,盘根错节,而主要原因是它目前已经被好几个截然不同的学科用作重要的概念,而

且被用在好几个互不兼容的思想体系中(Keywords,1983:87)。"可见,对文化的界定因人而异,因时而异,也因学科而异。本书拟从人类文化学、民族学、社会学、文学等视角探讨对文化的理解,因而更多关注这些学科领域的专家学者给出的文化定义。

早在19世纪,英国人类学家爱德华·泰勒(Edward Burnett Tylor)首先对文化做了如下阐述:文化"是一个复杂的综合体,它包括知识、信仰、艺术、道德、法律、风俗,以及作为一个社会成员的人所习得的任何其他能力及习惯(Tylor,1958:1)。"这样的定义虽然"几乎含糊得不能再含糊了(Greenblatt,1995)",但此后出现的其他对文化的界定大多没有超过泰勒的定义范围。值得注意的是,英国人类学家马林诺夫斯基(B. K. Malinowski)把文化分为物质、精神、语言和社会组织这样几个方面(马林诺夫斯基,1987:108)。美国学者菲利普·巴格比(Philip Bagby)认为文化就是除属于遗传以外的社会成员的内在和外在的行为规则或模式(巴格比,1987:96,100)。这类专家们所关注的重点体现在文化的组成和分类方面。

文化批评家们也对文化概念进行了梳理、培育和充实。威廉姆斯在《关键词》(Keywords,1976)一书中,从词源学的角度对文化一词的拼写及其含义的递变作过梳理。英语culture一词最早可以追溯到拉丁语colere,后者几经变体,如coulter和cultura,慢慢发展为中古英语culter/colter和coulter等词,最终于17世纪初叶定格为culture,其含义也由最早的"动植物的培养"渐渐发展为"心智的培养"等。如今常见的理解有三种:(1)形容思想、精神和审美演变的总体过程;(2)表示一个群体、一个时期、一个民族乃至全人类的某种特定生活方式;(3)指涉思想艺术领域的实践和成果(Raymond Williams,1983:87 - 90)。随后英国评论家马修·阿诺德(Matthew Arnold)指出文化是"世界上最优秀的思想和言论(阿诺德,2002:208)",这一表达赋予了"文化"一词更新的价值含义。及至苏格兰评论家托马斯·卡莱尔(Thomas Carlyle),文化则被看成一个民族的总体生活方式(转引自Raymond Williams,1958:83)。这类文化批评家们关注的是文化的思想和文化的社会功能,并明确把文化概念和民族连接在一起,突出了文化的民族性。

现代文化学研究认为,文化是人类有意识活动的综合成果,是一个有机的整体,分为物质形态、非物质形态(如精神的)和行为方式等有机构成形态(赵世林,2002)。由此表明,文化是人类独有的,是与其他动物的本质区别;文化是人的共识符号,也是人类结成稳定共同体的依据和内在动力,其中精神文化传承或再生产是这种共同体的内聚和认同的源泉。

尽管对文化的界定有不同的说法,但有一点是共同的,那就是各种解释都承认人类的语言、心理素质、风俗习惯、生活方式、社会结构、道德标准、信仰以及他们所创作的物质文明所蕴含的人类行为等方面是构成文化的因素。文化概念的演变过程也表明:人类在适应生存环境缔造文化时,不断注入主体意识而使文化个性化、民族化;反之,文化在塑造人类时,又不断对社会的个体注入社会的群体意识而使人社会化、群体化。这种人类和文化的相互作用正是民族文化传承能动的社会历史过程。在这个过程中,民族文化在共同体的精神维系、民族性格塑造、社会结构构筑与整合等方面发挥了巨大的作用。

显然,文化具有深刻的价值意义。它既决定社会经济目标,又决定社会生产力发展。在人类历史发展进程中,文化聚合成一股巨大的精神动力,影响人类的交往方式,调控社会发展状态,凝聚民族精神,从而推动社会不断发展和变革。不仅如此,在当今世界,文化越来越成为经济社会发展的战略资源,越来越成为一个国家综合实力的重要组成部分,也越来越成为国际竞争和冲突的重要因素。

4.1.2.2　民族文化认同

"认同(identity)"一词源起于哲学领域中两个事物相同时"甲等于乙"的同一律公式,表示"变化中的同态或同一问题",后被民族学、社会学、心理学、文化学等多个学科引进和拓展。各学科领域专家学者对"认同"都有比较复杂的理解和阐述:哈弗大学著名政治学家约瑟夫·奈(Joseph S. Nye)提出"软实力"即价值认同甚至话语认同;加拿大学者查尔斯·泰勒(Charles Taylor)在《自我的根源:现代认同的形成》著作中对自我认同的根源进行了考察;安东尼·吉登斯(Anthony Giddens)的《现代性与自我认同》(*Sources of the Self：The Making of the Modern*,2012)、曼纽尔·卡斯特

（Manuel Castells）的《认同的力量》（*The Power of Identity*，2006）、戴维·莫利（David Molly）和凯文·罗宾斯（Kevin Robbins）的《认同的空间》（*Space of Identity*，2001）都对"认同"术语做过不同向度的考究和甄别（李武装，2011）。尽管如此，时至今日，认同问题依然是一个相当棘手的话题，因为其概念本身孕育着"认异"和"解构"的复杂博弈关系，更不要提其自身还蕴含着的时间维度和精神心理向度。

　　一般而言，认同是指个人或群体在社会交往中，通过辨别和取舍，从精神上、心理上、行为上等将自己和他人归属于某一特定客体。地域、语言、风俗习惯、民族文化、职业、身份、国家制度等通常是认同的媒介（Mercer，1990：105－109）。其中以民族文化为客体媒介的认同模式，追问的是人们如何从文化属性上来界定自己，并根据自身与所处社会文化环境的确定性及和谐度来调整自身的文化需求和文化反应。当个体的认同处于危机中，或者假设个体那些确定的、一致协调的、稳定的认同事项或媒介被其怀疑、不确定性体验所替代时，民族文化认同问题便会凸显出来（Mercer，1990：105）。

　　民族文化认同（national culture identity）是一个历史现象，其产生的背景与"民族"及"文化"密切相关。众所周知，文化是民族的，每一民族必将依托一种文化而繁衍生息。任何国家、民族，乃至各种正式或非正式的共同体都有其自身的文化要素和构件，这些要素相互照应，构成相对稳定的文化系统。不同的民族和群体均有其文化传承的内在生成和转换机制，如文化适应历程、民族文化认同机制等。代代相传的行为、思想及传统使各个民族形成了相互有别的态度倾向、社会文化规范及行为模式，并最终发展成独具特色的民族文化单元。尽管不同的民族及其文化存在着显著的差异，但文化族群之间也有一些通约因素，及存在于民族间的"内在一致性"。这些"内在一致性"因素与"差异"因素共同驱使着民族文化认同的发生和发展。同时，在当今全球化时代，不同文化间的冲突与交融往往构成一个国家的民族社会发展的基本格调，其中所关涉的民族传统文化发展模式正面临着全球化浪潮的洗涤，表现为在民族间相互学习或嫁接异质文化成分的同时，一些原有的民族文化因素和特征将逐渐消失。一切文化都只有在交流与冲突中才能发展,并形成自己的个性(季中扬,2008)。就个体文化社会性发展而言,民族文化的变迁、传承和创新源于不同民族成员负载的多元文化价值观念的冲击、认同与适应。这个动态过程便催生出了民族文化认同的结构及内涵。

至此,通过对"认同"术语概念的梳理及对民族文化认同产生背景的分析,民族文化认同的界定已呼之欲出。在文化全球化视域下,民族文化认同在最广泛意义上可以界定为:以一系列符号所象征的"民族基质"(national essence)或"民族志的素材"来确认自己文化的继承、复兴和壮大,致力于同质性(主要指主体意识和整体性)的文化共同体建构。其实质就是以民族认同或国家认同的文化空间单位来巩固或瓦解被一定文化所濡养的政治实体。而社会认知理论既关注人类民族文化认同的社会动态性,也强调个体民族文化认同的自稳态性与民族文化认同的系统结构特征。在他们看来,民族文化认同隶属文化主体的价值系统,通过态度心理结构得以展现。它指人们基于不同文化的接触和实践,以自己选择的标准对各种文化事项做出的认知判断、情感依附、行为选择和调整倾向,其实质是观念的反映与客观的表现的有机统一(王沛、胡发稳,2011)。民族文化经由认同体制,达成文化共识,相互吸收、整合,形成更具涵括能力的人类文化系统,包括本族文化和他族文化两大类。据此,人们的民族文化认同心理也可区分为本民族文化认同、主体或主流民族文化认同两个基本模块。因而,民族文化认同的结构可具体化为文化符号认同、文化身份认同及价值文化认同三个方面。以上不同的视域对民族文化认同含义的界定均基于人类社会实践发展的一般规律来考察人们在特定文化模式下的需求和反映。

本书所强调的民族文化认同,是以切入民族共同体成员的个体行为为条件的,因而特指个体在诉求自身文化需求的满足中,契合时宜地选择和依附特定文化,并将之改造为符合文化主体需求的文化形式与内容。从这个意义上说,民族文化认同是人的文化存在方式,其核心是文化主体间的价值选择与体认,反映着个体的一种文化价值观和归属倾向。

4.1.3　曼特尔历史小说中民族文化共同体书写概述

希拉里·曼特尔是当代英国著名女作家,对其经典作品的研究是我国外国文学研究的一个重要组成部分。然而一直以来这方面的研究工作更多倾向于相关译介和书评,对其所涉文化观念问题不够重视,更缺乏相关文化价值的深度探讨,同时也未能突出本土作家利用文学创作构建自身的民族文化认同心理的深层含义。文化是民族凝聚力和创造力的重要源泉,因而本书关注的重点是在现代性冲突的背景下曼特尔的文学创作对于民族国家文化建设的重要意义:在自身的文学实践和反思中以丰富多彩的文学意象不断地影响着民族的想象,打造着英国的公共文化,成为民族核心价值体系的建设者与守望者。人类的民族文化认同将随着社会文化的变迁而变化,其内涵具有鲜明的时代特征。曼特尔的小说创作有助于构建新的文化态度及更具社会适应性的文化行为模式,提高民族文化生活质量。

本章的切入点在于"文化"。在文学作品中展开对当代英国民族共同体文化的考察,十分契合文学实践的范畴和意义。对于文学创作来说,文化如同一个巨大驳杂的储藏间,埋藏着众多的可能性。作家的文学实践和反思正是在文化的带领下,在现代意识的关照下,选择、重构并最终创造出一些有益的文学养料。文化连接着一个民族的过去与现在,是民族历史承传的结晶。文化是民族意识和民族精神的衍生地,锻造了一个民族的历史惰性,也培育了一个民族坚韧的生存精神。在张承志看来,人类历史中成为精神文化的底层基础的感情、情绪、伦理模式和思维习惯等等,应当是更重大的历史研究问题(张承志,1985)。希拉里·曼特尔是英国本土作家,作为当代英国民族共同体中的一员,她本着深刻理解民族发展和"历史"发展的精神,秉着现代的眼光和思想,力求通过对英国历史的回溯整理,对民族文化、民族精神的剖析翻检,发现社会进步与道德伦理冲突的原因,找到真正促进民族发展的力量和相应的自信心。曼特尔的文学实践和反思正是验证了韩少功的观点:当代文学的责任是"释放现代观念的热能","重铸和镀亮""民族的自我(韩少功,2011)。"

在当代民族共同体文化视域下研究希拉里·曼特尔的小说,我们可以发现一些明晰的关键词,如传统、文化、历史、英格兰特性、民族身份认同、民族文化认同等等。与其说这些关键词是当下时代的词语表征,不如说正是这些关键词直接参与了当下时代精神向度和价值取向的建构。因此,本书将从这个角度,也就是民族共同体文化构建的意义上,来解读曼特尔的小说,审视当代作家借用现代文化和现代意识,解构和反思传统文化的新思路。

本章对当代英国民族共同体文化的考察,主要通过曼特尔挖掘民族传统文化,使重构传统文化的实践和反思的技术路线得以实施,并重点阐述作家如何通过自身的文学创作理解英国民族、英格兰特性、民族身份认同等时代话题。显然,作家构建当代民族共同体文化的行为是对民族传统文化的再认识和再创造,通过文化思维结构和文化潜意识的中介,最后指向"民族"和"文化"这两个核心。这种行为的深层含义在于探索民族文化的个性,使当代文学成为传统文化的历史传承和发展更新,并以其鲜明的民族性立足于世界文学之林。曼特尔将浓厚的民族文化意识灌注于小说创作,在独特的视角和审美维度中发掘民族文化的历史意义和现代价值,是对小说艺术特性的更高层次上的自觉。曼特尔独特的研究视角表现了当代作家们对于现代性的热切关注和对于当下社会所面临的一些问题的严肃思虑。

4.2　重塑克伦威尔,重构共同体文化

《狼厅》和《提堂》出版后,受到文评界的广泛关注。国外学者的研究视角主要集中于小说的结构、语言、叙述基调、想象力及主人翁托马斯·克伦威尔的形象再塑等方面。"道德的模糊"(moral ambiguity)和"政治生活的不确定"(the real uncertainty of political life)是人们较多关注的主题(Brown,2012)。在小说情节方面,曼特尔聚焦于都铎王朝紧张的君臣关系:作为宠臣,克伦威尔处境艰难,他必须时刻揣摩国王的心思,并设法令其心想事成,即使有些做法违背自己的良心意愿也在所不惜(Nance,2012)。在许多人看来,曼特尔刻画的克伦威尔颇具莎士比亚笔下人物的特征:自我意识和自我怀疑并存,冷酷无情与多愁善感纠缠,对传统观念不屑一顾(刘

国枝,2010)。国内学者对曼特尔的兴趣在这两部小说获奖之后也急速升温,除了采用上述视角之外,还关注作者以女性特有的笔触诠释克伦威尔那人性与狼性并存的政治生命(罗伦全,2011),赏析重塑后的克伦威尔的魅力(刘国清,2010)。

显然,国内外学者从多个层面剖析了曼特尔小说的创作主题和创作技巧,尤其是针对历史人物克伦威尔形象的重新塑造进行了较多的探讨,这些成果将为本文的研究提供一定的参考。然而,曼特尔塑造克伦威尔形象的动机是挖掘他如何由铁匠的儿子转变成艾萨克斯伯爵(Gardiner,2009),这个过程涉及许多亟待我们思考和回答的问题:其一,曼特尔选择英国16世纪都铎王朝的历史片段和克伦威尔这个历史人物为创作背景和对象,是否意味着要探索自身的民族身份,追溯民族文化的根源? 克伦威尔形象的重塑是否表现出强烈的"英格兰特性"? 其二,国内外学者在研究曼特尔的作品时,较多关注其高超的文学想象力和写作技巧,特别是作者通过想象和叙述,将克伦威尔塑造成一个外表冷静而内心复杂、自我意识和自我怀疑并存的莎士比亚式的主人公,却忽视了她在小说创作中自然流露的对民族文化认同的自豪感。其三,曼特尔在小说中频频以皇宫、城堡、泰晤士河、幽静的乡村为背景,探索在特定的政治局势和宗教改革背景中人性的平衡和道德的模糊,是否意味着她在表达自己的政治认同意识,并以此传递自身对现代社会中个体处境的独特思考?

历史上,"英国"是个模糊的概念,往往用来泛指包括英格兰、苏格兰、威尔士等在内的英伦诸岛,英格兰是其中面积最大、人口最多、经济最发达的一部分。早期,正是英格兰经历了长达一千多年的外来入侵——抵抗——同化这一循环往复的进程使不列颠容纳了各种各样的民族,并且最终糅合成现在统一的英国民族。但随着大量外来移民的涌入使英国成为世界上最多元化的国家之一,当代英国民族的身份认同危机愈演愈烈,英格兰特性再度成为热点话题。本文所指的"英格兰特性"并不是指狭义上的英格兰地区的种族属性,而是指最能代表整个当代英国民族共同体精神的特征,即英国性或英国精神,是英国民族在各个领域中区别于其他民族的特点(肖云华,2008)。本章将以对"英格兰特性"的理解和分析为框架,以《狼厅》和《提堂》

及其评论为主要载体,探索主人公克伦威尔的形象里蕴含的英格兰特性,解读希拉里·曼特尔对克伦威尔形象的矫正,分析英国本土作家借助文学作品深化英格兰民族身份认同的行为,研究英国推动公共文化建设、构建共同体的新思路。

4.2.1　英国民族共同体对克伦威尔形象的构建

近年来,文学中的"英格兰特性"成为英美学术界探讨的一个重要论题,相关研究多集中于对菲利普·拉金的诗歌、A.S.拜厄特的"新维多利亚小说"、朱利安·巴恩斯的《英格兰,英格兰》等文学作品的解读,从帝国霸权、殖民主义、经验主义、多元文化等方面审视了英格兰民族身份认同的内涵。"英格兰特性"体现着英国人对社会生活的全面理解,文学作品则是表达并传递这种理解的重要媒介。

"英格兰特性"是曼特尔在作品中致力探索的一个重要主题,通过对历史人物的挖掘翻新,曼特尔解读了当代英格兰特性所体现的民族独特性、包容性和多样性,表明了做一名当代英国人的意义。《狼厅》和《提堂》是书写政治斗争的小说,但同时也是英格兰之歌,弥漫着浓烈的英格兰特性。在创作作品之前,曼特尔并未表现出作为英国作家的身份自豪感。在她看来,英格兰只是国家南方的领土,那里虽有新教徒和美丽宜人的乡村风景,却不是她的归属。然而,当她在小说创作过程中随着克伦威尔的视角回到五百年前的都铎王朝,亲眼目睹当时的洗礼、婚礼和葬礼等重要习俗,亲身经历了那些重要的历史事件后,她改变了自己的态度。在她看来,亨利八世王朝的统治和圣经的引入是英国民族独特历史和信仰的表征,是对英格兰特性最重要的理解和认同(MacFarquhar,2012)。此外,曼特尔还通过重塑克伦威尔,在原来"奸"、"狼"的反面性格中注入了更多温暖光明的成分,使其也表现出"忠"、"善"的正面性格,同时还加上一些"温情"和"可爱"的因子,使克伦威尔这个历史人物形象更丰满更真实,更契合当代英国人的心理需求。这种改写正是作家继承历史知识并加以重新创造的过程,体现了作家对以语言、文化、风俗习惯等内容为表征的"英格兰特性"的理解,表明了作家通过文化认同融入民族共同体的思路。

　　长期以来,英国的史书、传记、文学和影视作品等历史文化载体已牢固树立了托马斯·克伦威尔作为 16 世纪英国杰出政治家及思想家(Elton,1983:20)和冷酷无情阴谋家的形象,这几乎成为民族的集体记忆。在政治上,克伦威尔是英国历史上耀眼的政治家,具有极强的政治才干。16 世纪30 年代,克伦威尔全面主持政府工作。在他的影响和操纵下,英国进行政府改革,建立了一系列适应社会变革的新行政机构,各部门分工明确、井然有序,官员各司其职,管理相对系统,成为制度化的行为模式。之后,国政从王室家政中分离出来。克伦威尔的政府改革指明了英国政府机构的未来走向,奠定了近代英国政治制度的基础(李自更,2004)。当宗教改革遭到保守派贵族及守旧民众的反对时,克伦威尔推行宗教改革的强制措施,包括《叛逆法》的修订及其实施、侦缉与告密、武力镇压等,保证了英国宗教改革的顺利推行(赵秀荣,2004)。值得一提的是,正是在此期间,克伦威尔说服亨利八世于 1535 年正式出版发行了英文版《圣经》,并随后将其指定为每个教堂必须使用的读本(岳蓉,2003)。在经济上,通过重组政府财政机构和推行宗教改革,克伦威尔使国家财政体系得到完善,政府还从教会那里没收了大量土地,并获得新的财源,英国政府财政收入急剧增加。在外交政策上,克伦威尔也显露出了非凡的远见。在对待苏格兰与法国的关系上,他主张在欧洲大陆发生战争之前,应该先确保英国本土的安全(岳蓉,2003)。克伦威尔对外政策的目标就是利用在革命中发展起来的国家军事力量去夺取世界商业霸权,建立庞大的殖民帝国(康德民,1989)。从这个意义上说,克伦威尔为后来大英日不落帝国的建立和发展设下了伏笔,是"英格兰特性"的重要表征。在人际关系上,奸诈狡猾、富有心机的克伦威尔也能自如地周旋于君主、贵族与新兴的资产阶级之间。在英国民族国家的历史形成进程中,克伦威尔发挥了巨大的作用。然而另一方面,这位重要的历史人物在历史著作和文学作品中不仅长期被边缘化,而且一直被认为是乱臣贼子,奸佞小人。英国大诗人斯温伯恩认为:"他就是个无棱无角,无魂无韵,既无能又无用还很愚蠢的垃圾(石剑峰,2009)!"在莎士比亚笔下的《亨利八世》(*Henry Ⅷ*)里,他是一个小配角,一名粗鲁的弄臣;在肯尼思·威廉斯(*Kenneth Williams*)的《坚持啊,亨利》(*Carry On Henry*)中,他以十恶不赦的恶棍形象出现；在电影《公正的人》(*A Man for All Seasons*)里，他又成了迫害《乌托邦》(*Utopia*)作者托马斯·莫尔的反派角色；在《都铎王朝》里，他也被塑造成魔鬼般的小人物。显然，在英格兰民族的共同记忆中，克伦威尔的形象具有"能臣"和"奸臣"的两面，"能"、"狠"、"奸"是其主要性格和主要形象，而"忠臣"和"好人"正是曼特尔在小说里着力补充和重塑的另一面，也体现了作者对英格兰特性的另类解读。

4.2.2　对集体记忆中克伦威尔形象的继承和巩固

历史小说家大多致力于发掘那些被丢掉、被忽视、被舍弃在记录之外的东西。希拉里·曼特尔对历史题材一向青睐有加，她选择在英格兰民族文化认同中臭名昭著的克伦威尔为主角，致力于探索这个没有声音的历史人物的内部情感和外部经历，其目的是鼓励共同体里的人们调整视角，更为人性化地重新审视那段历史和相关历史人物，更为理性地对待共同体文化。英国 16 世纪都铎王朝的历史文化是英格兰民族文化的重要组成部分，曼特尔顺应英格兰民族共同的认知，对克伦威尔在集体记忆中的形象进行认同和补充，通过时空重组的模式实现了共同体文化承载功能。

曼特尔笔下的克伦威尔拥有非凡的才能，这与共同体历史文化中的克伦威尔形象是一致的，体现了作家继承和巩固历史文化成果的重要思路。历史真实与文学想象向来是历史小说创作颇受争议的话题。优秀的历史小说应当忠实地呈现历史，同时也要通过"想象"或者"虚构"来引起读者的情感共鸣。曼特尔凭借非凡的想象力对都铎王朝历史进行挖掘和翻新，塑造了一个与英格兰民族集体记忆相似却又更为丰满的历史人物。铁匠和酿酒商之子克伦威尔是如何摆脱贫穷低微的身份，一跃成为英国历史上最重要的政治家之一？ 在曼特尔笔下，超强的语言才能、非凡的商业智慧和权谋之术是其成功的重要因素。虽然未受到过良好的教育，克伦威尔凭借自身能力学会了多种语言，并以此在权贵之间周旋。他记忆力超群，一些宗教条款烂熟于心；他对风险独具慧眼，能对各种资产做出较权威的评估；他谙熟商业之道，指出人才是打开利润之门的关键因素。在旁人看来，他几乎无所不能：

他能起草合同，训练猎鹰，绘制地图，阻止街斗，布置房屋，摆平陪审团。他会恰到好处地引用经典作家名言，从柏拉图到普劳图斯，然后再倒回来。他懂新诗，还可以用意大利语朗诵（曼特尔，2010：30）。

曼特尔曾坦言她选择书写克伦威尔的原因："他白手起家，却能越过各种障碍一层一层往上爬，先后担任财政大臣、掌玺大臣、首席国务大臣，并被封为艾萨克斯伯爵，最终到达权力的巅峰。他比大多数同时代人更为聪明机智。他懂经济，也懂人的心理（Hansen Land Mantel H，2009）。"作者在现有历史知识基础上大胆虚构了某些细化、补充克伦威尔"能臣"形象的故事细节，加强英格兰人关于这一历史人物的共识，是对民族共同记忆的呼应。

曼特尔丰富和完善共同体文化的另一途径是对克伦威尔反面性格的刻画。《狼厅》和《提堂》透过克伦威尔的视角透视 500 年前的这段历史，不仅再现了英国民族特有的历史片段，更探索了主人公内部的思维情感，使其形象在集体记忆的基础上更加生动立体。在曼特尔之前，众多文艺作品对克伦威尔采取遮蔽或妖魔化处理，冷酷、奸诈是英格兰民族共同体对这一历史人物的集体认知。曼特尔并没有颠覆这种集体记忆，反而给予加强和拓展。曼特尔"补充历史"的行为是通过她对史实记载的调查研究及详细解读，结合其高超的艺术创造力而实现的。小说中的克伦威尔是动态的，作者既探究他的内心，又以他的行为揭示其情感变化，阴险奸诈的反派性格依然是他的主要色彩。曼特尔笔下的克伦威尔在都铎王朝黑暗的历史舞台上，淋漓尽致地展现了一个政治家、阴谋家的毒辣凶狠。他先是利用亨利八世国王和第一任妻子凯瑟琳王后的离婚案为切入点，取得即将成为下一任王后的安妮·博林的信任，继而在老主人红衣主教沃尔西失势后取而代之，成为国王最亲近的宠臣。然而他并不打算对安妮奉献真诚，并随时准备反咬对方一口。当察觉喜新厌旧的国王又爱上了平凡沉默的简·西摩时，他毫不犹豫地出谋划策，帮助国王以淫乱叛国的罪名将安妮·博林送上断头台。心机深沉、见风使舵、冷酷无情、虚伪残忍是克伦威尔在历史活动中表现出的显而易见的反面性格。小说中频频出现"杀人犯"一词,体现了作者对共同体集体记忆中克伦威尔形象的继承和加强。

4.2.3　重塑克伦威尔,重构共同体文化

共同体是个体丰富和完善自身的必要途径,曼特尔通过文化的认同使自身融入共同体之中。《狼厅》和《提堂》对克伦威尔形象的构建,不仅体现在肯定其现有历史形象,更重要的是作者策略地重新阐释历史文化,并刻画了一个新型克伦威尔形象。

英格兰特性是一种传统,其关键在于创新。曼特尔的高超之处正是在于她对传统英格兰独特的创新理解。经历过大英日不落帝国历史的英格兰人视"帝国情怀"这一传统为其民族独特的文化身份属性。英格兰以公断人的角色对自己的"帝国情怀"进行重新审视,这种反思意识正是重构英国共同体的重要因素。曼特尔充当历史人物的公断人,用自己独特的方式再现历史人物的所思所想,对公众眼中的反面人物克伦威尔进行客观公正的形象修复。反思历史,一位家喻户晓的反面人物的言行似乎更加值得仔细推敲。那些用以定性其名声的史实资料是否会因再一次的审视而露出一些异样的端倪? 在历史小说《狼厅》和《提堂》中,作者一方面承认集体记忆中的克伦威尔形象,另一方面却再次推敲那些为其反面形象提供支撑的史实资料,并不露声色地从共同体文化视角切入,摒弃集体记忆中表现出来的较多阴暗、暴力成分,加入更多温暖光明的成分,重点表现"忠"、"善"、"温情"等美好的一面,使克伦威尔形象更丰满光明,更能体现当代英格兰民族精神。

英国文学中的克伦威尔多被当成小人物论及。如今,曼特尔把克伦威尔的身份从小人物变成伟人,本身就是对英格兰民族集体意识的质疑和重构,是对当代英国民族特性的重新理解和阐释。都铎王朝是英国历史上重要的封建王朝,也是受到众多文学作品青睐的历史时期。在这 100 多年的历史进程中,英国的社会经济状况、政治体制、文化、思想及宗教等都发生了巨大的变化,从而使英国跻身世界强国之列。对于这期间取得的成绩,历史学家和文学家们都倾向于将功劳归于英王亨利八世或当时的重要人物托马斯·莫尔、红衣主教沃尔西等人,而在英格兰民族国家的历史形成过程中起

过"难以估价作用"的克伦威尔本人,却没有得到与其政治成就相称的关注和赞赏。在全面主持国王政府事务期间,克伦威尔强制推行宗教改革和政府革命,从而树立了一大批政敌;同时,普通民众对当时的宗教改革和政治改革也不一定能理解和接受,因此对当权的克伦威尔也颇有怨言。不久,克伦威尔垮台并被送上断头台。此后对他的评价不可避免带有政治倾向。出于政治目的而被揭露出的所谓的史实未必就是事实。但如果捏造的"史实"既生动形象又具有很强的说服力,那么这个"史实"就具有了权威性,而这正是政治家们及广告商们所乐于见到的。那些过于关注历史细节的影视作品,编造了具有高度真实性的故事情节,使普通大众难以抓住真相。于是,在英国民族意识成长过程中,历史记录里克伦威尔的"负面"形象就成了民族认同的一部分。历史上到底发生了什么事情,英国民族集体意识并未探究。如今,希拉里·曼特尔却乐于充当历史人物的公断人,从新的视角复述旧的故事,解读和完善英国民族的集体记忆。《狼厅》及《提堂》为克伦威尔提供了一个更正形象的舞台。在她笔下,克伦威尔不再是声誉不佳的边缘角色,而是都铎王朝举足轻重的风云人物。选择克伦威尔作为小说主人公,变其"配角地位"为"主角地位",使其实现"小人物"到"历史伟人"的转变,这一安排本身就是对英格兰民族认同的一种挑战,是对当代英国共同体意识进行重构的一种尝试。

英格兰特性作为英国民族精神,在文学领域常用来描述某类题材的英国特点。在英国人心目中,莎士比亚及其所创作的文学作品是本民族独一无二的精神财富,是其他民族不能轻易超越的标杆。曼特尔将克伦威尔塑造成莎士比亚式人物,是其对共同体文化进行重构的表现。这种重构行为本身就具有两面性特征。一方面是对传统英格兰特性进行具体形象的阐释,是英格兰民族气质优越感的体现,但另一方面,也表达了作者自身对于民族包容性、多样性的独特理解。英格兰民族共同体文化这样阐释英格兰特性:白人、男性、南方人、新教徒、中产阶级……血统、宗教、属地及口音都是"英格兰特性"的表征,是英国人身份的标记。在小说《狼厅》和《提堂》中,曼特尔通过克伦威尔形象的重构对这一界定进行了补充和完善,并就"什么是真正的英格兰特性"提出了独特的看法。曼特尔笔下的克伦威尔本身就具有独特的民族性。他来自英国西南部的小镇帕特尼，替国王解除与凯瑟琳王后的婚约，使英国脱离罗马天主教并促成国内的新教改革，成为国王的首席国务大臣，是当时新兴资产阶级的代表人物。这些属性符合共同体意识中英国人的身份特征。但曼特尔认为英格兰特性应该还具有包容性和多样性。于是，曼特尔补充了自己对英格兰特性的理解，在小说中通过第一人称视角塑造了一个外表冷静、内心复杂、自我意识和自我怀疑交织的莎士比亚式人物克伦威尔。当他听说父亲沃特帮他赔偿了苦主向他讨要的补偿金时，他陷入了矛盾的漩涡：

> 难道父亲不恨我吗？难道他当时用脚踢我只是因为生我的气吗？难道是我活该的吗？我总是自鸣得意，我觉得自己喝酒比你厉害，我觉得自己什么都比你强。我感觉自己像帕特尼之主，我能击败任何温布尔顿的人，让莫特莱克的人也来吧，我能把他们切成碎片。我都比你高一寸了，你看看门边上的划痕，去吧，父亲，去靠墙站着，我们比比看（曼特尔，2014：150）。

这段内心独白充满了浓厚的情感。克伦威尔憎恨父亲沃尔特，因为他对克伦威尔粗暴蛮横，非打即骂。但同时他又渴望父爱，听说父亲帮他还了债，他便激动不已，恨不得立刻能见到父亲，和他再续天伦之情。历史现实与自由想象的交融，生动地表现了克伦威尔反复、矛盾的莎士比亚式人物性格和心理，这是英格兰特性的强烈体现，是化解英格兰民族身份认同危机的一种推力，同时也是作者曼特尔丰富民族特性、促进共同体意识成长的方式之一。

此外，打造"忠"、"善"的正面形象，创造温情人性的克伦威尔，也是作者重构共同体文化的重要方式。曼特尔曾经坦言："写《狼厅》前，我研读过许多关于托马斯·克伦威尔的资料，但发现那都不是我想要表达的角色。史学家不可能挖掘证据重现克伦威尔的私人生活和情感，但作为小说家，我却能填补这一方面的空白（Hansen L, Mantel H, 2009）。"于是，除了继承集体记忆中"强"、"冷"、"狼"的克伦威尔形象，曼特尔也着重表现了"忠"、"善""温情"的克伦威尔形象。曼特尔大胆挖掘历史，全方位展示克伦威尔的生

活及内心世界,用细腻的语言描写了一位既熟悉又陌生、反面与正面交织的人物形象。克伦威尔温情人性的正面形象正是曼特尔对共同体历史文化成果的改造。曼特尔修改了英国共同体文化中老套的"恶棍克伦威尔"的基调,让当代英格兰民族感受到一个更人性更丰满的历史人物。

克伦威尔忠于君、忠于友,忠于妻儿。他依靠自己的能力成为国王亨利八世的宠臣,有着无上的权力和荣耀,却并未恃宠而骄。他尽心尽力辅助国王,协助处理国家内政外交事务;他一度又一度揣摩国王的心思,协调国王一次又一次的婚姻。他教育儿子格利高里说:"你要遵从国王的要求,你要为国王的愿望扫清道路。这是臣子的职责(曼特尔,2010:283)。"由此可见其忠君思想,为此他总是在工作,起得最早而睡得最晚(曼特尔,2010:30)。克伦威尔对亦父亦师的老主人沃尔西始终充满感激,不仅自己时常缅怀他,还无法忍受他人对这位恩公的诋毁。当好友托马斯·莫尔入狱时,他不顾自身安危数度探望,并努力寻找两全其美的解救之法,足见其是"最特殊最贴心的朋友(曼特尔,2010:554)。"克伦威尔还非常重视亲情,是好丈夫、好父亲、好弟弟。妻子丽兹因病离世,他悲痛地在家里待了一个月,读了一个月的《新约》,妻子的音容笑貌和举手投足都深深地烙在他的脑海中,无法忘记。他终身没有续弦,并将妻子的母亲及妹妹等人接过来同住。他深爱自己的儿女,不仅常给他们买礼物,还给予他们良好的教育环境,甚至在女儿安妮和格蕾丝相继死去之后,以女儿们的名字给自己驯养的猎鹰命名,意在纪念,可见其舐犊情深。姐姐一家对他有救命之恩,姐姐过世后,他把他们的孩子接到自己身边,让他们随自己姓,像自己的孩子一样对待。曼特尔笔下的克伦威尔还有善良与温情的一面。他救济穷人,把啤酒和面包送给那些站在他家门外的人,当早上的凉意加重时还送肉汤(曼特尔,2010:311);他花心思培养穷人的孩子。他下到自家厨房,在本子上记下帮佣的孩子的专长,意欲将他们培养成人,并坚信他们也能像自己那样在社会上占一席之地(曼特尔,2010:312)。他也时常表现自己的同情心和正义感。当看到抽打人的小鞭子时,他心里所想的是,有人在制造这些日常折磨人的工具。干这个的是僧侣们吗?他们满怀正义感地又系又切的,想到会给那些不知名的人带来痛苦就禁不住暗自发笑?单纯的乡民们制造带有上蜡的结的连枷,得到报酬了吗？在冬天漫长的几个月里,这会让农场工人有活干吗(曼特尔,2010:84)？一直以来,在政治家们的政治目的和广告商们的利益目的驱使下,英国共同体意识在其成长过程将克伦威尔认定为一个反面丑恶的角色。然而,曼特尔对这一共同体文化认同有着独特的理解。通过承袭、重构和补充,曼特尔将克伦威尔由原来野心勃勃、贪婪无厌、阴险狡诈的恶棍形象,转变为有了一些同情心和人情味的角色,更符合当今英格兰民族共同体成员们的心理需求,表达了当代作家对自身民族属性的深层次审视心理。

曼特尔笔下的克伦威尔是当代小说中最有魅力的人物之一:冷酷、世故、谨慎、现实,但又绝不乏温暖与亲情;他精通圣经条文但行事绝不拘泥于形式;他自信满满却表现得谦恭有礼;他精明能干却又表现出宽容和大度;他性格顽强,有些愤世,却能表现出有情有义、忠心善良的一面。曼特尔通过对英国民族共同体记忆中克伦威尔形象的深刻解读和精心重构,重新界定了"英格兰特性",表明作家对自身民族特性的独特理解。小说中克伦威尔丰富生动的艺术形象是对英格兰民族特性中包容性和多样性的最好阐释,是作家借助历史人物形象的修复表达自身对共同体文化构建进行补充和完善的重要方式。

一切历史都是当代史,作家的创作视角离不开自己生活的年代。曼特尔创作《狼厅》和《提堂》正是透过当代的视角观察历史人物克伦威尔。历史的真相到底是什么？史实的是非曲折的确难以还原判断。然而曼特尔选择历史人物克伦威尔作为共同体的认同对象,以此理解和重构英格兰民族共同体的文化意识,她在继承民族共同记忆的基础上,重塑了一个百折不挠、冷酷中含有温情、奸诈中不乏忠诚的克伦威尔,使其更能体现当代英格兰特性的包容性和多样性,更契合民族身份认同的体验,给当代民族文化和精神共同体里的人们留下了更多的认识和思考。

4.3　《狼厅》中克伦威尔的家庭建构及共同体形塑

《狼厅》出版后引起读者的极大兴趣,国内外文评者也对其开展了不同

视角的研究和阐释,相关评论文章并不在少数,但却较少有人关注到它在塑造英国文化共同体,推进公共文化建设方面的作用。这也许跟文评界对作品中"家庭"因素的忽视有关。《狼厅》以英国都铎王朝的辉煌时代为背景,展现了主人公托马斯·克伦威尔由铁匠之子到一代权臣的传奇人生:少年克伦威尔遭到父亲无情暴打而险些丧命,无奈之下离家出走。随后的二三十年里,他一步一步在人生道路上攀爬,依靠自己坚强的意志、非凡的智慧和才能,最后到达人生的巅峰,构建了自己的家庭共同体,并成为一人之下万人之上的政治家和改革家。克伦威尔的"家庭故事"贯穿了全书始终。克伦威尔建构家庭的行为有着深刻的意蕴。挖掘克伦威尔在"原始家庭"和"生殖家庭"中表现出的伦理行为的文化蕴含,有助于探究其背后的公共文化思想,体悟曼特尔对共同体的设想。

家庭是社会最基本的单位,是人类社会的基本组织形式。家庭是有着丰富内涵和外延的利益共同体,包含着血缘、收养、婚姻等关系要素。滕尼斯在《共同体与社会》中,将人们的相互关系分为两种,即表示身体和血缘结合关系的共同体概念和表达思想的和机械的形态的社会概念(滕尼斯,1999:153)。相对"社会"概念而言,共同体体现着更多的情感精神和社会意蕴。将共同体概念植入家庭的语境,便构建出了家庭共同体。一般而言,因血缘关系、姻亲关系、领养关系等因素而生活在一起的两个以上或一群人,为了共同的目标、承诺、角色、功能及责任而努力奋斗,维护共同的利益,且家庭成员间都一致认同各自的身份和归属,便构成家庭共同体(严静,2013)。家庭中,夫妻双方在情感、两性需要、道德责任等方面的相互体认、相互愉悦体现出来的情感共意、责任共意是家庭共同体建立的基础。而基于经济利益或政治利益的相互需要,彼此通过家庭共同体的方式来实现共谋的目的,则是家庭发展到现代共同体的表现(胡群英,2010)。以"家庭"为地理区域,以共同特质和归属感为主要表征,家庭共同体中各成员通过生产和生活互助,形成权威关系、养育关系和赡养关系,共同承担家庭风险和义务,见证着共同体的发展。

家庭,不仅是自然的伦理实体,也是人类最现实的伦理关系,因而是研究社会关系的重要载体。家庭伦理关系是社会伦理关系最直接的表现形式,主要包含三个方面的内容:婚姻、家政、家族和姻戚(宋希仁,1998)。这三个方面的内容与家庭共同体中的血缘关系、姻亲关系及领养关系是一致的,都表达了家庭成员间的身份认同和归属感。在《精神现象学》(*Phnomenologie des Geistes*)中,黑格尔经过细致的辨析与梳理,将家庭伦理关系定位为夫妻关系、亲子关系及兄弟姐妹关系(曹兴江,2013)。理想家庭的要素是:夫妻恩爱、亲人团结、结构健全、身心健康、各安其所、生活无忧;和谐家庭共同体则表现在家庭成员之间、家庭成员与其他社会关系的和谐,是物质满足与精神满足、自我追求与外部供给的有机结合与统一(严静,2013)。可见,家庭伦理关系包括家庭共同体成员之间的关系及共同体成员与其他社会关系的关系,除了靠基本的血缘或情感来维系,还离不开结构健全(生儿育女)、培养家庭发展能力等因素。

文学创作是作者表达情感的重要途径。通过文学作品,作者把自己的思想感情和自己对世界的独特审美体验传达给读者。曼特尔正是借助小说《狼厅》,透过克伦威尔的视角表达她的家庭伦理观。经历过痛苦的童年生活、两度婚姻家庭的失败以及不堪的身体状况,对曼特尔而言,家庭一词意味着太多的悲哀与无奈。她渴望亲情与爱情,但两者都给她带来挫折和伤痛。她梦想中的家庭,是一个结构健全、生活无忧、和谐幸福的家庭,是一个充满爱和温情的生活共同体。《狼厅》中克伦威尔的家庭,正是她自己所渴望的理想家庭的化身。

4.3.1　亲情的力量是建构家庭的主要能量

长期以来,英国的历史著作和文学作品都将托马斯·克伦威尔描写成反派角色,并常冠以"乱臣贼子"、"奸佞小人"等贬义词。作家曼特尔借助文学创作对克伦威尔的形象进行了修复和补充,使其更多表现出"忠心"、"善良"的正面性格,同时还加上一些"温情"与"可爱"的因子,使克伦威尔这个历史人物形象更丰满真实(严春妹,2014)。在小说《狼厅》中,曼特尔透过克伦威尔的视角,描述了克伦威尔家庭共同体中表现出的良好的夫妻关系、亲子关系及兄弟姐妹的关系,阐明了"爱"与"情"对良好家庭伦理关系的重要意义。

克伦威尔的原始家庭充满暴力,多年以后带给他的依然是无尽伤痛。故事一开始,可怜的少年克伦威尔被父亲暴打倒地,头昏眼花,浑身是伤,最后爬到姐姐凯特家里避难。克伦威尔母亲早亡,父亲是个性情残暴的铁匠和酿酒商。这一家此时根本没有表现出父子之间的相互尊重与怜爱,反倒是恶毒与憎恨的关系。一方面父亲把儿子往死里打:"你给我起来!"沃尔特低头朝他吼道,一边琢磨下一脚该揣在哪里。沃尔特很喜欢踩他的手。他退出几步,再猛冲过来,又踢出一脚(曼特尔,2010:3)。另一方面,儿女对父亲是强烈的厌恶及恶狠狠的诅咒:姐姐凯特看到弟弟克伦威尔受伤的那副模样,气得要魔鬼现身,马上把父亲沃尔特给带走(曼特尔,2010:5)。克伦威尔则通过内心独白表明对父亲的看法:"我已经受够了这些。如果他再揍我,我就要杀了他(曼特尔,2010:9)。"在这样的家庭关系背景下,克伦威尔在姐姐姐夫的帮助下离家出走,离开了原始家庭。

显然,克伦威尔的童年家庭缺少父母亲的关爱,是不健全的。但他却有一个好姐姐,就像妈妈那样,为他哭泣,轻抚他的后颈(曼特尔,2010:6)。遭受父亲毒打后,他来到凯特家避难。凯特非常怜爱自己这个胞弟,为他清理伤口,安慰他,并设法为他谋出路。最后送弟弟一笔钱做路费支持他外出谋生,同时还给他一个护身符,要他戴上。这是一种姐弟之间流露出的纯粹伦理的、不混杂的自然的关系(曹兴江,2013),是家庭成员间的爱和尊重。这种以"关爱"和"真情"为基石的家庭伦理关系给他悲惨的童年生活带来一些温暖。

随后的 20 多年,克伦威尔经历了命运之轮的沉浮起落,先后当过雇佣兵、会计师、商人、律师等,期间迎娶寡妇丽兹,创建自己的婚姻家庭。家庭成员主要包括善良的岳父维斯基老头、喜欢戴着白帽子的妻子丽兹,还有丽兹为他生的儿子格利高里、女儿安妮和格蕾丝。黑格尔指出:"作为精神的直接实体性的家庭,以爱为其规定,而爱是精神对自身统一的感觉(曹兴江,2013)。"克伦威尔的"生殖家庭"中,家庭成员平等、互助、相互尊重,共同承担家庭群体的责任和义务。岳父过世后,克伦威尔时常会想念他:那个善良的老人总是起得很早,常常把一只扁平的手放在他的头上,说,你要开开心心的,托马斯,为了我(曼特尔,2010:38)。在儿子格利高里呱呱坠地时,克伦威尔抒发了对父子伦理关系的期望:我对你一定会和蔼慈爱的,决不会像我父亲对我那样……(曼特尔,2010:41)。在儿子成长过程中,他的确做到了和蔼慈祥,宽容尊重。对于妻子丽兹,他则表现出深深的爱意和眷恋。夫妻互相信任,共同承担家庭的责任和义务:他跟在红衣主教身边跑腿,而妻子则在家制作丝绸饰品,并照顾孩子。他跟她一起生活得很快乐。妻子因病去世后,他终身未再娶。并非没有再婚条件,而是时常想念已逝妻子的音容笑貌。在他人看来,他不差钱,有一幢好房子,在国王那里说得上话,还有能力把一切都安排得井井有条(曼特尔,2010:227)。可他总觉得妻子的声音、脚步、抬起的眉毛及明朗的笑容都在他的眼前晃悠(曼特尔,2010:121)。

良好的亲情关系是建立幸福和谐家庭的前提条件,是每个家庭成员获得内心真正快乐的重要源泉。希拉里·曼特尔成长于一个特殊的家庭环境,经历过惨淡的青少年时期;成年后,婚姻生活也一度陷入绝望的境地。在她的记忆中,故乡是荒凉阴冷的,童年是痛苦压抑的,生活是破碎不幸的。因而,她尤其渴望和谐的家庭和美好的生活。这一渴望便借助克伦威尔的"亲情之家"得以体现。毫无疑问,克伦威尔和妻子相亲相爱,和家人互相宽容和尊重,他的婚姻家庭是温馨幸福的,家庭共同体中的伦理关系是和谐健康的。作者借助克伦威尔的家庭阐明以亲情为基石的家庭伦理关系是家庭系统有序运转的主要能量。

4.3.2　生育是家庭建构的重要因素

生育是家庭的主要功能,既关系到家庭的代际延续,又关系到家庭生活质量和家庭成员的结构及其总体素质。西方学者强调生育对于幸福家庭的重要意义:美国学者 M·薄兹和英国学者 P·施尔曼在合著《社会与生育》中指出:"在现代西方社会中,子女总是被描述是'创造了一个家庭',已婚夫妇和他们的子女在一起,被人们看做是一个真正的、正常的完全家庭,而没有孩子的夫妇统筹是被排除在'欢乐的家庭生活'之外的(薄兹、施尔曼,1991:289-291)。"家庭是社会细胞,家庭成员都是社会成员。孩子对于家庭幸福和社会和谐都具有重要的意义。这一点在克伦威尔的家庭共同体中得到充分的验证。

曼特尔在《狼厅》小说中构建了两个明显有对比性的家庭：克伦威尔的平民家庭和国王亨利八世的王室家庭。在作者笔下，两类家庭比较明确的差异就在于：克伦威尔家庭有儿子，而国王亨利则一直在为得到一个男性继承人而在不停地奋斗，甚至为此牺牲了好几位王后。克伦威尔以孩子为纽带，构建了庞大的家庭共同体。他自己有一儿两女，尽管女儿们都染病相继离世，儿子却相当优秀，是父亲心目中的一位绅士。随着姐姐姐夫的离去，他们的儿子理查德·威廉斯和沃尔特·威廉斯也改名为理查德·克伦威尔和沃尔特·克伦威尔，正式成为克伦威尔的家庭成员。还有雷夫·赛德勒，从小跟在他身边，是他的得力助手，也是克伦威尔家庭共同体的重要成员，而他就像信任自己的儿子一样信任他。最后他还收养了克里斯托弗，让他加入了克伦威尔家庭共同体。这些男孩，都是他家里的希望（曼特尔，2010：436）。同时，他家里还住着外孙女爱丽丝和小乔安，她们现在已经长大了，但她们乐意当家里的孩子，直到下一代的来临。克伦威尔是家庭共同体里的主要成员之一，也是家长，他对家人保持着信心、希望和爱。他竭尽全力保护家人，维护克伦威尔一家的声誉。他是孩子们口中的"主心骨"。在都铎王朝的政治变革中，他所创建的家庭共同体与其说是一个家庭，不如说像一个战场，或者说像一个帐篷营地，幸存的家庭成员们绝望地看着自己的残肢断臂，感受着渐渐无着落的期望。但是，这支心变硬了的残兵，需要他来率领，如果不想在下一次战斗中一败涂地，他就必须教会他们一种防御性战术——信仰和善行，教皇和新的教友，凯瑟琳和安妮，要两边兼顾（曼特尔，2010：251）。他一直对孩子的事情念念不忘：圣诞节时他来到储物室怀念已逝的妻女，睹物思人，他唏嘘不已"真希望我们有个小宝宝。家里已经好久没有小宝宝了（曼特尔，2010：165）"；当雷夫婚后要把妻子海伦带来的两个小孩带走时，他表现出留住他们的想法，并遗憾"自己再也不会有别的孩子了（曼特尔，2010：560）。"

显然，克伦威尔的家庭共同体是由他自己及一大群孩子构成的。父亲与孩子之间互相照顾，互相关心。父亲对孩子进行良好合理的培养和教育，养育出了优秀幸福的孩子，促进家庭和谐有序运转。曼特尔患有子宫内膜异位症，导致不育。对孩子的渴望正是她欲抒发的重要情感。因而，借助克伦威尔家庭共同体中的孩子视角,曼特尔表达她的家庭伦理观:生育是构成幸福家庭的重要要素,生育对于家庭有重要的意义。

4.3.3　家庭发展能力是家庭建构的重要保障

家庭发展能力是家庭可持续发展的动因,家庭幸福抑或不幸,家庭发展积极抑或消极,都需要家庭发展能力作为支持,以保证家庭功能的发挥和成员幸福感的体验(严静,2013)。作家希拉里·曼特尔重视家庭发展能力,认为家庭发展能力的培养和提升是家庭发展的重要保障。在她笔下,克伦威尔的家庭共同体成员彼此信任,互相依赖,分享共同的利益和生活方式,为提升家庭发展能力提供了较好的内环境;同时,克伦威尔借助自己的才能和社会的力量让家庭发展能力从社会层面加以完善。小说《狼厅》中,作者设计克伦威尔主要通过自我发展和尽心培育下一代的行为来提升家庭发展能力。

克伦威尔出身于地位卑微的铁匠之家。但在出生卑微的人身上,我们常常可以看到卓越的天分(曼特尔,2010:389)。克伦威尔一路走来,在完全依靠自己的智慧和才能的情况下,一步步攀升,先后当过议会议员、财政大臣、掌玺大臣、秘书官、案卷司长,并被最终封为艾萨克斯伯爵。他的个人成长史验证了他的家庭发展能力提升过程。在他的不懈努力下,克伦威尔家庭共同体的物质条件越来越好,抵御风险能力和自我保障能力越来越强,到最后,他的家庭成了都铎王朝政治、经济中心的缩影:英格兰贵族们都希望在他的府里为他们的儿子、侄儿或被监护人谋一个职位,认为他们可以跟着他学习治国本领,学写秘书文件,从事外文翻译,以及知道作为朝臣该读写什么书(曼特尔,2010:522)。克伦威尔的自我奋斗最直接的目的就是改善家庭经济功能及提高抵御风险能力和自我保障能力等家庭发展能力。

提高家庭的教养能力也是培养家庭发展能力的主要途径。克伦威尔对家庭子女的养育极其重视。他倾尽所能科学合理地培养子女,不断提高家庭及共同体成员的可持续发展能力。儿子格利高里是他的骄傲和希望,他像培养王子一样尽心培养儿子:格利高里快十三岁了,父亲把他送到剑桥念书,跟在导师身边学习文化知识,后来又送儿子去练习骑马和剑术,致其"骑

马的姿势很优雅，剑术成绩也不错（曼特尔，2010：423）。"当剑桥为儿子做了力所能及的一切后，他又让儿子跟在主教劳兰德身边，争取成为有用之才。同时他还亲力亲为教育儿子学习处世之道："格利高里，规划你在半年之内、一年之内要做的事情，当然是好事，但如果你没有明天的计划，那一切都毫无用处（曼特尔，2010：547）。"除了提高儿子的学习能力之外，他也不遗余力地规划儿子的未来人生。当他看到一个满意的姑娘时，他马上想给儿子写信，告诉他他会查清楚那姑娘是谁，并计划接下来几年他会好好经营他们的家庭，争取让儿子娶她为妻。他还找人勘察贝德福德郡和林肯郡的两座庄园，以及艾萨克斯的两处地产，准备将它们转到儿子名下。不仅如此，克伦威尔将家庭其他成员也安排得井井有条：雷夫不久就会搬出去，搬到哈克尼的新房子；而理查德与他的妻子弗兰西斯正在这同一个街区盖房子。爱丽丝将嫁给他的被监护人托马斯·罗瑟汉姆。她哥哥克里斯托弗已经被授予圣职和领取圣俸。乔已经定制了结婚礼服；她被她的朋友约翰·艾普·莱斯相中，莱斯是一位律师、学者，是他钦佩的人，他相信他的忠诚（曼特尔，2010：569）。这是多么大的一张家庭关系网，克伦威尔表现得就像一位中国大家庭的家长，子孙满堂，而他为他们安排好了一切。连他自己觉得已经为家里人做得不错了（曼特尔，2010：569）。健康发展的家庭功能，和谐互助的家庭氛围，家庭发展能力得到较大优化。

在克伦威尔的精心经营下，家庭共同体进一步壮大和发展，并随着克伦威尔的事业达到顶峰。到《狼厅》结尾时，克伦威尔构建的家庭共同体俨然成了一台有思想的机器：家庭成员们都受过克伦威尔的训练，都是他的学生。这台机器仿佛有生命似的向前运转，不需要他时时刻刻盯着它。克伦威尔改善了家庭的内环境和社会的外环境，从而提升了家庭发展能力。

家庭是由具有婚姻、血缘和收养关系的人们长期居住的共同群体。家庭共同体成员紧密联系，守望相助，彼此信任，互相依赖，为了共同的价值目标、身份认同与归属而团结努力。就这个意义而言，家庭就是幸福生活的一种存在。而幸福生活正是建构文化共同体所追求的主要目标。曼特尔通过对克伦威尔家庭的亲情关系、生育情况以及家庭发展建设情况的描写，表达了自身的家庭伦理观，更体现了自身对英国共同文化建设的新思路。除了

《狼厅》,希拉里·曼特尔在多部小说中都展现了她的家庭伦理观,是作家生活经历和情感的重要表征。伦理道德是文化的重要组成部分。曼特尔借助文学作品表达自身的伦理价值观,正是对构建当代英国民族共同体文化的一种实践。

4.4　"进步"的代价:《巨人奥布莱恩》对异化的反思

作为"19 世纪英国社会的主流话语"(殷企平,2005),"进步"神话其实早在 18 世纪的英国伦敦就有所表征。18 世纪的英国正值农业文明向工业文明转型,政治体制、科技规划及经济运行方式等都处于新旧更替中。人们急切渴望并积极探索新体制、新学说,好奇心和求知欲驱动着经济和科技的"进步"。在"强国之路"的进步话语下,为了获得大量金钱和圈羊用的土地,资本家肆意假借各种名义驱逐爱尔兰农民,烧毁他们的家园,砍伐他们的树木。英国作家希拉里·曼特尔第 8 部小说《巨人奥布莱恩》就是以此为历史背景,聚焦被迫离乡背井来到进步话语中心地带——伦敦的爱尔兰农民奥布莱恩,讲述其脱贫的"进步梦"如何破产,进而沦为丧失主体性的无根漂泊者。与此同时,来自苏格兰的外科医生亨特受求知欲的支配来到伦敦,寻猎其科学研究对象巨人奥布莱恩,最终成为科技进步理念下的奴隶。显然,充斥在 18 世纪伦敦街头的"进步"话语并未像其许诺那般为人类带来永恒的幸福,物质生活改进与繁荣的背后潜藏的是前所未有的异化危机,而这种危机又成为 19 世纪进步焦虑的根源之一。

4.4.1　"进步"浪潮中主体的非人文化

"异化"一词最早源于希腊文 allotresis,后来又被移植到拉丁文 allenation,具有多重含义:就神学角度而言,异化主要指作为一种人之原罪而与上帝相疏远、疏离;在经济学上,"异化"特指财产权的转移和让渡;在社会学上,主要指个人与他人、社会、国家相分离、疏远;在政治学方面,则表示主体在发展过程中,亲手生产出敌对的、异己的力量反对自身;哲学领域对"异化"的理解和探讨最为丰富,经历了黑格尔的"自我意识论"、费尔巴哈

(Feuerbach)的"宗教本质论",及至马克思的"异化劳动"等观点。现在通常指的哲学意义上的"异化"可界定为:"主体由于自身矛盾的发展而产生自己的对立面,产生客体,而这个客体又作为一种外在的、异己的力量凌驾于主体之上,转过来束缚主体,压制主体,这就是异化(王若水,2000)。"随着资本主义社会的发展,科技日益成为超出人类控制的,甚至是支配、统治人类与社会的外在力量,它导致了人的物化及自由的丧失,精神的空虚和人格的分裂,泯灭了劳动的价值,沦丧了生存的意义。人不再是掌握、控制科技的主人,而成为被迫适应科技社会要求的工具(霍克海默,1989:242)。"科技异化"应运而生,并且逐渐在异化批评领域占据一席之地。

在文学研究领域,探讨社会进步与科学发展带来社会现实异化与人的精神异化的作品并不少见,如《"进步"与异化——论〈远大前程〉的现代性批评》、《异化中无望的挣扎——〈人鼠之间〉中的异化主题分析》、《〈觉醒〉小说中的"异化"现象解读》等文,此类作品更多揭露和批评的是具体作品中隐含的异化现象和主题,而真正将"异化"与"英国工业革命"相结合进行审视和系统研究的代表作当数殷企平教授所著的《推敲"进步"话语——新型小说在19世纪的英国》一书。该书将"进步的异化"阐释成一种"狂奔猎逐"般的心态,一种"总有什么在催逼着你往前赶,越来越快,越来越快,致使你最终感到绝望(弗莱,1998:8)"的心态,并且通过大量19世纪的小说作为"异化"案例予以证实。本文同样关注工业革命带来的以"科技、理性"为表征的"进步"表象下的社会现实世界和人的精神世界,侧重于探讨"进步"带给人类的精神异化及其对现实异化的反映和关照,重点强调的是一种对立的状态和矛盾的心态。

小说《巨人奥布莱恩》的异化表征之一便是非人文化,即重视科技知识,轻视人文内涵。资本主义制度正是与科学相结合而开创了西方近现代社会。在18世纪英国社会生活领域,科学逐渐取代宗教成为一种建制,而在社会意识领域里,科学逐渐成为一种最有话语权的知识体系和系统。随着培根发出"知识就是力量"的强大号召,"人是万物的尺度"的人类中心论思想的主导地位偏移,人文精神受到排挤,科学的地位日益凸显。原本尊重自然,敬畏自然,关注人类赖以生存的自然界的价值理性被越来越强大的科学技术理性的扩张所压制,失去了其应有的批判和规约功能,于是,英国社会从中世纪末期荒芜的精神走向了精神的荒芜。小说主人翁奥布莱恩和亨特的人物形象塑造就是对"科技与文艺处于对立面"的社会现实的反映。爱尔兰人奥布莱恩体型巨大,吃饭饮水皆非常人所能比,是人们眼中"天生的怪胎"。可这样一位怪胎却极富文艺气息:他能说会唱,对神话传说和传奇故事等民间艺术有着执著的追求。初到伦敦时,奥布莱恩渴望一展才华,通过讲述一段段爱尔兰古代民间传说,吸引伦敦人,从而求得生存。事实上,奥布莱恩擅长用古爱尔兰人的调子叙述各类能令人感受"快乐或痛苦"的奇幻故事。他性格温和、内省、感性、豁达,尤其渴望被爱和被理解。伦敦人也一度很欢迎他,视他为健谈的天才和传统信仰的传播者。然而,奥布莱恩对美好生活的憧憬很快被打破了。18 世纪是启蒙的时代、理性的时代,人们所热衷的是理性思想和科学知识,文学艺术的影响力日渐衰微。务实的伦敦人很快对奥布莱恩的文艺思想失去兴趣。最终,为了生存,奥布莱恩只得放弃文艺理想和精神追求,转而利用"巨人"优势吸引人们的好奇心,通过展示自己的生理结构以求得温饱。德国哲学家马丁·海德格尔(Martin Heidegger)将艺术、诗歌和文学看成是被忽略的解蔽方式,他认为这些被忽略的解蔽方式才是看护人类文明的解蔽方式,才是真理的真正守护者(海德格尔,2005:17)。由此可见,文艺才是人类文明的真正守护者。然而奥布莱恩却不得不满足"理性与知识"所逼促的要求,不得不放弃文艺理想,选择表征"繁荣与发展"的商品展览——靠展示自身的巨大体型而谋生,其精神信仰与生存方式的对立,从某种程度上来说,正是"进步的异化"的重要表现形式。

如果说巨人奥布莱恩属于现代社会的"文艺青年",那么他的对手约翰·亨特便是不折不扣的"科技达人"。作为解剖学家,亨特最渴望的便是能解剖巨人的躯骸以满足他对医学的求知欲,并为科技进步做出贡献。亨特将万物视为神秘领域,积极探索开发。他推崇科学的实验和精确的计算,表现出狂热的求知、探索、试验的理性精神:他将人类的牙齿移植进公鸡的鸡冠中;他用红色染料茜草根喂猪,结果猪的牙齿红白相间,甚至解剖盗墓人盗来的尸体;他收藏并研究欧洲人、澳大利亚土著人、年幼

黑猩猩、猕猴、鳄鱼以及狗的头盖骨。尽管庞大的实验费用让亨特濒临破产,但他的贪婪永无止境:白熊、鲸鱼、老布谷鸟、小布谷鸟、鼠海豚、鸵鸟蛋、麻鸦和刺猬等都是他急切解剖和研究的对象。他的好奇心毫无逻辑可言,他恨不能把所有活物都切成碎片进行科学研究,以期探寻死亡的奥秘。亨特渴求的是知识与技术,但在海德格尔看来,"技术之本质作为解蔽之命运乃是危险(海德格尔,2005:17)。"亨特的科学技术倾向与奥布莱恩的文艺倾向形成鲜明的对比,而科学技术的过于强大和对文艺的排斥使得双方所代表的工具理性和价值理性在资本主义工业发展过程中日益远离,最终导致工具理性异化现象越来越明显。

此外,作者还以耶稣基督为原型塑造了巨人奥布莱恩的形象。和耶稣传教一样,从爱尔兰到英格兰,奥布莱恩身边也有一群类似乞丐和罪犯的跟随者,他主动靠近这群受苦受难的人,并邀请他们加入他的队伍。当中有一个小男孩快饿死了,他以这个孩子是王的继承人,并终将被王带走继承王位的说辞来安慰其母,男孩死后,他邀请这位饥饿的母亲随他一起前往伦敦求食。后来他的队伍里还加入了 12 岁的妓女玛丽·玛格达莱尼(Mary Magdalene),耶稣的徒众里也有一位叫玛丽的妓女。一路上,奥布莱恩不停地向其跟随者们灌输各种神话故事和民间故事精神,以启示和教育他们。最后正如耶稣受难记那样,奥布莱恩到伦敦讲故事,街头谋生,在贫病交加中死去。丹尼尔·贝尔(Daniel Bell)认为,资本主义精神中有两个互相制约的基因,即"经济冲动力"和"宗教冲动力"。科技和经济的迅猛发展导致了"宗教冲动力的耗散",因而"对经济冲动力的约束也逐渐减弱(Disraeli,1982:30)。"这两种动力的失衡反映了这样一个严峻的事实:主宰人们行为方式和社会发展的只剩下"经济冲动"这种驱动力了,这种动力和资本主义国家工业化进程中的科技进步一起成为"时代精神",从而掩盖了人类的精神贫困,其所隐含的"进步"思想充其量是单行度的,或者是畸形的。

4.4.2　"进步"浪潮中主体的非个性化

在 18 世纪的英国,商品经济占据了主导地位,隐含"进步"因素的科学技术已逐渐成为一种与人类相敌对的甚至控制人与社会的异己力量,异化因此得以加剧和强化,社会、人与人之间的关系越来越呈现出"人—物—人"的模式,人所创造的物作为一种统治人的力量而表现出来,因而以"人被非个性化"为特征的异化现象越来越突出。"个性化"强调人的本真存在,但在《巨人奥布莱恩》中,这一存在被强烈忽视,商品经济的发展和科技的进步造成了人的"非个性化",人的主体地位和个性逐渐丧失,这种异化在作品中的伦敦人身上体现得淋漓尽致。在 18 世纪的伦敦,我们可以捕捉到这样一个现实:人们狂热地追求"进步",热烈地追赶商品经济发展的潮流和科学技术飞速进展的步伐,追新逐异似乎成了一种时代精神。当时伦敦街头"展览"活动盛行,这种具有明显消费主义倾向的商品文化极具时代特征,新兴的工业化社会中人类的物质环境被简化成了商品环境。人们成群结队去观赏一些稀奇古怪的东西:有与大英帝国远隔千山万水的异域动植物,有本地奇特的动物如知识渊博的猪以及各色各样的怪人,还有一些奇特的人,如巨胖、巨瘦、巨高、巨矮之人,甚至还有长了胡子的女人。只要是怪异的或者从来没有听过见过的东西,人们都乐意掏钱去看一看,评一评。不言而喻,"进步"浪潮中的商品文化具有一种摧毁人的神经的力量,这些伦敦人已经"被商品所造成的幻觉给主宰了(Lindner,2003:45)",从而变成了没有思想、没有自我的消费主义的奴隶。

小说中,同样能反映启蒙时代社会现实的还有人们那种无限的求知欲和探索精神。科学的实验和精确的计算是追赶科技进步浪潮的人们探索世界未知领域的主要思维模式,收藏活动便为这样的模式提供了便利:只要是令人感兴趣的东西,无论是活物还是死物,从干花、成串的蝴蝶到瓶瓶罐罐的胎儿,人们都会大量收集,以便用于理性的科学研究。当然,当时专业的科学家还没有成为一种常规职业,训练有素的生物学家和化学家都还未出现,连医学的研究也尚处于起步阶段,人们对于人体内部机能的认知和对非洲内陆的了解一样浅显,在强烈猎奇心与求知欲的推动下,人人疯狂参与收藏活动,人人积极投身科学研究,这种"收藏效应"正是社会对科技发展的回应。在功利主义精神的驱使下,"收藏家"们逐渐失去本真的存在,因而变得抽象化、非个性化,他们渐渐被改造成了"物",主体遭受泯灭,个性面临崩溃,其作为人的"价值"和"意义"被忽视,其自身的困惑、痛苦等情感结构逐

渐被漠视,程序化的生活方式和思维模式造就了一类毫无个性的"机器人"。异化的力量来源于现实,资本主义社会"进步"的浪潮成为一种控制人、奴役人的现实的力量,人们失去了自由和自我。约瑟夫·康拉德(Joseph Conrad)著名的织机隐喻论所抨击的"命运机器"也具有类似的操控能力。他说:"有一样东西———一台机器。它从满是铁屑的混沌中生成,瞧! 它还能编织……它没有思维,没有良知,没有远见,没有眼睛,没有心灵。这是个可悲的意外——但它已发生,而且没法干涉阻止。最为令人揪心的是,甚至没人能打碎它……它把我们编来编去,编进编出,它编出时间、空间,也编出痛苦、死亡、腐败、堕落、绝望和所有的幻想……感官感觉,然后是情绪情感,最后是思维思想(Ingram,1986:40)。"康拉德眼中的这台"命运机器"和曼特尔笔下18世纪伦敦的"进步浪潮"何其相似,都是无情地构造、编织和控制人类思想情感的主宰力量。

作品中,主人翁奥布莱恩的"展览品"身份同样是一种异化。在美国纽约大学政治学教授贝特尔·奥尔曼(Benell Ollman)教授看来,由于生产的发展,"当动物在森林中从它身边的环境中获取他需要的任何东西的时候,人则被限制在他使用的对象必须得到此物所有者的同意的范围内(奥尔曼,2011:186)。"显然,在奥尔曼教授眼里,人还不如动物,因为人的劳动创造的产品并没有带来自足,反而受到这种创造所限制,或者说,人对于一种精神追求的结果,反而是被这种追求所困,得到的却是一种束缚。小说中,奥布莱恩"被展览"的职业本身就是一种"异化劳动"。在18世纪理性时代,人们求知欲强,好奇心浓,奥布莱恩的巨大体型完全符合社会生产的要求,被认为是有生产能力的人,适合展览。在伦敦街头,奥布莱恩的劳动过程犹如人们花钱买门票去动物园观赏动物一样:

只要有人拿出半克朗钱(half-crown)交给乔·万斯(Joe Vance),他就发给他们一块锡令牌,这是当时进行"街头展览"的惯例,之后,10个人或12个人一组,进入里面观看巨人,有时候人数还会少一些,尤其是女人进去观看,因为六月到七月间,天气闷热,女人身上总是搽粉抹香的。通常,人们还可以和巨人说说话,这样,除了付半克朗的观赏费,还得再出些小费(Mantel,1998:87)。

展示自己的体型便是奥布莱恩的生产劳动,这一行为,就社会角度而言,是可以被冠为社会生产的需要,就奥布莱恩个体而言,则是一种无可奈何的谋生手段,是一种被"逼迫"的行为,是一种伤害。奥布莱恩的"被展览"行为为社会创造了财富,最终却否定了自己,失去了自我,成为生产机器。用马克思关于异化的观点来分析,我们在此看到的是主体与客体的分离和错位:原本该为主体服务的客体不但没有发挥作用,而且反过来伤害了主体。奥布莱恩的异化劳动展示了在工业环境下,穷苦工人的劳动是怎样变成一种异己活动的。这种异化现象正是科技"进步"的必然结果。

4.4.3 "进步"浪潮中主体的工具化

18 世纪的英国,科学技术发展迅速,工具理性对技术使用、物欲占有的强调加剧,人的价值理性进一步衰微,人逐渐失去反思、批判的能力而变得"工具化","没有思想,没有情感"的特征愈加明显。作品中,外科医生约翰·亨特在技术进步的动态中,为了满足自身对知识无尽的渴求和对科技的控制欲,将工具崇拜和技术主义作为生存目标,从而忘却了自身的精神提升与灵魂拯救,造成自身价值的失落,精神的迷失和信仰的迷茫。作为追赶进步潮流的外科医生,亨特对科学知识的欲望和需要的不断增长及其毫不节制加剧了其迈向异化深渊的步伐,并且成为其直接的推动力。作为资本主义启蒙时代的文明人,亨特的同情心和良心逐渐被自身外在的欲望所遮蔽,从而变得冷漠无情。一直以来,亨特痴迷于奥布莱恩的庞大身躯,一心想要对其进行解剖,他所关注的不是人的健康、精神和情感,而是躯体的机理结构,他不舍得花费两个半先令挤在展览厅里观看"奥布莱恩"这件艺术品,但却不惜耗费 100 畿尼买下奥布莱恩的骨骼以满足自己的求知欲。他常常解剖各种各样的动物和各色各样的人,在可怕的好奇心和求知欲的驱使下,他几近疯狂,恨不得将所有活物都拆开进行研究,以期探寻死亡的奥秘。他就像克里斯托弗·马洛(Christopher Marlowe)笔下的浮士德博士(Dr. Faustus)那样,在"科学"这个魔鬼的诱惑下,一步步展开他的追求,最终,知识上的欲望使他也成为了满怀无尽贪欲的魔鬼。他的弱点也正是现代人类的弱点:坚信人类中心的知识体系,匍匐在科学主义、工具理性面前,

认为凭着这些就可以改造世界，完善人类。对"知识"与"科技进步"的贪欲使他不断异化，从而丧失了道德关怀、审美情趣和人生信仰。事实上，亨特不断研究死尸和骨骼，其目的并不是为了改善人类的医疗状况，为人类谋福利，而是为了满足自身对知识的强烈欲望。他不停地创造各种机会练习做外科手术，也绝不是为了能减轻病人的痛苦，提高手术成功率，而只是为了不断充实自己无穷无尽的知识库。亨特的"研究"和"练习"行为实际上是其自我欲望投射后的化身和变体。

在启蒙思想的引领下，18 世纪英国资本主义社会日益泛滥着启蒙理性精神，一种过分重视理性的思维模式正悄然影响着人们的生活，对自我利益的追逐与精明算计的风气已经渗入人的精神领域，影响着公共生活和私人生活的方方面面。小说中，除了巨人奥布莱恩，几乎所有人的行为都带有功利主义的特点。为了生存，奥布莱恩和他的伙伴们，包括反应迟钝的杰克林、盛气凌人的克拉菲兄弟、尖酸刻薄的布赖德·克拉斯科，一起逃离爱尔兰来到伦敦。这群所谓的朋友追随着奥布莱恩是为了靠他的劳动（展览）赚钱生活，等到奥布莱恩死后，他们毫不犹豫地发挥他剩余的利用价值，把他的躯体卖给亨特做科学研究。对于亨特而言，其理性思维模式就更显著了。

小时候，亨特在苏格兰老家的田野里干活，发现草叶上有一条爬虫，并对它产生了浓厚的兴趣：他把虫子捉住，放在手心，不停地用手指去戳他，他很想知道虫子被他汗津津、脏兮兮，还有咸味的手指戳到是什么感觉。随后把虫子的腿一只一只地撕扯下来。虫子在他手心不停蠕动打转，无法离开。他还幼稚地认为虫子没有爬走是因为它喜欢他，尽管他对它这样那样，它还是赖在这里和他做朋友。他这样做并不是出于什么恶意，只是想看看这只虫子没了腿之后会怎样（Mantel，1998：19－20）。

在亨特的思维里，他的这些行为并不是残酷的伤害，而是一种理性的探究，他只想弄清楚这个生物的生理结构而忽视了它的精神和感知。显然，他的求知精神是以牺牲人的道德和情感为代价的。长大之后，亨特来到伦敦，担当了哥哥乌烈（Wullie）医生的助手。他的首个任务就是解剖一双被切断的手臂，他技术娴熟，轻而易举就完成了解剖工作。之后他还解剖了很多动

物和人类的尸体与骨骼。过分理性的思维模式让他陷入一个没有精神存在
的世界。在个世界里，没有灵魂，没有思想，没有情感，只有肉体与死亡，还
有一把冷冰冰的柳叶刀。在无尽的欲望中，亨特脱离现实生活而追求虚幻
的想象。卢梭(Jean-Jacques Rousseau)认为，这种功利主义的理性面对良
心与欲望冲突时，极易变得摇摆不定，理性有时站在良心这一边，但更多的
时候却站在欲念与功利一边。一旦人们将功利主义的理性奉为生活的尺
度，成为人们单一的思维模式，它就极有可能败坏善良的情感，消灭道德勇
气，遮蔽人类内心的良知，变得缺乏同情心了(卢梭，1962：160)。从这个意
义上说，在"人吃人的资本主义社会"(Man is prey to man)，人与人之间冷
漠无情，为了追求"知识与进步"，丧失了生活中许多宝贵的东西，如道德关
怀、审美情趣和天伦之乐等。正是这种以道德败坏为代价的科技"进步"使
亨特等人的同情心和良心逐渐被自己外在的欲望所遮蔽，从而变得更加冷
漠。和亨特的性格相对立的，则是巨人奥布莱恩的善良慷慨，纯真感性。亨
特对知识和名声的追求如饥似渴，而奥布莱恩则继承了传统的爱尔兰民间
文学精神，且坚信人若违背了上帝的愿望，死后灵魂就无法升上天堂。海德
格尔认为只有艺术、思和诗才能够"克服那种作为人类之世界栖留的唯一尺
度的技术—科学—工业之特征(海德格尔，1999：74)"，因为"一切科学的运
思都只是哲学运思衍生出来的和凝固化了的形态(海德格尔，1996：26)"，而
唯独"诗意的东西贯穿一切艺术，贯通每一种对进入美之中的本质现身之物
的解蔽(海德格尔，2005：36)。"虽然奥布莱恩的纯真与诗性最终遭受毁灭，
但作者在此将对科学技术的发问与艺术领域的沉思结合起来，尝试为现代
人类开创一条从技术统治到审美解放的道路。

　　小说《巨人奥布莱恩》表达了神秘与科学、传统与发现、主观与客观、感
性与理性之间的对立。作者批判现实的手段从赤裸裸的直接批判资本主义
制度转向了通过揭示人物异化的思维模式来达到批判现实的目的。作品不
仅表达了作者对资本主义启蒙现代性挤压下的"进步"及其代价的焦虑和担
忧，还以独特的审美视角，努力追寻审美救赎。当下社会，人们对改革、进步
的热情，对美德、知识的追求都只不过是对表象的徒劳维护，唯有思想与信
仰才是解救之道。故事的结局是"死亡"，这也许正是作者所要探寻的"进步

的代价"。马克思指出:"死似乎是类对特定的个体的残酷的胜利,并且似乎是同他们的统一相矛盾的;但是,特定的个体不过是一个特定的类存在物,而作为这样的存在物迟早要死(马克思,2000:84)。"死是真实的,在人吃人的社会里,单纯如奥布莱恩者无法生存,就连理性而博学的亨特也在不断异化中消亡。这一结局表明了作者曼特尔的态度:死亡是人类生活的必然发展,任何人都无法摆脱这一自然定律,其最终要强调的便是这样一种残酷的现实,人类的贪婪和罪恶终将淹没在"历史发展进程中"。作品一方面揭示了启蒙现代性的阴暗面,另一方面展现出独特的艺术救赎功能,具有重要价值。

总　结

作为"当代最伟大的小说家"，曼特尔不仅继承了英国小说的传统，同时表现出了鲜明的现代主义特色和英国文学国际化的倾向。对于理解当代英国文学及西方文学、历史与政治、伦理与文化，曼特尔无疑具有重要意义。

作为一名小说家，曼特尔所关注的内容，前后具有极大差异，她从不写一样的东西。权力、金钱、性，都是这位野心勃勃的小说家津津乐道的话题。她关注"革命"，热衷于表现革命者的个人生活和政治生活；她乐于做出某些有趣的科学推断，尤其想阐释清楚人们在巨大压力下表现出的一些不合理行为；家庭关系、政治背景、文化背景是贯穿其大多数作品的重要元素，她的作品从来不会脱离社会和政治主题；她同情阿拉伯国家女性的可悲地位和不幸遭遇，批判西方国家女性安于现状的政治态度；她的小说在塑造人物形象、表现人物及政治的阴暗面及处理人类生活中的一些现实问题等方面别具一格。尽管曼特尔的作品主题多样，内容丰富，但她始终如一关注着伦理道德问题和政治文化问题。在她的作品中，无论是对于历史人物还是现实人物，无论是对于个人生活还是政治生活，都存在着对道德模糊性和政治生活不确定性的关注和探讨。她的小说绝不仅仅是简单刻画了现代

人所面临的种种生存困境,而是以一种更为积极的姿态表达她对社会政治生活的参与和认同,表现她对当代民族共同体的建设思路。

对于艺术家而言,要创作伟大的作品,就需要面对和接受偶合无序的外部世界,而不是把臆想中的形式强加于并非整齐划一的外部"崇高的"真实。当代小说常常不是落入"报刊体",就是"水晶体",在理想的小说中形式和偶合无序之间存在着必要的张力,小说既有足够的形式结构,又不剥夺人物的自由和偶合无序。这虽然是一项艰巨的任务,曼特尔却完成得很好。曼特尔特别擅于描述潜伏在作品人物日常生活中的重重危机。这些长期积累的张力和风险一旦爆发,人们就不得不面对生活和社会带来的沉重压力和恐慌,并由此产生了悲剧、喜剧,甚至是闹剧,因而,"黑色幽默"和"哥特式风格"成了曼特尔作品中的重要元素。曼特尔无疑是一位"恐怖作家",作品中较多的暴力、阴暗、恐怖的色彩表达了她对现代化的负面后果、价值观的变迁、人的异化等诸多社会、政治和伦理问题的深刻理解。

生活中,曼特尔常常思考道德问题,甚至产生过道德焦虑,由于自己无法生育,她尤其关切母子亲情。她总是担心婴儿在医院里被抱错,母亲们最后抱回家的不是自己的孩子,现实生活中,这类事情常有发生。她为此感受到了深刻的恐惧:人类永恒的天性之一就是孩子识别自己的父母,父母识别自己的孩子,就连动物也具有这种本能。这种父母和子女之间的血缘关系是一种自然属性,天生就有的。但从医院孩子抱错的案例来看,这样的事情一直都在发生着,有的人要好几年以后才发现弄错了,有的人甚至一辈子都不知道自己身边养着的竟然是别人的孩子。为了阐释和理解这种道德恐慌,曼特尔还专门写了作品《小孩子》,讲述一对长得非常不相像的母女的故事,从而揭示了那令人心碎的意外。不仅如此,在小说《变温》中,主人公拉尔夫的风流韵事几乎让他的家庭分崩离析,这个男人周围已经危机重重,而真正令其生活发生不幸巨变的则是他为偷他孩子的恶人打开了方便之门。为善助人是拉尔夫一生都在追求的目标,他的善良使他不能忍受那些人留在暴风雨中,从而打开家门让他们躲雨,然而正是他的善举使得灾难降临,他们把他的儿子偷走,带到黑市上卖掉器官,并将其残忍杀害。曼特尔通过这个简单的故事展现了一种"复杂的道德情怀"。克伦威尔系列小说《狼厅》

和《提堂》是以 16 世纪英国都铎王朝为背景的历史小说,聚焦于克伦威尔的个人生活与政治活动,展现给读者一幅家庭生活、社会生活及政治斗争盘根错节的复杂画面,在对忠诚、背叛、善举、恶行等道德伦理问题的探讨中表达了作者的伦理态度。

除了小说创作,曼特尔还是著名的评论家,曾在《伦敦书评》、《纽约书评》等杂志上发表相关评论。曼特尔在大学阶段并没有接受过文学写作的培训,更没有学习过批评理论,因为她主修法律,但她是个完美主义者,对自己的作品要求很高。她的创作常常是无意识的,只有当作品完成后,她才知道自己到底写出了什么。对她而言,创作是本能的。当评论员的经历对她的创作是补充和完善的过程。在评论他人的作品时,她发现作家们在创作中总是存在这样或那样的问题,她自己写小说时也不例外,如此,她就会是一个更有同情心和理解力的评论者;而作为小说家,洞察了他人的问题之后,她就有可能对其进行纠正或避免,从而创造出更优秀的作品。她的小说在探讨那些一直困扰着小说家的主题时,她比其他作家更为间接地对我们时代的道德问题、政治问题和家庭问题做出反应。因而,以英格兰特性、叙事伦理和共同体形塑三个关键词为切入点,通过对小说文本尤其是《狼厅》和《提堂》的细读和研究,结合叙事伦理理论、共同体构建理论,进一步审视潜藏于文本中的作者的矛盾文化心态和道德伦理取向,具有重要的意义。

附　录

希拉里·曼特尔的小说一览

A Change of Climate：Viking，1994　　　　《变温》

An Experiment in Love：Viking，1995　　　《爱的考验》

A Place of Greater Safety：Viking，1992　　《一个更安全的地方》

Beyond Black：Fourth Estate，2005　　　　《黑暗之上》

Bring Up the Bodies：Fourth Estate，2012　《提堂》

Eight Months on Ghazzah Street：Viking，1988　《在加沙大街上的八个月》

Every Day is Mother's Day：Chatto & Windus，1985　《每天都是母亲节》

Fludd：Viking，1989　　　　　　　　　　《弗勒德》

The Giant，*O'Brien*：Fourth Estate，1998　《巨人奥布莱恩》

Vacant Possession：Chatto&Windus，1986　《空白财产》

Wolf Hall：Fourth Estate，2009　　　　　《狼厅》

参考文献

[1] Anonymous. Prizes and guinea pigs：Hilary Mantel［EB/OL］. 2010-09-01［2015-11-22］.http：//search.proquest.com/docview/851244026? accountid＝15198.

[2] Anonymous. Hilary Mantel［J］. 2013-05-19［2015-11-22］. http：//search.proquest1354372547? accountid＝13151.

[3] Bauman Z. Community：Seeking Safety in an Insecure World［M］. Cambridge：Polity Press，2001.

[4] Bernier O. Guillotine Dreams［J］. New York Times，1993-03-09：21.

[5] Bloom H. The Western Canon［M］. New York：Harcourt Brace & Company，1994.

[6] Bordo S. When Fictionalized Facts Matter［J/OL］. Chronicle of Higher Education，11 Otc. 2012. web. 20 Dec. 2012.

[7] Brooker J. Interview with Dame Muriel Spark［J］. Women's Studies，2004，33：1035 – 1046.

[8] Brown M. Hilary Mantel wins Man Booker prize for second time［J/OL］. The Guardian，2012-10-06［2015-11-22］，http：//theguardian.com/books/2012/oct/hilary-mantle-wins-booker-prize.

[9] Burrow C. How to Twist a Knife［J/OL］. London Review of Books，2009-04-30 ［2015-11-22］. http：//www. lrb. co. uk/v31/n08/colin-burrow/how-to-twist-a-knife.

[10] Byatt，A. S. On Histories and stories：Selected Essays［M］. London：Random House，2000：9.

[11] Chatman S. Story and Discourse：Narrative Structure in Fiction and Film［M］. Ithaca：Cornell University Press，1978.

[12] Geoffrey of Monmouth. The History of the Kings of Britain［M］.

trans. Lewis Thorpe. Harmondsworth：Penguin，1966.

[13] Greenblatt S. "Culture"，in Critical Terms for Literature Study [M].
ed. Frank Lentricchia and Thomas McLaughlin. Chicago：University
of Chicago Press，1995.

[14] Habermas J. The European Nation-state—Its Achievements and Its
Limits. On the Past and Future of Sovereignty and Citizenship [J].
Ratio Juris，2007，9(2)：125 – 137.

[15] Hansen L，Mantel H. Hansen Liane：Booker Prize Winner Mantel
Tells the Story of Henry VIII[J/OL]. NPR，2009-10-25[2015-11-
22]， http：//www. npr. org/templates/story/story. php？ storyId
＝114144201.

[16] Hayden P，El-Ojeili C. Globalization and Utopia：Critical Essays
[C]. New York：Palgrave Macmillan，2009.

[17] Higgins C. Hilary Mantel discusses Thomas Cromwell's past，
presence and future[J/OL]. The Guardian，2012-08-15[2015-11-
22]， http：//www. theguardian. com/books/2012/aug/15/hilary-
mantel-edinburgh-wolf-hall？ INTCMP＝ILCNETTXT3487.

[18] Hosmer R. An Interview with Dame Muriel Spark [J]. Salmagundi，
2005，146 – 147 (Spring)：127 – 159.

[19] Ingram A，ed. Joseph Conrad. Selected Literary Criticism & The
Shadow Line [M]. London：Methuen Co. Ltd.，1986.

[20] Kevin N. Amid the Din，Hilary Mantel Keeps Her Head[J/OL].
Washington Post，2012-5-11[2015-11-22]，wapo.2aebfea6-984b-11e1-
ace4-08dbbf82dfdc.

[21] Keywords W R：A Vocabulary of Culture and Society [M].
Flamingo：Fontana Press，1983.

[22] Laing O. The Tudors' Finest Portraitist Yet [J/OL]. The Guardian，
2009-04-26[2015-11-22]，http：//www.theguardian.com/books/2009/
apr/26/hilary-mantel-wolf-hall.

［23］ Larson J. Ethics and Narrative in the English Novel，1880—1914 ［M］. Cambridge：Cambridge University Press，2001.

［24］ Lindner C. Fictions of Commodity Culture：From the Victorian to the Postmodern［M］. Hampshire：Ashgate Publishing Limited，2003.

［25］ MacFarquhar L. The Dead Are Real ［J］. The New Yorker，2012，88 （32）：n/a.

［26］ MacFarquhar L.How Hilary Mantel Revitalized Historical Fiction ［J/OL］. The New Yorker，2012-10-17 ［2015-11-22］，http://newyorker，com/reporting/2012/10/15/121015fa-fact-macfarguhar.

［27］ Mackie J D. The Earlier Tudors 1485—1558［M］. Oxford：Clarendon Press，1962.

［28］ Mantel H. A Change of Climate ［M］. London：Chatto & Windus，1994.

［29］ Mantel H. Vacant Possession ［M］. London：Chatto & Windus，1986.

［30］ Mantel H. Beyond Black［M］.Santa Monica：Fourth Estate，2005.

［31］ Mantel H. Eight Months on Ghazzah Street ［M］. New York：Viking，1988.

［32］ Mantel H. Father Figured ［J/OL］. The Telegraph，2005-04-24［2015-11-22］， http://www. telegraph. co. uk/culture/books/3640930/Father-figured.html.

［33］ Mantel H. Fludd［M］. New York：Viking，1989.

［34］ Mantel H. The Giant，O'Brien ［M］. Santa Monica：Fourth Estate，1998.

［35］ Mercer K. Welcome to the Jungle：Identity and Diversity in Post-modern Politics ［A］. Rutherford J（ed.）Identity：Community，culture and difference ［C］. London：Lawrence and Wishart，1990.

［36］ Nance K. Amid the din，Hilary Mantel keeps her head ［J/OL］. Washington Post，2012-11-5［2012-11-5］.http://highbeam.com/doc/sp2-31351944. html.

[37] Peter Aspden. Hilary Mantel：Author in Tune with the Times [EB/ OL]. 2013-02-01[2015-11-22].http：//search.proquest.com/docview/ 1283752773？accountid＝15198.

[38] Pollard A F. Henry VIII[M]. New York：Goupil，1902.

[39] Preston J. The Booker Favorite who Dared to Put on Her Armor[J/ OL]. The Spectator，2009-08-22 [2015-11-22]，http：//www. spectator.co.uk/2009/08/the-booker-favourite-who-dared-to-put-on- her armour/.

[40] Richardson J. Hilary Mantel：The Novelist in Action[J]. Publishers Weekly，1998，October 5：60－61.

[41] Rosario A. An Interview with Hilary Mantel [J]. Atlantis，1998， 20：279－282.

[42] Sabine G H. A History of Political Theory [M]. New York：Holt， Rinehart and Winston，1961.

[43] Schwyzer P. Literature，Nationalism and Memory in Early Modern England and Wales [M]. Cambridge：Cambridge University Press，2004.

[44] Simon L. Hilary Mantel：To Write Myself into Being [J]. The World & I，2014，July 22：2－3.

[45] Tonnies F. Community and Civil Society [M].Trans. Jose Harris and Margaret Hollis. Cambridge：Cambridge University Press，2001.

[46] Trimm R S. Belated Englishness：Nostalgia and Postimperial Identity in Contemperary Beitish Fiction and Film. Diss. University of North California Press，2001.

[47] Tylor E B. The Origins of Culture [M]. New York：Harper and Row，1958.

[48] Wagner E. I was on the end of a hate campaign [J]. New Statesmen， 2014，18 April-1 May：40.

[49] White H. Tropics of Discourse：Essays in Cultural Criticism [M].

Baltimore：The John Hopkins University Press，1978.

［50］Winks R W，et al. A History of Civilization：Prehistory to the Present［M］. New Jersey：Prentice Hall，1992.

［51］Raymond Williams. Keywords：A Vocabulary of Culture and Society ［M］. Flamingo：Fontana Press，1983.

［52］Raymond Williams. Culture and Society［M］. London：Chatto and Windus，1958.

［53］彼得·奥斯本.时间的政治——现代性与先锋［M］. 王志宏译.北京：商务印书馆，2004.

［54］阿诺德. 文化与无政府状态：政治与社会批评［M］. 韩敏中译. 北京：三联书店，2002.

［55］艾略特等.小说的艺术［M］. 张玲等译. 北京：社会科学文献出版社，1999.

［56］奥尔曼.异化——马克思论资本主义社会中人的概念［M］. 王贵贤译. 北京：北京师范大学出版社，2011.

［57］巴尔. 叙述学—叙事理论导论［M］. 谭君强译.北京：中国社会科学出版社，2003.

［58］巴格比. 文化：历史的投影［M］. 夏克、李天纲、陈江岚译.上海：上海人民出版社，1987.

［59］薄洁萍.上帝作证［M］. 上海：学林出版社，2005.

［60］薄兹，施尔曼. 社会与生育［M］. 张世文译. 天津：天津人民出版社，1991.

［61］鲍曼. 共同体［M］. 欧阳景根译. 南京：江苏人民出版社，2003.

［62］布鲁姆. 西方正典［M］. 姜宁康译. 南京：译林出版社，2005.

［63］布鲁姆. 影响的焦虑［M］. 徐文博译. 南京：江苏教育出版社，2006：6.

［64］布斯. 小说修辞学［M］. 华明，胡晓苏，周宪译. 北京：北京大学出版社，1987.

［65］曹莉.历史尚未终结——论当代英国历史小说走向［J］. 外国文学评论，2005，3：136.

[66] 曹兴江.家庭伦理实体的生成与裂解——黑格尔家庭伦理思想释要[J].华中科技大学学报(社会科学版),2013(02):15-16.

[67] 曾衍桃.国外反讽研究纵观[J].西安外国语学院学报,2004,12(3):6.

[68] 陈乐民,周弘.欧洲文明扩张史[M].北京:东方出版社,1999.

[69] 陈思羽.小说叙事视角研究[D].济南:山东大学,2011.

[70] 陈晓律.欧洲民族国家演进的历史趋势[J].江海学刊,2006,2:138.

[71] 陈永国,马海良.本雅明文选[M].北京:中国社会科学出版社,1999.

[72] 程汉大.英国政治制度史[M].北京:中国社会科学出版社,1995.

[73] 茨维坦·托多罗夫.象征理论[M].王国卿译.北京:商务印书馆,2005.

[74] 戴鸿斌.斯帕克的后现代主义小说艺术[M].厦门:厦门大学出版社,2011.

[75] 戴鸿斌.国外缪里尔·斯帕克研究述评[J].当代外语研究,2012,4:69.

[76] 弗莱.现代百年[M].盛宁译.香港:香港牛津大学出版社,1998.

[77] 弗洛伊德.弗洛伊德文集5:精神分析新论[M].车文博译.长春:长春出版社,2004.

[78] 福克纳.福克纳评论集[C].李文俊.北京:中国社会科学出版社,1980:255.

[79] 高晓玲."感受就是一种知识!"——乔治·艾略特作品中"感受"的认知作用[J].外国文学评论,2008,3:5-16.

[80] 郜元宝.命定视角与反讽基调——论新时期长篇小说的一种艺术选择[J].当代作家评论,1990,6:4-9.

[81] 戈德罗,诺斯特.什么是电影叙事学[M].刘云舟译.北京:商务印书馆,2005.

[82] 戈德罗.从文学到影片——叙事体系[M].刘云舟译.北京:商务印书馆,2010.

[83] 格.希拉里·曼特尔谈克伦威尔三部曲[J/OL].盛韵译.网易新闻,2014-08-17 [2015-11-22],http://news.163.com/14/0817/08/A3R8M64500014SEH.html.

[84] 龚群. 道德乌托邦的重构——哈贝马斯交往伦理思想研究[M]. 北京：商务印书馆，2003.

[85] 哈南. 鲁迅小说的技巧[M]. 载乐黛云编：国外鲁迅研究论集[C]. 北京：北京大学出版社，1981.

[86] 海德格尔. 面向思的事情[M]. 陈小文，孙周兴译. 北京：商务印书馆，1999.

[87] 海德格尔. 形而上学导论[M]. 熊伟，王节庆译. 北京：商务印书馆，1996.

[88] 海德格尔. 演讲与论文集[M]. 孙周兴译. 北京：三联书店，2005.

[89] 韩少功. 文学的"根"[Z/OL]. 百度文库，2011-12-13[2015-11-22]，http://wenku.baidu.com/view/984413d23186bceb19e8bb83.html?from=search.

[90] 贺国安. 关于人们共同体与民族共同体的思考[J]. 民族研究，1988，05：26.

[91] 胡谱忠. 多元文化主义[J]. 外国文学，2015，1：105.

[92] 胡群英. 共同体：人的类存在的基本方式及其现代意义[J]. 甘肃理论学刊，2010(01)：75.

[93] 怀特. 后现代历史叙事学[M]. 陈永国，张万娟译. 北京：中国社会科学出版社，2003.

[94] 荒林、张洁. 存在与性别，写作与超越——张洁访谈录[J]. 文艺争鸣，2005，5：92-103.

[95] 霍克海默. 批判理论[M]. 李小兵等译. 重庆：重庆出版社，1989.

[96] 基维. 美学指南[M]. 彭峰等译. 南京：南京大学出版社，2008.

[97] 季中扬. 当代文化认同的思维误区[J]. 学术论坛，2008，8：155-158.

[98] 姜元奎，王平贤. 英国都铎王朝历代国王婚事试析[J]. 山东师范大学学报，2002，4：91.

[99] 蒋承勇. 西方文学"人"的母题研究[M]. 北京：人民出版社，2005.

[100] 焦晓燕. 叙事伦理批评研究[D]. 济南：山东师范大学，2007.

[101] 杰索普. 重构国家、重新引导国家权力[J]. 何子英译. 求是学刊，

2007,4:25.

[102] 康德民.关于克伦威尔的评价[J].历史教学,1989,6：23-26.

[103] 柯里.后现代叙事理论[M].宁一中译.北京：北京大学出版社,2003.

[104] 昆德拉.被背叛的遗嘱[M].孟湄译.上海：上海人民出版社,1995.

[105] 昆德拉.小说的艺术[M].孟湄译.北京：生活·读书·新知三联书店,1992.

[106] 劳逊.戏剧与电影的剧作理论技巧[M].邵牧君、齐宙等译.北京：中国电影出版社,1961.

[107] 李建军.小说修辞研究[M].北京：中国人民大学出版社,2003.

[108] 李武装.文化现代化视域下的民族文化认同辨识[J].深圳大学学报（人文社会科学版）,2011,1:25.

[109] 李自更.托马斯·克伦威尔的政府制度改革与英国近代政治制度基础的奠定[J].河南大学学报（社会科学版）,2004,3:84.

[110] 利维斯.伟大的传统[M].袁伟译.北京：生活·读书·新知三联书店,2009.

[111] 刘国清.重塑的魅力——评希拉里·曼特尔获奖小说《狼厅》[J].外国文学动态,2010,3：23-24.

[112] 刘国清.曼布克奖与当今英国历史小说热[J].外国文学动态,2010,06:47.

[113] 刘国枝.人对人是狼——《狼厅》的世界[J].全国新书目,2010,21:34.

[114] 刘建军.论西欧中世纪文化中的变革因子[J].东北师范大学学报,1997,2:68.

[115] 刘曲.从巴赫金的"狂欢诗学"看希拉里·曼特尔与莫言作品的狂欢美[J].前沿,2013,2:138-139.

[116] 刘小枫.沉重的肉身——现代性伦理的叙事纬语[M].上海：上海人民出版社,1999.

[117] 刘再复.性格组合论[M].合肥：安徽文学出版社,1999.

[118] 刘中民等.民族主义与当代国际政治[M].北京：世界知识出版

社，2006.

[119] 卢卡奇．卢卡奇早期文选[M]．张亮、吴勇立译．南京：南京大学出版社，2004.

[120] 卢梭．论人类不平等的起源和基础[M]．李常山译．北京：商务印书馆，1962.

[121] 罗晨，王丽丽．帝国的重建——从曼布克奖看当代"英国性"问题[J]．外国文学，2013,4:58-68.

[122] 罗伦全．都铎王朝的血性男儿——对《狼厅》里托马斯·克伦威尔形象的解读[J]．名作欣赏，2011，6:38-39.

[123] 马丁．当代叙事学[M]．北京：北京大学出版社，2005.

[124] 马克思．1884年经济学哲学手稿[M]．北京：人民出版社，2000.

[125] 马林诺夫斯基．文化论[M]．费孝通等译．北京：中国民间文艺出版社，1987.

[126] 麦金太尔．伦理学简史[M]．龚群译．北京：商务印书馆，2004.

[127] 曼特尔．狼厅[M]．刘国枝等译．上海：上海译文出版社，2010.

[128] 米克．论反讽[M]．北京：昆仑出版社，1992.

[129] 匿名．"毒舌妇"曼特尔的奇妙人生[J]．世界报，2013,009：1-3.

[130] 聂珍钊．文学伦理学批评：基本理论与术语[J]．外国文学研究，2010，1:14.

[131] 聂珍钊．文学伦理学批评与当代文学的道德批评[J]．外国文学研究，2015,04(2):50.

[132] 聂珍钊．文学伦理学批评：伦理选择与斯芬克斯因子[J]．外国文学研究，2011,6:6.

[133] 浦安迪．中国叙事学[M]．北京：北京大学出版社，1996.

[134] 普林斯．叙述学辞典[M]．乔国强、李孝弟译．上海：上海译文出版社，2011.

[135] 热奈特．叙事话语新叙事话语[M]．王文融译．北京：中国社会科学出版社，1990.

[136] 任立．2009年布克奖花落《狼厅》文化商业完美互动[J/OL]．人民网，

2009-10-15，［2015-11-22］．http：//book．people．com．cn/GB/69361/10195544．html．

［137］芮小河．曼布克文学奖的是是非非［J/OL］．读书，2007，04．http：//www．fox2008．cn/ebook/dushu/dush2007/dush20070405-1．html．

［138］尚必武．交融中的创新：21世纪英国小说创作论［J］．当代外国文学，2015，2：137．

［139］舍勒肯斯．美学与道德［M］．王柯平、魏艳萍、魏怡译．成都：四川人民出版社，2010．

［140］申丹．叙述学与小说文体学研究［M］．北京：北京大学出版社，2004．

［141］施康强．萨特文论选［M］．北京：人民出版社，1991．

［142］石剑峰．曼特尔击败大作家获布克奖［N］．东方早报，2009-10-8：A8．

［143］斯宾诺莎．伦理学［M］．贺麟译．北京：商务印书馆，1997．

［144］斯塔夫里阿诺斯．全球通史——1500年以后的世界［M］．上海：上海社会科学出版社，1996．

［145］宋玲．希拉里·曼特尔：痴迷于历史题材的女作家［J］．文艺报，2014，003：1-3．

［146］宋玲．希拉里·曼特尔的历史文学创作之路［J/OL］．光明日报，2014-09-01（15）［2015-11-22］．http：//epaper．gmw．cn/gmrb/html/2014-09/01/nw．D110000gmrb_20140901_3-15．html．

［147］宋希仁．家庭伦理新论［J］．中国人民大学学报，1998（04）：62．

［148］苏国勋．理性化的限制［M］．上海：上海人民出版社，1988．

［149］苏珊·桑格塔．同时：随笔与演说［M］．黄灿然译．上海：上海译文出版社，2009．

［150］孙频捷．身份问题研究浅析［J］．前沿，2010（2）：68-70．

［151］孙小宁，严歌苓．左手小说右手编剧［J/OL］．北京晚报，2006-12-19［2015-11-22］，http：//news．xinhuanet．com/book/2006-12/19/content_5507540．htm．

［152］滕尼斯．共同体与社会［M］．林荣远译．北京：商务印书馆，1999．

［153］滕星，张俊豪．试论民族学校的民族认同与国家认同［J］．中南民族学

院学报（哲学社会科学版），1997，（4）：105 – 109．

[154] 滕尼斯．共同体与社会［M］．林荣远译．北京：商务印书馆，1999．

[155] 图灵．希拉里·曼特尔，从怪小孩到女作家［J］．黄金时代（学生族），2013，3：9 – 11．

[156] 瓦特．小说的兴起：笛福、理查逊、菲尔丁研究［M］．高原、董红钧译．北京：生活·读书·新知三联书店，1992．

[157] 王德威．中国现代小说十讲［M］．上海：复旦大学出版社，2003．

[158] 王联．关于民族和民族主义的理论［J］．世界民族，1999(1)：1 – 11．

[159] 王联．世界民族主义论［M］．北京：北京大学出版社，2002．

[160] 王沛，胡发稳．民族文化认同：内涵与结构［J］．上海师范大学学报（哲学社会科学版），2011，1：102．

[161] 王若水．"异化——这个译名"［J］．读书，2000(7)：153．

[162] 王轶．论物权法中的"公共利益"［EB/OL］．http://www.chinalawedu.com/new/16900＿174/2009＿3＿27＿wa94232451141723900230780.shtm．

[163] 维姆萨特，布鲁克斯．西洋文学批评史［M］．北京：中国人民大学出版社，1987．

[164] 文文．布克奖2014年起对美国作家开放［J/OL］．深圳特区报，2009-09-25［2015-11-23］．http://sztqb.sznews.com/html/2013-09-25/content_2634963.htm．

[165] 伍茂国．从叙事走向伦理——叙事伦理理论与实践［M］．北京：新华出版社，2013．

[166] 伍茂国．现代小说叙事伦理［M］．北京：新华出版社，2008．

[167] 肖云华．菲利普·拉金：英国性转向与个人焦虑［J］．世界文学评论，2008，2：63 – 66．

[168] 谢纳．空间生产与文化表征［M］．北京：中国人民大学出版社，2010．

[169] 谢有顺．中国小说的叙事伦理——兼谈东西的《后悔录》［J］．南方文坛，2005，4：34 – 43．

[170] 谢有顺．中国小说叙事伦理的现代转向［D］．上海：复旦大学中国语

言文学系,2010.

[171] 谢有顺.重塑灵魂关怀的维度——建构一种新的文学伦理[J/OL].文汇报,2005-7-31[2015-11-22],http://www.chinawriter.com.cn/2007/2007-03-19/72414.html.

[172] 徐岱.体验自由——三维空间中的思考[M].杭州:浙江大学出版社,1999.

[173] 徐岱.艺术文化论:对人类艺术活动的多维审视[M].北京:人民文学出版社,1990.

[174] 严春妹.共同体文化的重构——《狼厅》和《提堂》中的克伦威尔形象[J].当代外国文学,2014(01):82.

[175] 严静.幸福家庭的影响指标体系与解释框架——人口学视角解读[J].东南学术,2013(02):159.

[176] 杨和平,熊元义.文学伦理学批评与当代文学的道德批评[J].外国文学研究,2015,4:55.

[177] 杨金才.当代英国小说的核心主题与研究视角[J].外国文学,2009,6:59.

[178] 杨金才.当代英国小说研究的若干命题[J].当代外国文学,2008,3:64-73.

[179] 姚锦清.叙事虚构作品[M].上海:生活·读书·新知三联书店,1989.

[180] 殷企平,高奋,童燕萍.英国小说批评史[M].上海:上海外语教育出版社,2001.

[181] 殷企平."华兹华斯笔下的深度共同体"[J].杭州师范大学学报(社会科学版),2015,04:83.

[182] 殷企平.小说艺术管窥[M].天津:百花文艺出版社,1995.

[183] 殷企平.在"进步"的车轮之下——重读《玛丽·巴顿》[J].外国文学评论,2005,1:92.

[184] 寅德.叙事学研究[M].北京:中国社会科学出版社,1989.

[185] 尹丽莉."完美政治家"的多面性——"都铎系列"之克伦威尔性格解读[J].作家,2014,16:56.

[186] 岳蓉.论托马斯·克伦威尔的历史功绩[J].贵州师范大学学报（社会科学版），2003，2：57-60.

[187] 詹姆逊.马克思主义与形式——20世纪文学辩证理论[M].李自修译.南昌：百花洲文艺出版社，1995.

[188] 詹姆逊.晚期资本主义的文化逻辑[M].陈清侨译.北京：生活·读书·新知三联书店，1997.

[189] 张承志.历史与心史——读《元朝秘史》随想[J].读书，1985，9：27.

[190] 张文杰.现代西方历史哲学译文集[M].上海：上海译文出版社，1984.

[191] 赵健.学习共同体[D].上海：华东师范大学，2005.

[192] 赵世林.论民族文化传承的本质[J].北京大学学报（哲学社会科学版：2002，5：11.

[193] 赵秀荣.托马斯·克伦威尔推行宗教改革的强制措施[J].首都师范大学学报（社会科学版），2004，2：23-28.

[194] 周濂.政治社会、多元共同体与幸福生活[J].华东师范大学学报（哲学社会科学），2009（5）：16-24.

[195] 朱振武.在心理美学的平面上——威廉·福克纳小说创作论[M].上海：学林出版社，2004.

[196] 邹柳.论基督教和封建礼教支配下的西方和中国夫妻关系[J].云南财经学院学报（社会科学版），2006，21（2）：14.

[197] 邹明.孤独与人的社会性需要[J].心理与健康，2007（8）：9-10.

[198] 左燕茹.克伦威尔其人其事的现代版演绎——评希拉里·曼特尔的《狼厅》[J].山花，2010，8：134-135.

索　引

后　记

本书是我所主持的浙江省高校重大人文社科项目攻关计划项目（编号：2013QN083）的最终成果。

2006年在浙江大学攻读硕士学位期间，在导师郭国良的指引下，我开始关注英国布克文学奖及其获奖作品，并创作了几篇相关书评。2009年，获悉英国女作家希拉里·曼特尔凭借历史小说《狼厅》一举夺魁，获得当年的布克文学奖，我便对其颇感兴趣，并委托华璠老师从美国购得原版书籍《狼厅》，随后开展了一系列的阅读、写作、申报课题等工作，这些基础研究也产生了一些成果。2012年，曼特尔凭借《狼厅》的续集《提堂》再度获得布克奖，成为该奖项历史上第一位二次获奖的女作家，这一殊荣更加坚定了我的研究信心，激发了我的创作热情。经过不断地查阅、解读、分析，我收集整理了国内外关于曼特尔小说的研究素材，这一过程为我系统地进行"希拉里·曼特尔小说研究"提供了更丰富的研究资料和更清晰的研究脉络。在做这项研究的几年时间里，生活工作，按部就班，无甚传奇。但在这平淡之中所获得的来自师长、朋友、同事、亲人以及组织的支持与帮助却无时无刻不伴随左右，借此谨以最虔诚的心表达我与日俱增的感激之情。

感谢我的访学导师殷企平教授。能拜企平教授为师，是我的幸运。他博古通今，学贯中西，温文尔雅，为人谦和，是我所见过的最认真负责、最耐心宽容的学者之一。这几年我在工作上和学习上取得的进步，离不开他的关心和帮助。

感谢衢州学院外国语学院领导尤其是院长徐昌和教授和副院长刘雅雯副教授对我的支持和帮助。创作过程中，他们的关心、鼓励和支持始终伴随着我一路前行。

感谢我的文学与翻译教学团队的成员们，郑攀、李颖、胡利君为本书的写作做了大量的英文资料收集和翻译工作，束少军和廖帮磊为本书的写作提供的帮助在许多方面都是关键性的，与他们的讨论带来的启发既深刻又

全面。

感谢在写作过程中给过我无私帮助的朋友们。浙江大学博士吴崇彪、浙江师范大学黎会华教授及衢州学院的刘影老师都曾经向我提出过宝贵的建议和意见。还有不少朋友在书籍资料方面施以援手，或帮助搜寻、购买并邮寄，或慷慨相赠。谨在此一并鸣谢。

本书作为浙江省加入"哲学社会科学"规划课题（希拉里·曼特尔小说伦理形态研究，编号：16NDJC114YB）的阶段性成果之一，得到了社科规划办的经费资助；本书的撰写也得到了衢州学院重点学科建设经费资助，这些经费让我能较为从容地从事手头的研究工作，特在此致谢。

感谢我的家人们，来自他们的宽容、理解、支持，温暖而无法替代。

本书所涉及的部分内容曾经在各类学术期刊刊发，这除了是对本人研究的肯定外，也提供了进一步交流的平台和机会。感谢刊载本研究前期成果的学术杂志。

严春妹

2016 年 1 月